Le Vicomte
et les
Mousquetaires
L'Ombre des Rose-Croix

Lawrence Ellsworth

Le Vicomte et les Mousquetaires

L'Ombre des Rose-Croix

Roman d'aventure historique et roman à thèse
étrangement proche des *Trois Mousquetaires*
d'Alexandre Dumas

Traduit de l'anglais (États-Unis) par Laurent Barucq

le cherche midi

Directeur de collection : Arnaud Hofmarcher

Titre original : *The Three Mystic Heirs : The Rose Knight's Crucifixion*
Éditeur original : Lawrence Schick

Conception graphique : Justine Dupré
Mis en pages par Nord Compo
Dépôt légal : avril 2024
ISBN 978-2-7491-7944-5

Vous pouvez consulter notre catalogue général
et l'annonce de nos prochaines parutions sur notre site :
www.cherche-midi.com

92, avenue de France
75013 Paris

AVANT-PROPOS

Le Vicomte et les Mousquetaires, roman d'aventure historique et roman à thèse, est un livre à part entière, mais c'est également un roman parallèle aux *Trois Mousquetaires* d'Alexandre Dumas. Il partage un certain nombre de personnages et d'éléments d'intrigue avec l'œuvre classique de Dumas, l'histoire de Louis d'Astarac s'entremêlant avec celle de d'Artagnan, Athos, Porthos et Aramis.

En voici le fonctionnement : *Les Trois Mousquetaires* compte 67 chapitres, tout comme *Le Vicomte et les Mousquetaires,* même si ce dernier est publié en deux parties, les 29 premiers dans *L'ombre des Rose-Croix*, et les 38 suivants dans *La conspiration Richelieu.* Vous pouvez tout à faire lire séparément *Les Trois Mousquetaires* et *Le Vicomte et les Mousquetaires* et simplement profiter des correspondances entre les deux œuvres, mais vous pouvez aussi envisager une lecture imbriquée : le premier chapitre de Dumas, puis le premier chapitre du présent livre, avant de revenir à Dumas pour le chapitre deux, et ainsi de suite. C'est fou !

PERSONNAGES

Les astérisques indiquent les personnages historiques.

Le vicomte de Fontrailles et ses acolytes

Louis d'Astarac, vicomte de Fontrailles* : jeune noble d'Armagnac.
Vidou : son valet.
René Descartes* : savant.
Jean Reynon, surnommé Cocodril : gredin.
Gitane : contrebandier.
Beaune : geôlier et inquisiteur.
Sobriety Breedlove : marin anglais.

Noblesse de France

Philippe de Longvilliers, seigneur de Poincy* : commandeur du prieuré français des chevaliers de l'ordre de Malte.
Seigneur de Bonnefont : noble d'Armagnac.
Isabeau de Bonnefont : sa fille.
Éric de Gimous : jeune noble de France.

Noblesse d'Angleterre

Lucy Percy Hay, comtesse de Carlisle* : dame de la cour d'Angleterre.
George Villiers, duc de Buckingham* : Premier ministre du roi Charles Ier.
Sir Percy Blakeney, aussi appelé « Diogène » : informateur amateur pour le compte du duc.
Enfield : valet de Blakeney.
Balthazar Gerbier* : conseiller artistique et émissaire du duc.
Dr John Lambe* : astrologue et alchimiste du duc.

Mousquetaires du roi et leurs camarades

Aramis : mousquetaire, ancien prêtre.
Bazin : son valet.
Athos : mousquetaire noble.
Porthos : mousquetaire vantard.
Le chevalier d'Artagnan* : soldat de la garde gascon, puis mousquetaire.
Planchet : son laquais.

Le cardinal et ses fidèles

Armand Jean du Plessis, cardinal de Richelieu* : Premier ministre du roi Louis XIII.
François Leclerc du Tremblay, appelé père Joseph* : moine capucin, proche de Richelieu et responsable de son service de renseignement.
Comte de Rochefort : cavalier, agent du cardinal.
Lady Clarice, comtesse de Winter, appelée Milady de Winter : dame des cours de France et d'Angleterre, agente du cardinal.
François d'Ogier, sieur de Cavois* : capitaine de la garde du cardinal.
Jean de Baradat, sieur de Cahusac* : garde du cardinal.
Claude de Jussac* : garde du cardinal.
Bernajoux : garde du cardinal.
Marin Boisloré* : agent de Richelieu en Angleterre, officier dans la maison de la reine Henriette.

Compagnie de Jésus

Athanasius Kircher* : savant jésuite de Mayence, en Allemagne.
Jean-Marie Crozat, appelé père Mikmaq : prêtre jésuite, récemment rentré du Nouveau Monde.

À l'exception des *Trois Mystiques Clercs de Christian Rosenkreutz*, tous les ouvrages mentionnés dans ce livre sont historiques.

I

LES TROIS MYSTIQUES CLERCS

René Descartes traversa le laboratoire dévasté en faisant bien attention à marcher entre les piles de verre cassé et de vaisselle brisée. Il se trouvait dans le premier des *wunderkammern* – ou cabinets de curiosité – du château de Hradčany et, comme toutes les galeries d'art par lesquelles il était passé, la pièce avait été soigneusement pillée et vandalisée. Tout ce qui pouvait être détruit dans le laboratoire d'alchimie avait été fracassé : les alambics, les cornues, les béchers et les bonbonnes étaient éparpillés en de nombreux fragments entre les tables retournées, au milieu des tas de terres rares, d'herbes séchées et des organes déshydratés d'animaux exotiques.

Un cri de terreur, un cri de femme, attira Descartes vers une fenêtre dans l'épaisse muraille extérieure du donjon.

De la profonde embrasure, il aperçut une cour située deux étages plus bas, dans laquelle une demi-douzaine de mercenaires wallons avaient trouvé la cachette d'une des femmes de chambre de la reine destituée. Cernée par les soldats hilares, elle tournait de tous les côtés en hurlant, puis elle donna un coup de pied à l'entrejambe d'un hallebardier éméché. L'homme s'effondra en jurant, et la femme de chambre en profita pour s'échapper à travers la brèche et disparaître dans les salles de l'étage inférieur. Les Wallons ivres essayèrent de la suivre mais ils se rentrèrent les uns dans les autres et tombèrent en tas devant la porte. Descartes, soulagé de ne pas avoir à descendre pour la secourir, secoua la tête et se retourna dans le château du roi de Bohème que l'on mettait à sac. Il avait des affaires importantes à régler à l'intérieur.

La veille, le 8 novembre 1620, sur les hauteurs de la Montagne-Blanche de Prague, les forces protestantes défendant la capitale bohémienne face à l'invasion de l'armée catholique des Habsbourg avaient subi une cinglante défaite au cours d'une bataille soudaine mais décisive. Le jeune lieutenant René Descartes, rattaché à l'état-major du comte de Bucquoy dans l'armée catholique, avait observé le déroulé de l'affrontement du haut d'une colline avoisinante. En moins d'une heure, les forces de Frédéric V, électeur palatin et roi de Bohème, grand espoir de l'Allemagne protestante, avaient été vaincues et mises en déroute. Les survivants s'étaient retirés derrière les murailles de Prague, mais avant minuit Frédéric et la famille royale avaient déjà abandonné la ville en prenant tout ce qu'ils pouvaient emporter – et les citoyens de Prague, espérant la clémence, avaient ouvert les portes aux troupes de l'empereur des Romains.

Descartes n'avait pas participé à la bataille – il n'était pas venu en Bohème pour se battre. Bien qu'il fût en théorie un soldat de l'armée impériale, la seule raison de sa présence en Allemagne avait été de retrouver la mystérieuse fraternité de la Rose-Croix (si elle existait bel et bien) et d'apprendre ce que savaient ses membres (s'ils savaient quoi que ce soit).

Il avait voyagé durant un an et demi et découvert qu'il s'agissait moins d'une société secrète que d'un vaste réseau de philosophes et de penseurs peu orthodoxes, des hommes prudents qui ne disaient jamais le fond de leur pensée et ne révélaient pas tout ce qu'ils savaient. Mais ce qu'ils affirmaient avait poussé Descartes à reconsidérer tout ce qu'on lui avait appris au collège jésuite de La Flèche, à remettre en question ce qu'il savait du corps, de l'âme et de l'esprit humains. Après une conversation particulièrement éprouvante à Ulm un an plus tôt, une série de rêves intenses dans une chambre surchauffée l'avait forcé à prendre une décision : il allait dédier sa vie à l'étude du mystère de l'intelligence, à la véritable nature de l'esprit.

Que pouvait donc réellement savoir l'esprit ? Et comment l'âme immatérielle interagissait-elle avec le monde matériel ?

Quelle proportion de Dieu se trouvait en l'homme ? Et à quel point l'homme pouvait-il s'approcher de Dieu ?

Sa quête de réponses l'avait conduit sur cette colline surplombant la vieille ville de Prague où se trouvait le château des rois de Bohème, plein de coins et de recoins.

Dans la grande forteresse, Descartes entra prudemment à l'intérieur de la *wunderkammern* suivante, dédiée à l'astronomie. Ses derniers espoirs que le pillage et la destruction aient été cantonnés aux cercles extérieurs du château furent anéantis : il y avait des papiers déchirés partout, et les outils d'astronomie avaient été brisés ou emportés. Le célèbre ensemble d'instruments fabriqués à la main par Tycho Brahe et utilisés par Kepler pour prouver ses théories révolutionnaires – le quadrant de dix-neuf pieds, les sphères armillaires, le globe céleste de cinq pieds – gisaient en morceaux sur le sol carrelé italien.

Dans un coin, un soldat endormi à moitié recouvert d'une carte des cieux déchirée ronflait ; visiblement un Polonais ou un cosaque d'un des bataillons de mercenaires de Tilly. Il tenait une bouteille vide dans une main, mais son épée dans l'autre, alors Descartes passa discrètement devant lui, les doigts sur le pommeau de la sienne. Lorsqu'il était étudiant, Descartes était tellement fasciné par l'art et la science de l'escrime qu'il avait écrit un petit traité sur le sujet, mais il n'avait jamais participé à un vrai combat et n'avait aucune intention de commencer aujourd'hui s'il pouvait l'éviter. Après le carnage auquel il avait assisté au cours des deux derniers jours, il avait perdu tout intérêt pour la pratique de la guerre.

Descartes poussa avec précaution la lourde porte en chêne menant à la pièce suivante : le dernier cabinet aux merveilles, la célèbre bibliothèque du roi Frédéric ; mais aussi celle de son prédécesseur, Rodolphe II, mécène amateur d'ésotérisme qui avait accueilli des sommités de la Renaissance à l'instar de Giordano Bruno et le Dr John Dee. Comme les pièces précédentes, la bibliothèque avait été vandalisée, mais à première vue les dégâts semblaient superficiels. Descartes referma doucement la porte derrière lui, essuya ses mains moites sur ses culottes – *Je suis nerveux*, se dit-il, *comme c'est intéressant* – et se mit au travail.

Un peu plus tard – une heure ? deux ? –, un vacarme dans la salle d'astronomie l'obligea à lever la tête du livre qu'il étudiait. À l'extérieur, il entendit un bruit sourd et des hurlements d'indignation, puis une voix rauque et autoritaire, très française, dit tout haut : « Levez-vous, tas de pourceaux fainéants, et allez rejoindre votre compagnie. *Immédiatement.* » Cette phrase fut suivie par le brouhaha des Polonais (ou peut-être des cosaques) qui s'exécutaient.

Des pas lourds s'approchèrent dans l'antichambre. Descartes reposa rapidement mais délicatement le livre qu'il parcourait sur une étagère sous une pile de cartes de la Moravie, puis il se saisit d'une copie manuscrite de l'étude de William Gilbert sur le magnétisme au moment où la porte de la bibliothèque s'ouvrait avec fracas. Un chevalier impérial pénétra à l'intérieur, vêtu d'une armure de plates complète tellement lustrée qu'elle brillait comme de l'argent. Il *luisait* littéralement, sans la moindre trace de boue, de poudre à canon, de bave de cheval ou de sang. Il ne semblait pas simplement refléter la lumière, mais être la source de tous les rayons dans la pièce. *Même si cela serait absurde du point de vue de l'optique*, se dit Descartes. *L'illusion est belle, cependant. Je me demande comment cela se fait.*

Le chevalier s'avança à grands pas et se planta devant l'érudit. Le visage sous la visière, âgé d'au moins une dizaine d'années de plus que Descartes – qui avait vingt-quatre ans –, était très beau, en forme de cœur avec un nez aquilin sous une paire d'yeux sombres, plissés par l'agacement. « Et qui êtes-vous, monsieur ? » dit le chevalier.

Descartes posa le manuscrit, se leva de son tabouret et s'inclina.

« Lieutenant Descartes, rattaché au comte de Bucquoy, à votre service.

— Eh bien, lieutenant Descartes, n'êtes-vous pas au courant que vous lisez sans doute un document hérétique, et que cette bibliothèque se trouve désormais sous le coup d'une interdiction de l'Église ? »

Descartes cligna des yeux. « Ah. Non, je l'ignorais… Monseigneur. » Mieux valait ne prendre aucun risque et montrer à cet homme le respect dû à son rang supérieur. Devait-il faire preuve de prudence et révéler à ce chevalier zélé le trésor qu'il avait découvert ?

Non. Descartes prit une expression de déférence inoffensive et dit : « Malheureusement, j'ai bien peur que Monseigneur perde son temps. J'ai fait un tour rapide de toute la bibliothèque, et je n'ai trouvé aucun volume un tant soit peu controversé. »

Le visage du chevalier s'assombrit, et soudain le guerrier de Dieu se changea en simple soldat déçu. « Vraiment ? Rien du tout ? »

Mieux vaut lui donner quelque chose.

« Non… cependant, je crois que je peux vous montrer où ils se trouvaient.

— Que voulez-vous dire ?

— Suivez-moi, Monseigneur… quel est votre nom ?

— Pardon. Je suis Philippe de Longvilliers, des chevaliers de Malte. »

Descartes avait entendu parler de lui – capitaine dans l'état-major de De Bucquoy, étoile montante du grand prieuré des chevaliers hospitaliers français, ou ordre de Malte. Il était surtout connu en tant que commandant naval, et les autres officiers se demandaient ce qu'il faisait dans une telle campagne à l'intérieur des terres. On disait de lui qu'il était pieux et qu'il était tombé sous l'influence de la Compagnie de Jésus. Pas étonnant qu'il se fût montré aussi impatient de trouver les livres « hérétiques » du « roi d'un hiver » : les Jésuites, en première ligne de la contre-réforme, voudraient sans doute voir tous ces ouvrages confisqués ou détruits.

« Vous avez dit que vous vouliez me montrer quelque chose ? » dit de Longvilliers avec impatience.

Descartes conduisit le chevalier, cliquetant dans sa lourde armure, jusqu'aux rangées d'étagères au bout de la bibliothèque. Il pointa du doigt deux étagères du sol au plafond qui saillaient du mur du fond, lequel était bordé d'autres bibliothèques chargées de volumes dédiés à la botanique et à l'horticulture.

« Voilà. Que voyez-vous ?

— Rien, dit de Longvilliers, perplexe. Rien que des livres sur les plantes.

— C'est aussi ce que j'ai cru à première vue. Puis je me suis rendu compte que le côté intérieur des étagères de gauche et de droite paraissait plus petit que le côté extérieur, et que le mur du fond semblait plus proche. Je les ai mesurées, et j'avais raison… j'ai trouvé ceci. »

Descartes porta la main sous une des étagères basses contre le mur, détacha un loquet et tira la bibliothèque vers lui. Le mur entier s'ouvrit, pivotant sur des charnières dissimulées. Derrière se trouvait une alcôve secrète contenant davantage d'étagères. Vides.

« Mais il n'y a rien, ici ! dit de Longvilliers.

— Précisément. Tous les livres de la bibliothèque concernant l'ésotérisme et l'occulte ont été escamotés, probablement hier soir.

— Comment savez-vous ce que contenaient ces étagères ?

— La personne qui a emporté les livres était si pressée qu'elle a arraché le dos d'un ouvrage et n'a pas remarqué qu'il était tombé. »

Descartes sortit un petit morceau de cuir déchiré de sa manche et le tendit à de Longvilliers.

Le chevalier lut les lettres dorées gaufrées sur le cuir. « *Les Trois Mystiques Clercs de Christian Rosenkreutz.* Mais c'est le livre qu'on m'a demandé de chercher ! On raconte qu'il détient les secrets les plus intimes des rosicruciens. »

Descartes hocha gravement la tête.

« Exaspérant, n'est-ce pas ? *Les Trois Mystiques Clercs*, écrits par Johannes Andreaeus et imprimés à très faible tirage l'année dernière à Oppenheim par de Bry. On pensait que toutes les éditions avaient été détruites lorsque les troupes impériales de Spinola avaient mis à sac le Palatinat – à l'exception de l'exemplaire de présentation offert à l'électeur palatin Frédéric, qui avait déjà quitté la région pour prendre le trône de Bohème. Maintenant, cette copie a disparu Dieu sait où.

— Et pourquoi la cherchiez-vous, monsieur ? demanda de Longvilliers, soudain suspicieux.

— Oh… Pour les mêmes raisons que vous, sans doute. Après tout, je suis un bon catholique. Et les idées peuvent être dangereuses, dit Descartes.

— Vous avez raison, répondit de Longvilliers, et celui qui a pris ce livre encourt un danger mortel, à la fois pour son corps et son âme. Il le saura bien vite quand je lui tomberai dessus. »

Il se retourna en un claquement d'éperons pour étudier les livres sur les autres étagères, ses belles lèvres formant une grimace de dégoût. Après avoir passé quelques minutes à faire semblant d'inspecter le reste de la bibliothèque, le chevalier déclara qu'il n'y avait rien de plus à trouver ici et qu'ils devaient partir. Descartes le suivit à l'étage inférieur de la forteresse jusqu'à la grande salle d'audience, où il s'arrêta pour refaire les lacets de ses culottes. Le chevalier continua d'avancer ; dès qu'il fut hors de vue, Descartes se redressa, tendit l'oreille un moment, puis remonta discrètement.

De retour dans la bibliothèque, il sortit un petit folio de sous les cartes de la Moravie. Avant de le glisser sous sa cape, il ouvrit la couverture en simple peau de buffle et jeta un dernier coup d'œil sur les lettres inscrites sur la page de titre – *Les Trois Mystiques Clercs de Christian Rosenkreutz* – et les quelques mots griffonnés en dessous : *épreuves de l'auteur*.

II

LA CHAMBRE À COUCHER DE M. DE FONTRAILLES

Louis d'Astarac, jeune vicomte de Fontrailles, se tenait dans sa chambre devant une petite table qu'il appelait de façon ironique sa « vanité », et se regardait dans le miroir accroché au-dessus, en bougeant légèrement la tête pour éviter les traits ondulés du verre imparfait. *Cela pourrait être pire*, se dit-il. *J'imagine. D'une certaine façon.*

« Ne nous attardons pas sur les imperfections de la chair, dit-il à haute voix. Qu'est-ce que le corps, après tout ? Un simple amas de déchets. Concentrons-nous sur les qualités les plus importantes : tout le monde dit que c'est cela qui compte vraiment pour les femmes. »

« *Primus.* » Il leva le pouce. « Je suis le vicomte de Fontrailles, noble de France, seigneur et maître de mon propre domaine, aussi petit soit-il. Grâce à mes vignes, je suis plus aisé que la plupart de mes voisins. »

« *Secundus.* » À côté de son pouce, il leva l'index – mais il n'arrivait pas à le tendre complètement : il n'avait jamais pu. Il grimaça de douleur et reprit : « Je suis un homme cultivé et raffiné. J'ai étudié à Paris, je suis allé à la cour, j'ai assisté à des cours à la Sorbonne et j'ai vu un ballet royal au Louvre. Je peux complimenter les yeux d'une femme en cinq langues. Je me brosse les dents, je mâche de la menthe et je me lave chaque semaine. »

« *Tertius.* » Il commença à lever le majeur, mais celui-ci était encore plus tordu que son index. Il abandonna. « Bref. J'ai le cœur pur et l'âme noble, pleins d'une bonté et d'une dignité qui irradient de l'intérieur et rayonnent sur ma personne et ma personnalité… en tout cas, *moi* je le vois, même si je suis le seul. »

Il plissa les yeux devant le miroir, mais sa personne ne semblait couverte d'aucun rayonnement particulier, malgré ses habits splendides et son apparence soignée. Tout ceci était éclipsé par la bosse dans son dos, qui dépassait au-dessus de sa tête. La fine dentelle et le lin de sa chemise et sa culotte ne faisaient qu'accentuer la déformation de ses membres, et ses traits lui conféraient au mieux une apparence rabougrie. « Rabougri, se dit-il. C'est mieux que d'être *monstrueux*, ou *repoussant*. "Ma chère Isabeau, je sais que mes traits sont quelque peu rabougris, mais…" Non, oublions. » Il secoua la tête, et sa chevelure châtain soigneusement bouclée, qui chez un autre homme serait descendue jusqu'aux épaules, s'agita sous son menton. « Les plus hautes qualités ! Concentre-toi sur les plus hautes qualités ! Pense plus grand ! »

Quelqu'un toqua. Louis répondit : « Entrez », et la porte s'ouvrit pour laisser passer la grande silhouette anguleuse de

Lapeyre, son chambellan, qui lui servait aussi de factotum, d'homme à tout faire.

Lapeyre s'inclina et dit : « Nous avons un visiteur, Monseigneur – un homme du nom de Gerbier. Je crois que c'est un étranger. En tout cas, il n'est pas gascon. »

Louis arrêta à contrecœur de penser à Isabeau de Bonnefont pour reporter son attention sur Lapeyre.

« Gerbier. Non, je ne connais pas ce nom. A-t-il dit ce qu'il voulait ?

— Non, Monseigneur. Que dois-je lui dire ?

— Je vais le recevoir, mais informez ce monsieur, avec mes regrets, que je n'ai pas beaucoup de temps à lui accorder ce matin. Et faites venir Vidou pour m'aider à finir de m'habiller. »

Le vieux Vidou entra, portant avec soin la meilleure tenue du vicomte, un pourpoint, des culottes et une demi-cape de soie ambre foncé, richement brodée. De Fontrailles l'avait mise pour la dernière fois deux ans plus tôt, quand il était rentré de Paris afin d'accéder à la vicomté après la mort soudaine de son père et de son frère aîné des suites de la fièvre. Elle était restée rangée dans un coffre depuis, mais Vidou avait délicatement lissé tous les plis et rendu aux vêtements leur splendeur d'antan. Vidou n'était pas très malin, mais de Fontrailles l'appréciait parce qu'on pouvait compter sur lui, il savait toujours où se trouvaient les choses et il s'occupait mieux des effets personnels de De Fontrailles que le vicomte lui-même.

Cependant, il avait la manie de marmonner ses pensées dans sa barbe. De Fontrailles trouvait la chose tantôt amusante, tantôt agaçante.

« Nous devons apparaître sous notre meilleur jour, aujourd'hui, Vidou, dit-il. Je rends une visite très importante à Mlle de Bonnefont.

— Il court tout droit à sa chute, marmonna le valet en aidant de Fontrailles à glisser le pourpoint serré par-dessus sa bosse. J'ai prié Dieu qu'il n'en fasse rien. J'ai perdu mon temps, comme d'habitude. »

Cette réflexion était clairement plus agaçante qu'amusante. « Plus vite, Vidou. Je n'ai pas toute la matinée. Un visiteur m'attend en bas. »

La grande salle du château de De Fontrailles n'était pas si grande, mais le vicomte était ravi de la façon dont il l'avait fait rénover : il avait élargi les fenêtres pour faire entrer plus de lumière, installé un parquet, et fait enduire, peindre et tapisser les murs de pierre dans des teintes chaudes de rouge et d'or. Il trouvait qu'elle rivalisait avec les salons qu'il avait vus à Paris, et il était particulièrement fier de sa vitrine contenant des camées italiens miniatures. Le visiteur était en train de les admirer d'un œil expert lorsque de Fontrailles entra dans la salle depuis l'escalier.

« Monsieur Gerbier ? Je suis le vicomte de Fontrailles. » Louis se présentait par son titre plutôt que par son nom, car son nom indiquait *qui* il était, mais son titre disait *ce* qu'il était – ce qui importait davantage pour un noble. « Que pensez-vous de ma petite collection ? »

Son visiteur, un grand homme vêtu d'une tenue de velours vert ravissante quoique tachée par le voyage, se tourna vers son hôte. Louis le vit sursauter comme chaque fois que quelqu'un découvrait son apparence physique, mais son invité était suffisamment bien élevé pour ne le montrer qu'en écarquillant légèrement les yeux et en haussant un sourcil. Au moins, il ne s'était pas enfui en hurlant, comme certains enfants.

« Ah, monsieur le vicomte. Il est très bon de votre part de me recevoir de façon aussi soudaine », dit l'homme d'une voix grave avec un léger accent flamand. Il s'inclina. « Mon nom, si vous permettez que je me présente, est Balthazar Gerbier, et je dois dire que votre collection de camées est vraiment très impressionnante. Quoique peu étendue, elle témoigne à la fois de votre excellent goût et de votre impressionnante connaissance du sujet. Qui s'occupe des acquisitions, si je puis me permettre une telle question ? »

De Fontrailles sourit, ce qui entraîna un nouveau choc sur le visage de Gerbier. Le sourire de De Fontrailles avait quelque chose d'alarmant.

« Je n'ai pas les moyens de me payer les services d'un acheteur personnel. Je remplis moi-même cette fonction.

— Alors je me dois de redoubler mes félicitations, car vous la remplissez à merveille, dit Gerbier d'un ton pompeux. Je parle d'expérience, car je suis moi-même acquéreur d'art. En fait, c'est à ce titre que je me suis permis de vous rendre visite. »

Il ne ressemblait à aucun des acheteurs d'art qu'il avait pu rencontrer dans sa vie. La garde-robe de cet homme était trop élégante, et il portait trop de bijoux – tous véritables, si Louis en croyait son œil expert pour ces choses-là. Il lança un regard par la fenêtre et vit un excellent cheval anglais à la robe alezan, dont les rênes étaient tenues par un serviteur en livrée. Un autre serviteur se tenait à proximité avec des mules assorties.

Quelque chose clochait. « J'ai bien peur de ne pas comprendre, monsieur Gerbier, dit de Fontrailles. Et malheureusement, je suis assez pressé, ce matin. Que puis-je pour vous ? »

Gerbier s'inclina légèrement.

« Afin de vous faire gagner du temps, je vous épargne tout discours préliminaire et j'irai droit au but. Je sais que vous avez réuni une modeste collection d'automates miniatures fabriqués par le mécaniste rosicrucien Salomon de Caus. Je représente un collectionneur qui voudrait vous les racheter – ainsi que tout autre objet lié au sujet, comme des pamphlets et des livres en lien avec la Rose-Croix. Mon client est un collectionneur au sens large du terme.

— Ah », dit de Fontrailles. Il possédait en effet quelques articles de ce genre, bien qu'il ne s'intéressât plus à la chose. « Puis-je vous demander le nom de votre client ?

— Il n'est probablement pas dans mon intérêt de vous le divulguer, car tout le monde sait qu'il dispose de gros moyens. » Gerbier lui fit un clin d'œil. « Je vais vous le dire quand même – dans la plus grande confidence, naturellement.

— Naturellement.

— Je représente Sa Grâce le duc de Buckingham. »

Eh bien. Voilà qui explique le cheval et les bijoux, pensa Louis. *Mais cela n'explique pas tellement le reste.* Il dit :

« Vous êtes venu d'aussi loin jusque dans les collines d'Armagnac, de l'Angleterre jusqu'au sud de la France, juste pour acheter mes mécanismes de De Caus ?

— Oui. Et tout autre objet apparenté. »

Gerbier sourit d'un air doucereux. Cela sonnait faux. Cet homme devait le prendre pour un paysan du fin fond de la campagne. Malheureusement, Louis n'avait pas le temps de découvrir son petit jeu, quel qu'il fût. Il jeta un œil à l'horloge hydraulique dans un coin et fronça les sourcils – une expression presque aussi alarmante que son sourire – avant de dire :

« Je suis navré, monsieur Gerbier, mais j'ai peur que nous ne devions reprendre cette conversation à un autre moment. Demain vous conviendrait-il ?

— Comme vous voudrez, monsieur le vicomte, répondit Gerbier, qui ne semblait pas le moins du monde décontenancé. C'est ma faute, je suis arrivé sans m'être annoncé. Je vais prendre une chambre à l'auberge du village et viendrai vous voir demain matin à la première heure.

— Parfait, dit de Fontrailles. À demain, alors.

— À demain, monsieur. »

Gerbier s'inclina à nouveau avant de prendre congé.

« Un rendez-vous satisfaisant, Monseigneur ? demanda Lapeyre en apparaissant de nulle part.

— Pas vraiment. » De Fontrailles secoua la tête. « C'était étrange, mais je n'ai pas le temps de tirer cette affaire au clair pour le moment. Les hommes et les chevaux sont prêts ?

— Oui, Monseigneur. Tout est prêt.

— Je n'en doute pas, Lapeyre, je peux toujours compter sur vous. Eh bien, allons-y. » De Fontrailles prit une grande inspiration. « Souhaitez-moi bonne chance.

— De tout mon cœur, Monseigneur. »

En ce printemps 1626, Mlle Isabeau de Bonnefont avait vingt ans, le même âge que Louis d'Astarac. Le seigneur de Bonnefont et le père de Louis, l'ancien vicomte de Fontrailles, avaient été amis, et leurs enfants avaient grandi en jouant les uns chez les autres, malgré le fait que les de Fontrailles étaient catholiques et les de Bonnefont protestants – des huguenots, comme on les appelait en France. Durant leur enfance, Isabeau et Louis avaient été particulièrement proches, et Louis avait vu la jolie fille devenir une belle femme : menue et gaie, à la longue chevelure noire, avec de grands yeux d'un marron profond au-dessus d'un petit nez pointu, et une grande bouche aux lèvres souvent souriantes. L'esprit derrière ce visage ravissant était devenu aiguisé et perspicace.

Celui de Louis l'était peut-être davantage, mais au fil des années sa bosse était devenue proéminente, et il était maintenant encore plus voûté, courbé et chétif. Même s'il avait un autre ami proche, un jeune garçon appelé Éric de Gimous, il n'avait jamais confessé les douleurs de sa condition, physique et autre, ailleurs que dans l'oreille compatissante d'Isabeau. Même dans les pires moments, il avait toujours pu compter sur le fait qu'au moins une personne le comprenait.

Isabeau et Louis avaient été séparés lorsque, à l'âge de douze ans, il avait été envoyé à Paris pour étudier au séminaire de l'Oratoire afin de se préparer à une vie au sein de l'Église. Louis avait un frère aîné, Bertrand, qui hériterait du titre à la mort de leur père, et il n'y avait pas vraiment de place pour le second fils dans le petit domaine de Fontrailles ; Louis devrait se frayer un chemin ailleurs dans le monde. Sa difformité physique écarta la possibilité de rejoindre l'armée, recours habituel pour les puînés de la noblesse, mais la prêtrise semblait un choix naturel pour un garçon aussi studieux et éloquent que Louis. C'était ce que son père avait décrété.

Louis ne partageait pas l'opinion de ce dernier au sujet de son avenir ; il se voyait plus en diplomate ou courtisan qu'en ecclésiastique. Il était vrai qu'il avait connu une grande période durant laquelle il s'était intéressé pleinement à l'Église dans l'espoir de trouver en la religion un certain réconfort face au poids de ses défauts physiques. Pendant un temps, il avait suivi comme son ombre le père Roland, vicaire de Fontrailles, et étudié tous les livres pieux dans la modeste bibliothèque de celui-ci. Cela avait sans doute contribué aux réflexions de son père, mais quand le vieux vicomte avait pris la décision d'envoyer son fils au séminaire, la ferveur religieuse de Louis avait disparu. Cependant, il aurait sauté sur la moindre occasion d'aller à Paris, ville qui lui paraissait au centre de l'univers.

Son seul regret avait été d'abandonner ses amis, Éric et Isabeau. Éric, issu d'une autre famille de huguenots, était un garçon mince et sombre, amateur de poésie. Il admirait Louis parce que son aîné connaissait de nombreux poèmes par cœur et jouait excellemment bien aux échecs, et Éric avait toujours été un bon ami pour lui. Mais c'était Isabeau, la joyeuse Isabeau, qui semblait toujours savoir ce que Louis pensait et ressentait, qui allait le plus lui manquer. Il leur avait écrit souvent, surtout à Isabeau – et, de temps à autre, elle lui avait répondu.

Avec le recul, il n'aurait pas dû être surpris en apprenant que son frère Bertrand avait commencé à la courtiser. Isabeau de Bonnefont était de loin la plus convoitée des demoiselles dans leur coin de province, et l'on savait que les deux pères approuveraient cette union.

Cependant, Louis n'arrivait pas à imaginer Isabeau, sémillante et pleine d'esprit, en tant que compagne de Bertrand, flegmatique et plutôt rustre. La lettre annonçant leurs fiançailles fut un coup brutal et inattendu. Louis se rendit compte, pour la première fois, à quel point il était amoureux d'elle.

Puis la fièvre s'était répandue à travers l'Armagnac, emportant le père et le frère de Louis, et tout avait changé. Soudain Louis était devenu vicomte de Fontrailles, et Isabeau n'était plus la promise de son frère. Quand il vit, en rentrant en Armagnac, la femme qu'elle était devenue, il perdit courage. Il avait attendu une année avant d'essayer, timidement, de lui faire la cour, et une année de plus avant de lui dévoiler ses intentions. Et le voilà enfin qui envoyait son héraut aux portes du château de Bonnefont pour annoncer que le vicomte de Fontrailles était venu rendre une visite officielle au seigneur.

En fait, le héraut n'était autre que Vidou, vêtu d'une livrée que de Fontrailles avait commandée à Toulouse, et il battait le tambour parce qu'il ne savait pas jouer du cor. Mais ce n'était pas inefficace, se dit Louis. Il était lui-même perché sur un bel étalon espagnol qui lui avait coûté une copieuse somme d'argent, suivi par six hommes d'armes, également à cheval – même si les deux derniers montaient des chevaux de ferme. De Fontrailles s'était renseigné auprès de Lapeyre : quand Bertrand était venu demander la main de mademoiselle, il n'était accompagné que de quatre soldats… et d'aucun héraut.

Ils étaient attendus. Le seigneur de Bonnefont, encore en pleine forme du haut de ses cinquante ans, était vêtu de la meilleure tenue qu'il possédait, même si elle datait des plus beaux jours du règne précédent. Il accueillit de Fontrailles et écouta avec une expression sérieuse appropriée tandis que le vicomte lui annonçait son intention formelle d'épouser sa fille. De Bonnefont reçut officiellement sa requête, puis il se redressa un peu et dit : « Vous savez, vicomte, qu'après la mort de ma femme j'ai promis à Isabeau qu'elle pourrait décider qui elle épouserait et quand. » Il sourit et ajouta : « Elle vous attend dans l'orangerie. »

Isabeau était seule dans la petite serre, ajout moderne de sa mère dans ce triste donjon médiéval, assise sur un banc sous les orangers en pot dont elle s'occupait tout particulièrement depuis la mort de sa mère. Elle portait une robe de satin rouge foncé ; de Fontrailles savait que c'était sa préférée, car il partageait cet avis. Elle émit un bruissement quand la jeune femme se leva pour l'accueillir.

« Bonjour, Louis, dit-elle de sa riche voix de contralto. J'espère que tu ne vas pas faire un discours formel. »

Il s'inclina.

« Je ne crois pas qu'il y en ait besoin entre nous, si ?

— Jamais, dit-elle.

— Tu sais pourquoi je suis là ? »

Il lui lâcha les mains, avança timidement un doigt et lui leva délicatement le menton pour voir ses yeux.

« Je sais », dit-elle avec une légère hésitation dans la voix.

Il déglutit, à deux reprises. « Alors... veux-tu m'épouser, Isabeau ? Veux-tu être la vicomtesse de Fontrailles ? »

Elle détourna la tête et regarda de l'autre côté des champs en direction des pentes de Mont-d'Astarac, homonyme de Louis, encore recouvertes pendant quelques courtes semaines de leur manteau vert printanier. Elle entortilla lentement ses mains.

Sans lui refaire face, elle répondit : « Louis... je ne peux pas. »

Il sentit le sang quitter son visage. « Tu ne le penses pas, Isabeau. Nous... nous formons les deux moitiés d'une paire. » Il n'arrivait pas à se défaire du tremblement dans sa voix.

« Non, Louis. Ce n'est pas le cas. Oh, s'il te plaît, ne rends pas les choses plus difficiles ! » Elle se retourna vers lui. Des larmes lui coulaient sur les joues.

« Mais... mais, ma très chère Isabeau... pourquoi ?

— Arrête ! Arrête ! » cria-t-elle. Puis elle murmura : « Ne m'oblige pas à le dire, Louis. S'il te plaît. S'il te plaît, Louis. »

Il s'avachit et baissa les yeux vers le sol carrelé. Il n'arrivait pas à parler. Où était passé son esprit ? Son pourpoint de soie lui semblait soudain serré, étouffant, comme si son dos bossu cherchait à le déchirer pour en sortir. Il prit une grande inspiration – une autre – et leva la tête.

« Très bien, Isa… mademoiselle, dit-il, la voix tremblante. J'ai trop de respect pour vous, pour vous causer la moindre peine. Et je crois que vous le savez. Je vous remercie de m'avoir reçu en personne, et je regrette de vous avoir mise dans une position délicate.

— Oh, Louis ! Louis ! » sanglota-t-elle, mais il avait déjà tourné les talons.

Il se redressa autant qu'il le put et passa la porte d'un pas raide. Le seigneur de Bonnefont, arborant une expression volontairement neutre, l'attendait dans le hall d'entrée pour que Louis puisse prendre congé comme il se devait – accompagné, s'aperçut Louis avec irritation, de son vieil ami Éric de Gimous, qui exsudait l'empathie et la compassion comme un dense parfum. Apparemment, Éric savait déjà quelle serait la réponse d'Isabeau – mais si Louis appréciait Éric, la dernière chose dont il avait envie, c'était d'être consolé.

Une fois que de Fontrailles se fut incliné devant de Bonnefont et l'eut remercié de l'avoir reçu, Éric, un air dévasté sur son visage fin et expressif, s'avança d'un pas et dit doucement : « Louis, je suis navré. Bien sûr, je n'ai jamais eu le cœur brisé, mais je sais ce que Ronsard a écrit sur “la longue souffrance des amours douloureuses”. »

Éric n'était pas grand, mais Louis devait quand même lever les yeux pour soutenir son regard. « Eh bien, voilà qui me met du baume au cœur, grogna-t-il. Ronsard a aussi écrit “l'amour en chansons devient pénible”. »

Éric cligna des yeux, ferma la bouche et recula d'un pas. Louis se sentit immédiatement désolé d'avoir dit cela, mais il n'était pas d'humeur à présenter ses excuses, alors il se contenta de baisser la tête et prit la porte.

Vidou, l'air navré, et le reste de l'entourage de De Fontrailles attendaient dans la cour. Tout le monde semblait savoir qu'Isabeau allait refuser. « Cela me fend le cœur, vraiment, de voir le pauvre maître frappé de la sorte, marmonna Vidou. Mais il aurait pu s'y attendre. »

Vidou, qui n'était plus héraut, tint les étriers tandis que de Fontrailles montait avec difficulté sur la selle de son bel étalon espagnol. Louis ajusta la demi-cape sur son épaule, se saisit des rênes et tourna son cheval vers la sortie. « Passe devant, Vidou, nous rentrons à Fontrailles, dit-il, à nouveau maître de lui-même, du moins physiquement. Quand on arrivera, prépare le couvert dans la salle à manger du haut. Pour une personne. »

III

L'ANDREAEUS

Louis d'Astarac s'éveilla doucement. Avant même d'avoir ouvert les yeux, il savait qu'il allait avoir une gueule de bois de la taille de tout l'Armagnac. Chaque battement de cœur résonnait en lui comme un coup de maillet à la tête, et à sentir son haleine on aurait dit que quelque chose d'abject s'était glissé dans sa bouche pour y mourir.

Le côté droit de son visage était appuyé sur ce qui semblait être la surface de son bureau. Avec précaution, il ouvrit l'œil gauche, grimaça face à la lumière, puis grimaça à nouveau sous la douleur provoquée par la première grimace.

Il faisait grand jour, et un rayon de soleil, perçant à travers la fenêtre de son bureau, venait briller avec une méchanceté préméditée sur le meuble, juste devant son visage. La lumière se reflétait sur le pied de son verre de vin et étincelait brutalement sur trois grains blancs de quelque chose qui avait été renversé à côté.

La vue du verre de vin lui rappela ses efforts de la veille pour se noyer dans le produit de ses propres vignes – et la raison qui l'avait poussé à essayer. Louis ferma l'œil. Rien ne valait la peine d'être regardé.

À moins que ? Il essaya de penser à travers sa migraine, de se souvenir. En buvant verre après verre, il avait maudit son dos tordu et le destin qui avait fait de lui un monstre bossu, certain que s'il avait été un homme normal, Isabeau aurait été sienne. Mais il n'était qu'une grossière contrefaçon d'homme, et peu importait ce qu'il ferait ou deviendrait, il resterait toujours un monstre. Même le pompeux Gerbier, négociant d'art entraîné pour tout regarder d'un œil froidement objectif, avait été repoussé à sa vue.

Gerbier. Il avait dit qu'il viendrait acheter la collection d'automates de De Caus et d'autres objets rosicruciens. Il se rappela la grande panique suivant l'affaire des placards en 1623, quand Louis avait commencé à s'intéresser à la mystérieuse fraternité de la Rose-Croix. Un jour, durant la dernière année de Louis au séminaire de l'Oratoire, Paris s'était éveillée sous des dizaines d'affiches placardées aux endroits les plus importants de la ville. « Nous Députés du Collège principal des Frères de la Rose-Croix, faisons séjour visible et invisible en cette ville », pouvait-on y lire. « Par la grâce du Très-Haut, vers lequel se tourne le cœur des Justes, tous ceux qui désirent rejoindre notre Société et notre Congrégation se verront enseigner notre sagesse : la capacité parfaite de parler les langues de tous les pays où l'on désire se rendre, comment mettre de côté l'erreur et la mort, et rendre le visible invisible, et l'invisible visible. »

L'affaire avait fait grand bruit et s'était ensuivi une avalanche de pamphlets pour et contre les rosicruciens. Les frères de la Rose-Croix étaient soudain partout en France, et nulle part à la fois. On racontait que la fraternité était une société de philosophes naturalistes protestants venue d'Allemagne. Cependant, personne ne pouvait définir la véritable étendue du savoir occulte qu'ils possédaient, ni leurs buts réels, car l'identité de leurs membres était secrète ; personne ne pouvait pointer quiconque du doigt et affirmer qu'il s'agissait d'un rosicrucien. Cela n'aida pas à calmer l'indignation du peuple ; les prédicateurs fulminaient contre les croyances supposées hérétiques des rosicruciens, les érudits dénonçaient leurs découvertes scientifiques présumées, et les personnalités politiques s'inquiétaient d'une potentielle collusion dans les affaires internes de la France.

Mais Louis avait été ravi. Une confrérie clandestine de sages dont le savoir secret leur conférait de grands pouvoirs ? Fantastique ! Qui aurait bien pu être contre ? Une société d'érudits qui n'apparaissaient jamais en public ne verrait sûrement pas d'inconvénient à ce que l'un de ses membres soit bossu. Même s'il était catholique, Louis d'Astarac était prêt à rejoindre une telle confrérie sans la moindre hésitation – si seulement il arrivait à trouver comment. Il décida d'essayer de trouver la vérité qui se cachait derrière tout ce bruit, le feu derrière la fumée.

Certains tracts, d'abord publiés anonymement en Allemagne, semblaient contenir d'authentiques doctrines de la fraternité de la Rose-Croix. *La fameuse fraternité de la Rose-Croix*, et sa suite, *Confession de la fraternité de la Rose-Croix*, décrivaient une société secrète de savants, fondée par un sage quasi légendaire du nom de Christian Rosenkreutz. Leur sagesse découlait d'un accès à la doctrine chrétienne originale et véritable datant de l'époque de la fondation de l'Église, soutenue par la vérité révélée de la « tradition hermétique » qui remontait à l'Égypte antique.

D'après les tracts, le savoir rosicrucien combinait la croyance chrétienne en l'intercession des anges, la magie juive cabalistique et l'astrologie égyptienne, le tout organisé, révélé et manipulé à travers le pouvoir des mathématiques avancées. On racontait qu'il s'agissait du soubassement de tout art et toute science, lesquels « s'harmonisaient » via le pouvoir du Nombre. Quelqu'un qui comprenait parfaitement les mathématiques et la numérologie rosicruciennes était en théorie capable de comprendre le fonctionnement de l'univers entier, et de s'approcher de l'esprit de Dieu.

Le jeune Louis avait dévoré les deux ouvrages, fasciné par l'existence sous-entendue d'un passe-partout vers l'intégralité du savoir. Les rosicruciens devaient garder secrète leur affiliation à la fraternité, adoptant les habits et les coutumes du pays dans lequel ils vivaient. Ils devaient user de leurs connaissances occultes uniquement pour le bien – principalement pour soigner, ce qu'ils devaient toujours faire *gratis*. Surtout, ils devaient se tenir prêts pour le jour où ils se révéleraient en tant qu'organisation et dévoileraient leurs plus grands secrets, unifiant toutes les dénominations religieuses et révolutionnant le savoir humain. Cette ancienne sagesse était bien différente de la sorcellerie, de la fausse astrologie ou des tentatives alchimiques de transformer les vils métaux en or, et les frères rosicruciens étaient obligés de renoncer à de telles pratiques douteuses.

Aucune des formules mathématiques ou alchimiques qui servaient de fondation au savoir rosicrucien n'était expliquée dans ces tracts anonymes. Cependant, leur utilité était évoquée, du moins de façon allégorique, dans un troisième ouvrage, *Les Noces chymiques de Christian Rosenkreutz*, de Johann Valentin Andreae. Cette longue histoire racontait la présence de frère Rosenkreutz au mariage d'un roi et d'une reine mystiques, des personnages qui représentaient également les principes alchimiques. Ce mariage symbolique annonçait l'arrivée d'une nouvelle ère du savoir humain. Les festivités duraient sept jours, durant lesquels différents sages rosicruciens révélaient leurs pouvoirs en accomplissant des miracles d'« alchimie spirituelle », par exemple en créant ou en redonnant la vie.

Des choses passionnantes, mais Louis avait du mal avec certaines des allégories les plus alambiquées, notamment parce que tout était en allemand, une langue qu'il ne maîtrisait pas encore complètement. Le texte posait plus de questions qu'il n'apportait de réponses, ce qui ne faisait qu'accroître l'appétit du jeune Louis d'Astarac. Mais comment faire pour retrouver la trace d'une confrérie invisible ?

Les Noces chymiques avait été publiées à Oppenheim, et Louis se souvenait qu'un autre étudiant au séminaire venait de cette ville du Rhin. Il s'arrangea pour croiser par hasard le garçon et aborda prudemment le sujet de la fraternité de la Rose-Croix – prudemment, car il faisait allusion à une hérésie protestante dans un séminaire catholique. Mais le garçon d'Oppenheim savait très bien de quoi il parlait et l'adressa, non sans un certain dédain, à son grand frère, étudiant à la Sorbonne, de l'autre côté de la Seine.

Le frère, qui étudiait la médecine, affirma d'abord qu'il n'avait aucune idée de ce dont parlait Louis. Il dit qu'il était un bon adepte de Galen et abhorrait les erreurs des hermétiques comme Paracelse, et les théories médico-astrales discréditées des alchimistes spirituels. Il venait d'une bonne famille catholique, dit-il, chassé d'Oppenheim par l'oppression des protestants.

Mais Louis connaissait la faiblesse notoire des étudiants de la Sorbonne, et après avoir bu quelques coups à la taverne du coin, le bon adepte de Galen se livra. Les oppresseurs protestants de sa famille étaient en réalité des créanciers qui avaient saisi les biens de son père après l'échec d'un montage financier. Ils avaient dû partir précipitamment à Reims, et redécouvrir soudain la foi catholique de leur famille. L'étudiant avait détesté devoir quitter Oppenheim, où il travaillait en tant qu'apprenti imprimeur dans la maison d'édition de Bry, mais tout était tombé à l'eau de toute manière lorsque Spinola était arrivé avec ses troupes impériales pour rendre le Palatinat à nouveau sûr pour les catholiques.

De Bry avait imprimé *Les Noces chymiques* et un certain nombre d'autres livres et pamphlets rosicruciens, certains signés, la plupart anonymes. L'étudiant avait gardé des copies d'environ une demi-douzaine de ses textes préférés. Louis était peut-être hideux, mais déjà à l'époque il était beau parleur, et il avait réussi à flatter suffisamment l'étudiant pour que celui-ci sorte les précieux ouvrages de sous son lit et les lui montre. Louis les voulait tous – et petit à petit, au fil des mois qui suivirent, il les obtint, car l'étudiant les lui vendit un par un dès qu'il n'avait plus d'argent.

Ainsi Louis put lire *Apologie sommaire, lavant et nettoyant, comme par les flots de la vérité, la fraternité de la Rose-Croix, éclaboussée des taches de la suspicion et de l'infamie* de Robert Fludd et l'*Atalante fugitive* de Michael Maier, un superbe livre sur les emblèmes allégoriques en lien avec l'alchimie spirituelle. Il rencontra pour la première fois la médecine paracelsiste dans la *Basilica Chymica* d'Oswald Crollius, et avec les appareils magico-mécaniques de Salomon de Caus dans son *Hortus Palatinus.*

Louis avait été fasciné par les descriptions des automates de De Caus, et avait harcelé l'étudiant pour qu'il lui présente un autre réfugié du Palatinat qui affirmait avoir rencontré le mécaniste en personne. L'homme avait refusé de donner son nom à Louis, et même de sortir complètement de l'ombre dans la petite ruelle où ils se rencontrèrent, mais il avait un grand besoin d'argent – « Pour voyager », avait-il dit –, donc il avait vendu à Louis quatre automates magiques miniatures que de Caus avait fabriqués comme modèles pour de plus grands projets. Louis sourit en se remémorant qu'il avait dépensé presque tout l'argent qu'il lui restait pour six mois afin d'acheter les automates, et qu'il avait vécu d'orge et de millet pendant les mois suivants.

Les automates – une horloge astronomique, un petit lion rugissant, une fontaine minuscule et un orgue éolien de poche – avaient ravi Louis en secret pendant un an avec leurs bruissements miniatures. Petit à petit, les appareils s'étaient usés et ils avaient fini par ne plus bouger du tout. Cependant, ils demeuraient la preuve que les rosicruciens détenaient certains secrets, et pendant un temps il les avait adorés.

La capacité d'attention des Parisiens étant toujours très courte, la peur des rosicruciens disparut bien vite, et Louis n'avait toujours pas rencontré de frère de la Rose-Croix. Il réunit ses dernières pièces d'or et essaya de soudoyer l'étudiant en médecine de la Sorbonne pour qu'il lui révèle quoi que ce soit qui pourrait l'aiguiller. L'étudiant prit son argent et lui donna un nom : celui de René Descartes, un jeune érudit obscur qui vivait sur la rive gauche. « Mais il va sûrement te congédier, dit-il au bossu d'un ton revêche maintenant qu'il n'avait plus d'argent à lui soutirer. Il n'est pas très amical. »

En effet, il n'était pas spécialement cordial, mais il ne congédia pas Louis pour autant. Il reçut M. d'Astarac dans son petit appartement du Quartier latin avec une politesse méfiante, donnant l'impression qu'il aurait bien fait fi des convenances si cela avait été possible pour un gentilhomme. Le savant Descartes avait presque la trentaine, soit une bonne dizaine d'années de plus que de Fontrailles. Il avait des cheveux noirs et filasses, des yeux enfoncés, un nez plutôt proéminent et un menton qui disparaissait derrière un bouc noir. « Je suis ravi de faire votre connaissance, monsieur d'Astarac », dit-il, et s'il ne semblait pas vraiment sincère, il ne fit pas montre de l'habituel dégoût que les gens ressentaient en voyant Louis.

Après quelques phrases d'introduction inutiles, Descartes en vint au fait. « Comment puis-je vous aider, monsieur d'Astarac ? Qu'est-ce qui vous amène chez moi ? »

Le savant était visiblement un homme sérieux, et Louis décida de ne pas tergiverser. « Je m'intéresse à la fraternité de la Rose-Croix, monsieur Descartes, et l'on m'a dit que vous saviez quelque chose à ce sujet. »

Cette fois, le visage de Descartes exprima clairement le dégoût. Il fit un signe de la main en direction de la porte.

« Si tel est votre intérêt, vous pouvez partir dès maintenant sans perdre davantage de votre temps, qui est j'imagine aussi précieux que le mien. J'ai connu suffisamment de gens qui m'accusaient d'être un rosicrucien simplement parce que j'ai étudié en Allemagne. Il est évident que je ne peux pas appartenir à une confrérie invisible, étant moi-même bien visible.

— Monsieur Descartes, je n'ai jamais eu l'intention de proférer une telle supputation, dit Louis, inquiet. Je ne suis qu'un innocent en quête de savoir. Beaucoup de choses ont été dites et écrites au sujet des rosicruciens ; je veux juste découvrir la vérité. »

Le visage de Descartes demeurait sombre, réticent. « Innocent ? Peut-être. Naïf, en tout cas, dit-il sans méchanceté. En toute honnêteté, je peux affirmer que je n'ai rien à vous dire. Et je vous recommande sincèrement de trouver un autre sujet de recherches. Les mathématiques, peut-être. Ou l'optique. »

Louis poussa un grand soupir et passa ses doigts tordus dans sa chevelure ondulée.

« Je vous en prie, monsieur Descartes. C'est important pour moi. N'y a-t-il rien que vous puissiez m'apprendre ?

— Non. » La bouche du savant tressauta. « Mais je vais vous donner quelque chose. Les affaires des rosicruciens sont devenues une telle nuisance que je m'apprêtais à détruire ce volume, et je vous suggère d'en faire de même. Mais tant que vous me promettez de ne pas dire où vous l'avez obtenu, je vous laisse maître de cette décision. »

Louis déglutit et dit : « Je le promets, bien sûr. »

Descartes fouilla dans un coin dans une pile de livres qui lui arrivait aux genoux et en sortit un fin folio à la couverture de cuir. « Le voici : *Les Trois Mystiques Clercs*, d'Andreae – du moins, une partie de l'ouvrage. »

Louis se saisit délicatement du livre et l'observa avec émerveillement.

« *Les Trois Mystiques Clercs* ? Je n'en ai jamais entendu parler.

— Précisément, dit Descartes. À présent, emportez-le, monsieur, et veuillez ne plus associer mon nom aux rosicruciens. »

Aussi rapidement que le lui permettaient ses jambes arquées, Louis se hâta de rentrer chez lui, referma la porte, prit le livre, s'installa sur une chaise devant son unique fenêtre, et l'ouvrit. Entre les deux couvertures rigides, il trouva un folio non relié de la première partie des *Trois Mystiques Clercs de Christian Rosenkreutz*, vraisemblablement une suite aux *Noces chymiques*. Attribué à « Johannes Andreaeus », le texte écrit en latin et non en allemand regorgeait de ratures et de corrections manuscrites – une sorte de version des épreuves de l'auteur. Cependant, il n'y avait pas plus d'une douzaine de pages : il ne s'agissait que de la préface, et non de l'ouvrage entier.

La préface promettait un livre qui révélerait les véritables formules derrière les secrets des rosicruciens, décrivant une œuvre divisée en trois longs chapitres, ou « Legs », chacun rédigé sous la forme d'une lettre du vieux Rosenkreutz transmettant sa sagesse à un « petit-neveu » en Bavière, en Bohème ou en Saxe. Le Premier Leg décrivait les « Règles des Mécanismes », le second était dédié aux questions d'astronomie et d'astrologie, et le troisième expliquait les formules de l'alchimie spirituelle.

Pour Louis d'Astarac, la chose la plus palpitante concernant cette préface résidait dans une référence, lors d'une description du Troisième Leg, à une médecine révolutionnaire basée sur les liens entre le macrocosme de l'univers et le microcosme du corps humain. Ce passage promettait de révéler dans le chapitre sur l'alchimie spirituelle des pratiques permettant de prolonger la vie, défier les pestes et les cancers, et « redresser les membres des déformés ».

Lorsque Louis lut ces mots, il eut soudain l'impression de ne plus pouvoir respirer. Il chercha à reprendre son souffle, s'assit et tira sur son col, puis il essaya de se concentrer sur la page. Le livre tremblant entre ses mains, il relut le passage.

C'était bien cela : *corrigere membruum deformatus.* « Redresser les membres des déformés. »

Il fut déterminé : il devait trouver une copie complète des *Trois Mystiques Clercs.* Il fouilla toutes les librairies de Paris, même les étals des bouquinistes du pont Neuf, mais en vain ; plus d'un vendeur lui répondit qu'un tel livre n'avait jamais été publié. Il n'eut pas plus de succès dans les bibliothèques privées, et il finit par abandonner lorsqu'un autre étudiant au séminaire lui fit comprendre que son intérêt pour ce qui n'était, après tout, que de la magie hérétique, commençait à lui attirer une attention indésirable.

La question en était restée là jusqu'à la veille au soir, lorsque le vicomte de Fontrailles, passablement alcoolisé, l'esprit empli de pensées confuses concernant Isabeau de Bonnefont et Balthazar Gerbier, s'était soudain souvenu de la phrase tirée du livre d'Andreaeus. Il avait ressorti le folio écorné, trouvé le passage qu'il connaissait si bien, et pleuré. Puis il avait ouvert une autre bouteille, s'était versé un dernier verre, avait posé la tête sur son bureau et s'était effondré.

À présent sa tête tambourinait si fort que le son semblait provenir de sa porte. Mais non – le son *provenait bien* de la porte. De l'autre côté du montant, Vidou cria : « Une chose affreuse, Monseigneur ! Ouvrez ! Une chose affreuse s'est produite ! »

Par pure volonté, de Fontrailles ouvrit les yeux et se mit debout, tenant sa tête pour l'empêcher de lui tomber des épaules. Il ouvrit la porte et observa son serviteur. « Par tous les chats sacrés d'Italie ! Qu'est-ce que tu racontes, Vidou ? Je t'en prie, au nom de Dieu, baisse la voix. »

Vidou déglutit et recula d'un pas, et de Fontrailles se rendit compte qu'il devait être encore plus effrayant que d'ordinaire.

« Dans le village, Monseigneur, dit son valet. À l'auberge. Ils ont trouvé un homme mort, poignardé – assassiné !

— Merdieu ! C'est vrai ? Était-ce M. Gerbier ?

— Non, Monseigneur, quelqu'un d'autre.

— Très bien, Vidou. J'imagine que je vais devoir m'y pencher. Allons à l'étage pour voir si tu peux me trouver une chemise propre. »

Pendant que Vidou l'habillait, de Fontrailles se nourrit en avalant quelques bouchées de pain – il ne pouvait rien avaler d'autre – et essaya de remettre de l'ordre dans ses pensées. Un voyageur assassiné à l'auberge ! Un voyageur qui n'était pas Gerbier. Pourquoi y avait-il autant de voyageurs en même temps dans ce petit village, si loin des grandes routes ?

En tant que seigneur local, de Fontrailles était ce qui se rapprochait le plus d'un représentant de la justice royale, car le magistrat le plus proche se trouvait à Tarbes, donc on attendait de lui qu'il s'intéresse aux crimes commis sur son domaine, surtout s'il s'agissait d'une affaire aussi sensationnelle que le meurtre d'un étranger. Le temps que le vicomte descende dans la cour, son cheval était sellé et prêt à partir. Le village se trouvait au bas de la colline, mais un seigneur ne faisait jamais un trajet à pied s'il pouvait le faire à cheval.

Le village de Fontrailles n'était pas grand-chose de plus qu'un carrefour, et presque tous ses habitants étaient employés au château ou aux vignes, notamment depuis que le vicomte avait commencé à relancer ses affaires viticoles. Le père de Louis n'avait pas eu le même intérêt pour le vin et avait préféré consacrer son temps aux chevaux et à la chasse. Depuis qu'il avait accédé au titre, de Fontrailles avait tout changé : il avait engagé un maître vigneron qu'il avait débauché du domaine du comte de Peyrac, près de

Toulouse, et fait construire un atelier de tonnellerie qui produisait tellement de fûts qu'il pouvait vendre l'excédent à ses voisins.

L'auberge du Coq Batailleur se trouvait au croisement des deux routes, en face de l'église, de la nouvelle tonnellerie et de la place où les commerçants installaient leurs étals pour le marché. L'établissement n'avait rien d'exceptionnel et tirait ses clients du fait qu'il se trouvait exactement à un jour de marche des villes de Tarbes et de Mirande. Caubous, l'aubergiste, accueillit de Fontrailles juste devant la porte. Il gémissait piteusement et se tordait les doigts. Le valet d'écurie tint le cheval du vicomte le temps que celui-ci en descende, puis il mena Sa Seigneurie dans la plus petite des deux chambres privées de l'auberge, où se trouvait la scène du crime.

L'homme était bien mort. Il gisait sur le dos sur le lit, les yeux exorbités, les bras écartés, un couteau à viande profondément enfoncé dans la poitrine. C'était la première victime de meurtre que de Fontrailles voyait de sa vie, et il lui fallut un moment pour combattre l'horreur et la nausée avant de réfléchir à ce qu'il devait faire. Le sang avait imbibé les draps et le matelas de paille. Il y avait aussi une tache sur la lèvre supérieure de l'homme, mais aucune blessure apparente à cet endroit. Le vicomte n'avait pas spécialement envie de toucher la chair du défunt, donc il enfila ses gants de cheval avant d'ouvrir la bouche du cadavre pour en inspecter l'intérieur. L'homme ne semblait pas s'être mordu la langue ni l'intérieur des joues.

De Fontrailles demanda :

« Avait-il un serviteur ?

— Non, monsieur le vicomte, dit l'aubergiste. Il est arrivé seul. J'ai trouvé cela étrange.

— Et ses affaires ?

— Ses bagages sont ici, Monseigneur. Je n'y ai pas touché ! »

Le gérant suintait de peur. De Fontrailles fouilla les sacoches de la victime ; des habits de voyage, rien de plus. Il ouvrit une bourse et y trouva quelques pièces, une petite silhouette représentant une femme et deux enfants, et trois lettres. Il déplia la première, qui contenait quatre lignes énigmatiques :

Andreaeus

Fontrailles

Armagnac

Rochefort

Louis frissonna soudain. Son livre, son nom, sa province. Qu'est-ce que cela pouvait bien vouloir dire ?

Il posa la lettre et ouvrit la seconde ; il s'agissait d'une lettre de présentation à l'intendant de Sa Majesté à Toulouse. La troisième autorisait le porteur, M. Thomas La Planche, à enquêter officiellement au nom de l'État. Les deux missives étaient signées « Le Card. de Richelieu ».

De Fontrailles sentit les poils de sa nuque se hérisser. Le cardinal de Richelieu ! Ce n'était pas un meurtre ordinaire. L'homme ne s'était rien fait voler. Louis demanda :

« Où est M. Gerbier ?

— Il est parti très tôt ce matin, en direction de Mirande, bien avant qu'on ne découvre cette… cette terrible affaire !

— Reconnaissez-vous ce couteau ?

— Oh, monsieur le vicomte, il vient de notre cuisine. »

L'homme était presque prostré.

« Très bien, Caubous. Reprenez-vous. Je vais d'abord parler avec le personnel de cuisine, puis avec le reste de vos gens. »

Personne n'avait rien vu ni entendu, personne ne savait rien. Bien sûr, ils étaient tous terrifiés et osaient à peine donner leur propre nom. De Fontrailles leur fit savoir qu'il était disposé à recevoir plus tard en privé quiconque se souviendrait de quoi que ce soit, et demanda son cheval.

L'aubergiste dit :

« Est-ce que Monseigneur soupçonne... ?

— Oh, je ne crois pas que ce soit l'œuvre de quelqu'un de chez vous, Caubous. Il y avait du sang sur la lèvre du mort et ce n'était pas le sien – le coupable a posé la main sur sa bouche en le tuant, et la victime l'a mordu. Aucun de vos gens n'a de blessure aux mains.

— Monseigneur est aussi intelligent qu'un savant ! »

De Fontrailles ricana. « Assez, Caubous. Si vos employés vous demandent un peu de congé, accordez-le-leur, entendu ? »

Il chevaucha jusqu'au château, où il convoqua son sergent et ses hommes d'armes pour les envoyer à la poursuite de Gerbier, même s'il n'avait que peu d'espoir qu'ils le rattrapent – l'Anglais avait une bonne monture, et six heures d'avance à présent. Puis de Fontrailles retourna à son bureau en réfléchissant à ce qu'il pouvait faire de plus.

Il trouva les choses comme il les avait laissées... c'est-à-dire en désordre. Un simple meurtre dans le village et tout le monde prenait sa journée ? Il allait devoir en toucher deux mots à Lapeyre.

Il regarda son verre de vin, encore aux trois quarts plein, et secoua la tête avec regret. Bien mal lui en avait pris de boire à l'excès. Il tendit la main pour l'attraper et remarqua les trois petites miettes blanches au pied du verre qui l'avaient tant gêné à la lueur du soleil matinal. Maintenant qu'il y pensait, de quoi s'agissait-il ?

Il les inspecta de plus près. Elles étaient irrégulières, mais pas cristallines, donc ce n'était pas une sorte de sel. Soudain méfiant, il regarda dans le verre et fit tourner légèrement le vin. Un résidu blanc se trouvait au fond.

De la drogue – ou du poison.

Il posa délicatement le verre et regarda partout dans le bureau d'un œil nouveau. Se pouvait-il qu'un intrus soit venu pendant qu'il dormait, ivre, à sa table ? Il essaya de se rappeler comment il avait laissé les choses, pour voir si certains éléments avaient été dérangés. Sur le bureau se trouvait un bougeoir avec une mare de cire qui formait autrefois une chandelle. Que devait-il y avoir d'autre ? Il réfléchit : quand il s'était effondré, il lisait le folio des *Trois Mystiques Clercs* que Gerbier voulait…

Mais à part le verre et la bouteille, il n'y avait rien sur le bureau. L'Andreaeus avait disparu.

IV

L'ÉPAULE D'ASTARAC, L'HUMEUR DE VIDOU ET LES DENTS DU COCODRIL

Le troisième lundi du mois de mai 1626, la ville de Meung-sur-Loire se trouvait dans un tel état de torpeur qu'on l'aurait crue sous l'emprise du sortilège d'un magicien. La chaleur était arrivée tôt cette année, et se mouvoir était déjà pénible dans l'humidité. Les gardes de la ville hochèrent à peine la tête tandis que de Fontrailles et Vidou, menant deux chevaux de bât et deux montures de rechange, traversaient la grille est pour prendre la route d'Orléans.

De Fontrailles était heureux de laisser Meung derrière lui. L'aubergiste du Joyeux Meunier s'était plaint de manquer de personnel, ayant récemment perdu son valet d'écurie, et le service avait été lent et sommaire. Vidou, le valet du vicomte, avait dû s'occuper des chevaux, une indignité qui venait ajouter un grief de plus sur sa liste de plus en plus longue.

« Ce n'est rien qu'un emmerdement, voilà ce que c'est, marmonna Vidou en toussant à travers le nuage de poussière soulevé par un chariot à bœufs. La peste soit du voyage. »

En son for intérieur, le vicomte de Fontrailles était d'accord avec lui, mais il dit :

« C'est le troisième jour sans pluie, Vidou ! Les routes seront bien fermes. Nous allons déjeuner à Orléans, en espérant arriver à Bazoches avant la nuit tombée. On sera à Paris en un rien de temps !

— Si mes hémorroïdes ne me tuent pas avant », grommela Vidou dans sa barbe.

Pauvre Vidou. J'imagine qu'il a raison d'être de mauvaise humeur, se dit Louis. *Le voyage n'a pas été facile.*

À dire vrai, de Fontrailles avait imposé une cadence effrénée depuis leur départ vers le nord, continuant à avancer dans les soirées de plus en plus longues alors que Vidou et leurs montures avaient bien besoin de s'arrêter. Les brigands et les bandits de grand chemin rendaient la route dangereuse après la tombée de la nuit, surtout sans escorte armée, mais plus d'une fois ils avaient continué leur route dans l'obscurité, au grand dam de Vidou.

Pendant la majeure partie du trajet, ils avaient été accompagnés de deux hommes d'armes, mais à Blois, ces idiots avaient bu et s'étaient querellés au sujet d'une serveuse. Ils avaient sorti leurs couteaux : l'un d'eux avait fini à l'hôtel-Dieu avec une entaille au flanc, l'autre dans une prison locale. Louis avait essayé d'engager des remplaçants, mais il n'y avait pas grand choix à Blois, et il n'avait pas aimé l'allure des voyous disponibles. Ils auraient peut-être plus de chance à Orléans.

De Fontrailles n'avait aucune envie de perdre du temps ; il était pressé d'arriver à Paris. Le duc de Buckingham et le cardinal de Richelieu avaient tous deux envoyé des agents dans son petit fief au pied des Pyrénées, visiblement pour se procurer sa copie partielle des *Trois Mystiques Clercs* –, et ils étaient prêts à tuer pour l'obtenir. Si les Premiers ministres d'Angleterre et de France étaient aussi impatients d'acquérir les secrets du savoir rosicrucien, c'était qu'il devait bien y avoir quelque chose à trouver dans cette histoire d'alchimie spirituelle. Une chose importante, même : la clé d'un grand pouvoir, sans quoi des hommes comme Buckingham ou Richelieu ne s'y intéresseraient pas.

Si l'alchimie spirituelle existait réellement, alors elle pouvait peut-être prolonger la vie, guérir les pestes et les cancers, et redresser les membres des déformés.

Et leur dos. Et leurs épaules.

Isabeau de Bonnefont avait d'autres prétendants. Elle ne pourrait pas les éconduire pour toujours.

Louis devait agir vite.

Il était d'abord parti de Fontrailles dans l'espoir de rattraper Balthazar Gerbier, le présumé voleur du folio et assassin de La Planche, l'agent du cardinal. Il avait une journée de retard sur l'homme, mais il aurait peut-être un peu de chance : Gerbier pouvait se faire ralentir par des brigands, ou tomber malade, ou bien être retardé pour des dizaines d'autres raisons.

Quitter le foyer avait été difficile pour de Fontrailles, de bien des manières. Chevaucher, avec son dos tordu, était une tâche ardue pour lui, car cela lui faisait un mal de chien, d'autant plus qu'il tenait à avancer à un rythme soutenu. Aussi, il avait vécu pendant deux ans avec des gens qui s'étaient habitués à fréquenter un bossu, et qui lui devaient une certaine déférence car il était seigneur en son domaine. Sur la route, il était à nouveau exposé à la peur et à la révulsion que sa difformité inspirait aux petites gens, qui voyaient les bossus comme des oiseaux de mauvais augure, voire des êtres maléfiques. Cette réaction lui infligeait une douleur plus grande que celle de son dos.

De Fontrailles suivit Gerbier vers le nord jusqu'à la Garonne, puis au nord-ouest sur la route de Bordeaux, qui longeait la rivière jusqu'à la côte atlantique. Le temps qu'ils atteignent les portes de Bordeaux, de Fontrailles avait compris qu'ils n'étaient pas loin derrière leur cible – mais comment retrouver l'Anglais dans cette grande cité portuaire ?

Ce fut Vidou qui trouva un indice. En passant devant une étable, il s'écria soudain :

« Monseigneur ! Ne seraient-ce pas là les mules que chevauchaient les laquais de l'Anglais ?

— Merdieu ! Je crois que tu as raison. Hé, toi ! Garçon ! » De Fontrailles appela le garçon d'écurie qui menait les bêtes. « Je te donnerai un demi-écu si tu me dis d'où viennent ces deux mules. »

Le garçon resta bouche bée devant sa générosité, puis bredouilla :

« Mais bien sûr, Votre Seigneurie ! M. Bingham, le facteur anglais, me les a vendues ce matin.

— Et où puis-je trouver ce M. Bingham ?

— À son entrepôt, au bout du quai, Monseigneur. »

L'entrepôt n'était pas difficile à trouver, et M. Bingham non plus : un marchand au visage rougeaud qui se trouvait sur la jetée avec son commis comptable et inspectait un chargement de produits secs. « Monsieur Bingham ? dit Louis avant même de descendre de cheval. Je suis le vicomte de Fontrailles. Excusez-moi de me présenter de la sorte, mais je dois trouver urgemment M. Balthazar Gerbier. »

Bingham haussa ses sourcils broussailleux.

« Gerbier ? J'ai bien peur que vous l'ayez raté.

— Que voulez-vous dire ? »

En guise de réponse, Bingham se contenta de pointer du doigt en direction de l'eau, où une caraque anglaise sortait du port sur le grand estuaire brun de la Garonne, ouvrant les voiles pour prendre le vent du sud. « Ils sont partis il y a une heure, dit Bingham. Pour Portsmouth, en Angleterre. »

Vidou pesta, et de Fontrailles hocha la tête. C'était décevant, bien sûr, mais pas inattendu : rattraper Gerbier n'avait jamais rien eu d'une évidence. De Fontrailles se rabattit sur son plan alternatif : il irait à Paris et proposerait ses services au cardinal de Richelieu dans sa présumée quête des *Trois Mystiques Clercs*. Il pensait en savoir bien plus sur le sujet que la plupart des gens. Il pourrait prétendre qu'il se sentait responsable envers le cardinal dans cette affaire parce que La Planche avait été assassiné sur son domaine. Avec un peu de chance, de Fontrailles apprendrait ce que le cardinal avait découvert au sujet de l'alchimie spirituelle rosicrucienne. Isabeau pouvait encore être sienne.

Pour se donner plus de chances, de Fontrailles avait pris avec lui sa collection d'automates de De Caus, qu'il espérait présenter à Richelieu en guise de preuve de sa sincérité et de son dévouement. Emballer les mécanismes miniatures afin qu'ils survivent au voyage à dos de cheval avait beaucoup retardé son départ à la poursuite de Gerbier.

Mais les hommes et leur marchandise avaient tenu bon depuis Bordeaux, en passant par Saintonge et les interminables kilomètres du Poitou et de la Touraine. À présent, si la chance demeurait avec eux, ils se trouvaient à trois jours de Paris. La seule chose dont ils devaient s'inquiéter, c'était de ne pas succomber à la chaleur.

La route de Meung et la rivière qu'elle longeait sur la droite étaient toutes deux plates et rectilignes. L'atmosphère était lourde, immobile ; rien ne bougeait à part les reflets du soleil sur l'eau et l'air chaud qui s'élevait à la surface de la route. Sans prévenir, un groupe de perdrix émergea d'un bosquet et s'envola avec fracas en direction de la Loire en gloussant frénétiquement. De Fontrailles, qui commençait à somnoler, devint soudain alerte. Les perdrix ne quittaient pas leur cachette ainsi sans une bonne raison.

Du bosquet, quatre ou cinq jeunes hommes qui ressemblaient à des garçons de ferme apparurent sur la route, menés par un homme plus âgé qui arborait les habits et l'attitude d'un gentilhomme fermier de confession protestante. Il était armé d'un vieux fusil de chasse, et les autres portaient des instruments de ferme susceptibles de servir d'armes si nécessaire.

Si cette troupe cherchait à se battre, de Fontrailles et Vidou étaient en sous-nombre ; ils s'arrêtèrent suffisamment loin pour tourner les talons et fuir au besoin. « Bonjour à vous, monsieur, cria de Fontrailles. Que chassez-vous ? »

L'homme grogna. « Un Cocodril », répondit-il.

De Fontrailles rit.

« Un cocodril ! Sommes-nous donc près du delta du Nil ? Je croyais que c'était la Loire.

— Monsieur a bien raison, dit le fermier, posant son fusil contre son épaule, tandis que les garçons de ferme s'asseyaient sur la rive à l'ombre du bosquet. Mais, Égypte ou non, le Seigneur nous a envoyé un Cocodril pour nous punir. Si seulement ma fille ne s'était pas fiée à son sourire.

— Que s'est-il passé ? Elle a été mordue ?

— Pire. Le reptile a promis de l'épouser, et elle l'a cru. Il a profité de son innocence. Quand j'ai découvert ce qu'il avait fait, il a fui avant que j'aie pu mettre la main sur lui. Mais nous allons le retrouver et le ramener.

— Et ensuite ? Vous avez l'intention de le tuer ?

— Et violer l'un des commandements ? Certainement pas, dit le fermier. De plus, ce serait bien trop rapide. Non, je crois que je vais en faire mon gendre, et le mettre au travail pour qu'il nous creuse un nouveau puits – très profond. Le dur labeur fera sortir le diable qui est en lui. Il sera trop fatigué pour s'enfuir à nouveau. »

Il sourit avec un plaisir sordide. Louis continua de sourire aussi, mais il ne put refréner un frisson. *Serais-je aussi pressé d'épouser Isabeau si cet homme était son père ?* Il dit :

« Bonne chance, monsieur, et toutes mes félicitations pour les fiançailles de votre fille. Viens, Vidou. Nous n'avons pas de temps à perdre.

— Oh oui, ce serait dommage d'arriver en retard à vos propres funérailles », marmonna Vidou en s'essuyant le front.

Une heure plus tard, le soleil n'avait pas encore atteint son zénith lorsqu'ils entendirent les cris d'une meute de chiens, avant de voir les animaux sortir d'un bosquet de peupliers sur la route, hurlant avec incertitude en quête d'une piste. Ils étaient suivis par des hommes, dont certains à cheval : un chasseur, une demi-douzaine de rabatteurs et de piqueurs, et un homme vêtu d'une soutane de prêtre, qui dit :

« Bonjour, monsieur ! Avez-vous fait toute la route depuis Meung ?

— Oui, mon père, répondit de Fontrailles. Bonjour à vous ! Je dois dire qu'il est assez inhabituel de voir un prêtre à la chasse, surtout vu la chaleur du jour. Que chassez-vous, des cocodrils ? »

Le visage du prêtre s'assombrit. Louis regretta d'avoir ouvert la bouche, car sa boutade sembla fort peu appréciée. « L'affaire est donc déjà connue ? dit le prêtre entre ses dents, le bout de la langue frétillant de colère. Est-ce là le genre de plaisanterie que nous allons entendre, à présent ? »

De Fontrailles s'inclina jusqu'à toucher sa selle. « Je vous prie, mon père, de m'excuser ! Je voulais simplement dire qu'il fait si chaud qu'on se croirait en Afrique, à la chasse au cocodril. J'aurais tout aussi bien pu parler d'oliphant, ou d'autruche. » Louis se dit : *Pff ! Que c'est mauvais*, et leva les yeux pour voir comment le prêtre prenait la chose.

Il ne la prenait pas bien, mais il était visiblement déterminé à rester aussi digne que possible.

« C'est moi qui vous présente mes excuses, mon fils, dit-il lentement. J'ai laissé la colère prendre le dessus. J'ai connu beaucoup d'épreuves, ces deux derniers jours.

— Si je peux vous être utile d'une façon ou d'une autre en cette période difficile…

— Merci, monsieur. Dites-moi simplement si, sur la route depuis Meung, vous avez aperçu un homme mince et plutôt grand, aux cheveux et à la peau sombres, avec un visage large et une bouche pleine de dents. Il portait un habit de cheval en cuir, des bottes neuves et un chapeau coiffé d'une plume. »

De Fontrailles secoua la tête. « Désolé, mon père, nous n'avons vu personne correspondant à cette description. »

Le nez du prêtre tressauta d'agacement.

« Merci, mon fils, dit-il. Si vous le croisez, je vous serais reconnaissant d'en informer sur-le-champ le presbytère de Saint-Ay. Si je ne suis pas là, ma nièce vous recevra.

— Vous avez une nièce ?

— En effet. » Le nez du prêtre trembla à nouveau de rage. « J'ai une nièce. Si seulement j'avais eu plutôt un neveu ! »

J'ai encore mis les pieds dans le plat, se dit Louis. « Eh bien, nous allons reprendre la route. Bonne chance dans votre chasse, mon père. »

Ils n'avaient pas avancé de plus d'une demi-lieue lorsqu'ils entendirent un bruissement dans les buissons au bord de la route et une voix qui dit : « Hssst ! »

Vidou tira sur ses rênes et son cheval prit peur.

« Un serpent, Monseigneur !

— Non, Vidou, dit de Fontrailles. Je crois qu'il s'agit plutôt d'un cocodril. »

Les buissons s'écartèrent et un homme apparut sur la route : un homme mince et plutôt grand, aux cheveux et à la peau sombres. Il avait un visage large, et un sourire qui laissait entrevoir une imposante rangée de grandes dents anormalement pointues. Il s'inclina et ôta son chapeau, balayant presque la route avec le bout de sa plume.

« Sa Seigneurie a raison, dit l'homme en se redressant. Mon nom est Jean Reynon, mais tout le monde m'appelle Cocodril. Je vois que ma notoriété me précède.

— Notoriété n'est peut-être pas le mot juste, dit de Fontrailles. Je vois que vous portez une épée. Êtes-vous donc un gentilhomme, et dois-je vous appeler monsieur Cocodril ? »

Le sourire de l'homme s'élargit davantage.

« Je suis toujours gentil homme avec les femmes, mon bon monsieur, même si je ne suis pas bien né. Non, je porte une épée car je suis soldat.

— Capitaine Cocodril, alors ? À quel régiment appartenez-vous ?

— … Un soldat de fortune, Monseigneur, dans le régiment des vagabonds.

— Et que me voulez-vous, Cocodril ? Il y a des gens plus loin sur la route qui ont très envie de vous voir.

— Monseigneur est perspicace ! » L'homme fit un geste en direction de Vidou. « Je me demandais simplement pourquoi un exemple de noblesse comme Sa Seigneurie voyageait si peu entouré… »

Vidou renifla. « Aussi insolent qu'il est laid », marmonna-t-il.

Cocodril hocha ironiquement la tête à l'intention du valet. « Comme vous avez des chevaux supplémentaires et des biens à protéger, je me disais que Monseigneur accepterait sans doute si je proposais mes humbles talents à son service. »

De Fontrailles se frotta la barbe en réfléchissant. C'était un dangereux gredin, à n'en point douter – mais Louis aurait peut-être besoin d'un dangereux gredin.

« En quoi consistent ces humbles talents ?

— Je suis plutôt adroit avec ceci – Cocodril agrippa le pommeau de son épée –, et la présence d'un garde du corps compétent donnera à Sa Seigneurie l'apparence d'un homme important. De plus, je sais cuisiner – je suis de Marseille, et je cuisine une délicieuse bouillabaisse. Je peux m'occuper de vos chevaux, et parler au nom de Monseigneur aux sous-fifres qui sont bien en dessous de son rang.

— Vous avez des références ?

— J'ai récemment été employé comme valet d'écurie à l'auberge du Joyeux Meunier à Meung, où j'ai occupé toutes les fonctions que j'ai mentionnées à part garde du corps… même si, il y a quelques semaines, on m'a appelé pour aider à corriger le chiot turbulent qu'était un gentilhomme de l'arrière-pays. J'ai brisé son épée.

— Et dans votre temps libre, vous vous servez de votre langue agile pour séduire les filles des gens du coin. »

Cocodril sourit et s'inclina à nouveau.

« Monseigneur connaît-il un passe-temps plus agréable ? Qui plus est, il faut bien affûter son esprit, sans quoi il s'émousse.

— À mon service, Cocodril, c'est un passe-temps auquel vous vous adonnerez avec plus de prudence. En outre, je crois que pour l'heure je ferai envoyer la moitié de votre paye aux filles que vous avez abandonnées afin de contribuer à leur dot. »

Cocodril plissa les yeux, et son sourire devint menaçant. « Je ne crois pas que cette mesure convienne à mes exigences financières, Monseigneur. En fait, j'ai grand besoin d'une avance substantielle immédiate. Étant donné les limitations physiques plutôt évidentes de Sa Seigneurie, j'imagine que l'escrime ne fait pas partie de ses propres talents. » Il resserra sa poigne sur le pommeau de sa rapière.

De Fontrailles sortit nonchalamment un pistolet de son baudrier. « Vous avez raison, Cocodril, je ne suis pas doué du tout avec une épée. Mais je suis un excellent tireur. » Il actionna le rouet. « Je vous suggère de reconsidérer ma proposition. »

Cocodril ôta la main de son épée et s'agenouilla dans la poussière sur la route.

« J'accepte l'offre gracieuse de Sa Seigneurie, et lui jure mon indéfectible loyauté. Permettez-moi de vous présenter mes plus humbles excuses pour tout malentendu, Monseigneur de… ?

— Je suis Louis d'Astarac, vicomte de Fontrailles. Et voici Vidou. Montez sur le dernier cheval, Cocodril. Bienvenue à mon service. »

Trois jours plus tard, ils arrivèrent aux portes de Paris.

Le voyage s'était passé plus facilement grâce à la présence de Cocodril dans leurs rangs, et même l'amer Vidou en fut quelque peu adouci. Le grand homme était un excellent écuyer, qui témoignait d'une véritable affection pour les chevaux, et il cuisinait vraiment bien la bouillabaisse, utilisant des brèmes, des aloses et des anguilles de la Loire achetées au marché aux poissons d'Orléans, ainsi que des épices provençales qui provenaient de Dieu sait où. Il était vif d'esprit, avait une blague pour chaque occasion, et semblait connaître une infinité de chansons paillardes qu'il chantait d'une belle voix de baryton tandis qu'ils chevauchaient. Il se montrait toujours respectueux envers le vicomte, une attitude dans laquelle l'attentif de Fontrailles ne décelait aucune pointe d'ironie.

Les jours passèrent rapidement, et ainsi au troisième matin ils se retrouvèrent devant la haute porte Saint-Jacques, l'entrée sud de la ville fortifiée de Paris. Louis était excité. Paris ! Comment avait-il pu rester aussi loin aussi longtemps ?

Une foule habituelle de gens, de charrettes et de bétail attendait avec impatience de passer devant les gardes pour entrer dans la ville. En tant que noble, le vicomte de Fontrailles passait avant la horde de fermiers, de vachers, de marchands et de pèlerins, mais traverser cette masse de gens sans écraser personne demanda toute leur attention. Devant la herse intérieure, de Fontrailles fit un signe de tête aux archers las qui gardaient la porte. Une fois à l'intérieur de la ville, il dirigea son cheval vers un espace à l'écart du passage afin de rassembler son petit entourage autour de lui.

Vidou se trouvait à proximité, menant le cheval de bât qui transportait leurs bagages principaux. Mais Cocodril…

Cocodril n'était plus dans les parages.

Pas plus que l'autre cheval – celui qui transportait la précieuse collection d'automates de Salomon de Caus.

V

LES GARDES DU CARDINAL ET LES LARMES DE COCODRIL

Cocodril ! Le maudit scélérat n'avait fait que feindre la loyauté jusqu'à ce qu'il puisse s'enfuir avec des objets de valeur. Même s'il avait été prévenu du caractère suspect de l'homme, de Fontrailles s'était cru suffisamment malin pour éviter les ennuis en le surveillant de près. Mais le vaurien s'était défait de sa laisse, aussi discrètement que possible, à la première occasion.

Si de Fontrailles voulait avoir une chance de rattraper Cocodril, il fallait qu'il agisse immédiatement. Le fripon était ralenti par la charge de son cheval de bât, il ne pouvait être allé bien loin en deux minutes. Plusieurs rues partaient de la place derrière la porte Saint-Jacques. Toutes étaient bondées. Laquelle fallait-il prendre ?

« Votre Excellence cherche l'homme qui la suivait quand elle a passé la porte ? dit une jeune voix. L'homme aux grandes dents ? »

Un gamin des rues, probablement âgé de quatorze ans, tenait la bride de De Fontrailles en lui souriant. Il s'agissait sans doute d'un de ces garçons qui traînaient autour des portes de Paris dans l'espoir de vendre leurs services en tant que guides aux nouveaux arrivants.

« Tu as de bons yeux, dit de Fontrailles.

— Il vaut mieux », répondit le gamin souriant. Il bascula la tête en arrière pour dégager ses cheveux gras brun-roux de devant ses yeux. « Sinon, je mourrais de faim !

— Tu es engagé. Par où est-il passé ?

— Un écu d'or si on le rattrape ?

— D'argent.

— D'accord ! Venez ! Il est parti par là. »

Le garçon courut dans la rue Saint-Jacques, la route principale menant au centre de la ville. De Fontrailles et Vidou suivirent avec les chevaux, traversant la foule du mieux qu'ils pouvaient. Ils laissèrent derrière eux toute une traînée de marchands énervés, de charretiers indignés, et même une lavandière qui fit tomber un tas de vêtements et qui qualifia de Fontrailles de « maudit bossu ».

Le vicomte grimaça et essaya de ne tuer personne tout en gardant le garçon à l'œil. Le gamin s'arrêta au coin de la rue des Poirées et pointa du doigt vers la gauche en criant. « Là ! Je le vois ! » Puis il disparut dans la ruelle étroite.

Le temps que de Fontrailles et Vidou atteignent la rue des Poirées, le gamin était déjà à l'autre bout. Il sautait dans tous les sens en faisant de grands signes et en pointant du doigt – toujours vers la gauche. Les cavaliers traversèrent la ruelle boueuse, fort heureusement moins bondée que la rue principale, et sortirent rue de la Harpe, une artère principale parallèle à la rue Saint-Jacques. Sur la gauche se trouvait la porte Saint-Michel, une autre des quelque quinze portes de la ville. Sous ses tours crénelées, le garçon criait et faisait des signes.

« Cocodril est ressorti de la ville, dit de Fontrailles.

— Je ne l'ai jamais aimé. Je ne lui ai jamais fait confiance, grogna Vidou. Il me faisait des grimaces quand Monseigneur avait le dos tourné. »

Ils prirent la porte et traversèrent le pont-levis, le bruit des sabots résonnant sous la travée de bois tandis qu'ils passaient au-dessus des douves. Le garçon les attendait de l'autre côté. « Il est parti par là ! cria-t-il en pointant vers la droite en direction de la route qui longeait le fossé. Venez ! Il va s'échapper ! » Le gamin se remit à courir en se faufilant entre les chevaux et les bœufs, soulevant de la poussière et du crottin avec ses pieds nus.

De l'autre bout du pont, de Fontrailles et son valet avaient une vue bien dégagée sur la route. « Je ne vois pas Cocodril du tout », dit Vidou.

De Fontrailles jura.

« Nous avons été dupés ! Le garçon nous a envoyés sur une mauvaise piste.

— Le vilain traîne-misère ! cria Vidou. Eh bien, je vais m'assurer qu'il ne s'échappe pas, lui ! »

Il donna un coup d'éperons et partit à toute vitesse en direction du gamin sur la route le long du fossé, galopant à travers un troupeau de chèvres outrées.

« Vidou ! Arrête ! cria de Fontrailles. Bon sang ! » Il attrapa les rênes de l'autre cheval de bât et partit d'un air sombre à la poursuite de Vidou.

Ils serpentèrent à travers la circulation sur la route du fossé, puis ils empruntèrent la grande rue de Vaugirard. Ils passèrent devant le palais du Luxembourg, où une bruyante horde de charpentiers et de maçons érigeaient un monument à la reine mère, et le menaçant Petit Luxembourg, résidence du cardinal de Richelieu, son protégé de jadis. Le temps qu'ils arrivent au couvent des Carmélites, où les maisons étaient plus petites et la circulation moins dense, le garçon avait disparu. Au-delà se trouvaient les pâturages et les champs du Pré-aux-Clercs, encore épargnés par l'expansion du faubourg Saint-Germain.

De Fontrailles rattrapa Vidou et se saisit de la bride de son cheval. « Vidou, si tu charges à nouveau sans en avoir reçu l'ordre, je te renvoie en Armagnac pour arracher les mauvaises herbes de mes vignobles. »

Le valet pencha la tête.

« Monseigneur a raison. Je mériterais d'être battu. J'étais simplement en colère contre Cocodril, ce chien de porc souriant.

— D'accord. Nous avons perdu assez de temps à chasser ce lièvre-là. Allons… mais quel est ce vacarme infernal ? »

Toutes les cloches du couvent des Carmélites se mirent à sonner en une odieuse cacophonie. Une série de cris et de hurlements joyeux retentirent alors que les portes s'ouvraient avec fracas et que quatre cavaliers, dont l'un énorme, sortaient bras dessus bras dessous. Le plus jeune et le plus négligé criait plus fort que les autres et tenait quatre épées en l'air comme une bannière ennemie dont il se serait emparé. Ils avancèrent triomphalement vers la ville, une parade à eux seuls, réunissant au fur et à mesure une foule agitée qui les suivait par la seule force de leur énergie.

« À l'aide ! Oh, aidez-moi, messieurs », cria une nonne en détresse vêtue de l'habit blanc des Carmes déchaux.

Elle courut vers de Fontrailles, dont la mise trahissait sa condition de gentilhomme malgré son apparence. « Un massacre ! Tant de sang. Ils les ont fait entrer, qu'allons-nous faire ?

— Tiens les chevaux, Vidou, dit de Fontrailles. Montrez-moi, ma sœur. »

Quelques cloches sonnaient encore dans le beffroi tandis que de Fontrailles suivait la sœur de l'autre côté de la porte. Quatre hommes portant des tabards rouges étaient assis sur les marches de la chapelle, où certaines des nonnes les plus courageuses pansaient leurs plaies. Un cinquième gisait à leurs pieds, mort. Tous leurs fourreaux étaient vides.

« Veuillez me pardonner pour cette intrusion, messieurs, dit de Fontrailles. Puis-je vous être utile ?

— Nom de nom ! Vous arrivez un peu trop tard pour combattre, monsieur, dit un grand homme coiffé d'une crinière de cheveux blancs à qui l'on bandait la cuisse. Nous aurions eu besoin d'aide dix minutes plus tôt.

— Assez, Biscarat, dit péniblement un homme trapu et musclé d'environ une trentaine d'années qui avait visiblement reçu une blessure sérieuse. Merci, jeune homme. Nous sommes les gardes de monsieur le cardinal, et nous venons de subir un violent revers face à un groupe de ces assassins qui s'appellent mousquetaires du roi. Je suis l'enseigne de Jussac, et voici Cahusac, Laduite et Biscarat, ajouta-t-il en indiquant ses camarades blessés.

— Louis d'Astarac, vicomte de Fontrailles, à votre service. J'ai trois chevaux à l'extérieur et je peux emmener trois d'entre vous chez un chirurgien, ou bien où vous voudrez. Je crains que l'un d'entre vous ne doive marcher.

— Je peux marcher, dit Biscarat.

— Sur une jambe blessée ? dit de Jussac. Tout le monde admire votre courage, Biscarat, mais votre plaie est suffisamment sérieuse pour ne pas l'aggraver. »

Il toussa, ce qui parut lui faire mal.

« Ce n'est rien ! dit Biscarat. Le Petit Luxembourg n'est pas loin.

— Nous n'allons pas embarrasser Son Éminence en nous faisant transporter dans son hôtel à la vue de tous, blessés et défaits. La maison de La Houdinière est tout près d'ici ; nous allons demander à monsieur le vicomte de nous y emmener. Alors, qui marche ? »

L'homme que l'enseigne avait appelé Cahusac leva la main et se pointa du doigt en déglutissant. Il était blessé à la gorge et ne pouvait pas parler.

« Et Truchet ? demanda Biscarat en indiquant l'homme mort.

— Nous l'enverrons chercher, dit de Jussac. Très bien, Cahusac, vous mènerez la marche. Je crois... »

Mais il ferma la bouche, puis les yeux, et tomba soudain, inconscient.

Avec l'aide de Vidou et des nonnes, de Fontrailles fit monter les hommes du cardinal blessés sur les chevaux. Puis Cahusac, qui s'arrêtait de temps en temps pour cracher du sang, les mena jusqu'à une maison située rue de Seine, juste en dehors des murs de la ville et non loin du fleuve. Une fois à l'intérieur, les membres de la maisonnée s'activèrent autour des hommes blessés. La Houdinière, un autre officier de la garde du cardinal, insista pour qu'on installe de Jussac dans son propre lit.

De Jussac, une fois allongé sur le haut lit à baldaquin, resta éveillé juste assez longtemps pour échanger quelques mots avec La Houdinière. Puis il se tourna vers de Fontrailles et dit : « Je me dois de vous transmettre mes remerciements, et ceux de monsieur le cardinal. Êtes-vous arrivé récemment à Paris, monsieur le vicomte ? Je ne me souviens pas de vous avoir déjà vu, et… »

De Fontrailles termina mentalement sa phrase à sa place : *et mon apparence est plutôt mémorable.*

« À dire vrai, je viens d'arriver, monsieur de Jussac, avec l'intention d'offrir mes services à Son Éminence, votre maître.

— Je serai ravi de vous recommander à lui, répondit de Jussac d'une voix rauque. Dès que je serai remis sur pied. »

Il s'évanouit à nouveau.

« Il a perdu beaucoup de sang, dit La Houdinière, un homme mince et sec à l'apparence coriace d'un vieux soldat. Je vais devoir surveiller ce charlatan de chirurgien pour m'assurer qu'il ne le saigne pas davantage. »

De Fontrailles dit :

« J'ai vu les mousquetaires qui ont fait cela s'éloigner du couvent. Qui sont-ils ?

— De Jussac a dit qu'il s'agissait des trois inséparables : Athos, Porthos et Aramis, maudits soient-ils. » La Houdinière eut un regard noir. « Avec un jeune diable gascon appelé d'Artagnan. C'est ce d'Artagnan qui a blessé de Jussac – un coup de chance qui va sûrement lui faire une réputation. »

De Fontrailles prit congé et emprunta la porte de la cuisine, où il trouva Vidou en train d'essuyer du sang sur sa selle.

« Une demi-journée de foutue en l'air, marmonna le valet. On ne rattrapera plus jamais ce Cocodril, maintenant.

— Une demi-journée investie d'une façon qui me vaudra d'être personnellement introduit auprès du cardinal ! dit de Fontrailles en tapant dans le dos de son valet. Garde courage, Vidou ! Tu es comme un perpétuel jour de pluie.

— Et qu'allons-nous faire, maintenant, Monseigneur ?

— Je corresponds depuis des années avec un savant appelé Descartes, qui vit ici. Nous devrions trouver l'hospitalité chez lui. »

M. Descartes habitait un modeste logis dans le Quartier latin près de la Sorbonne, mais son serviteur apprit à de Fontrailles que monsieur n'était pas à la maison, et il n'aurait su dire quand il rentrerait. De Fontrailles donna son nom au serviteur et lui dit qu'ils reviendraient demain.

« Où allons-nous, maintenant, Monseigneur ? demanda Vidou dans la rue devant la maison de Descartes. Il nous faut un endroit où dormir, et où dîner.

— Tu as de la chance, Vidou ! J'ai une réponse à tes deux problèmes, dit une voix familière. Si Monseigneur est d'accord, bien entendu. »

C'était Cocodril – qui se comportait, à leur plus grand étonnement, comme si rien ne s'était passé. Il esquissa une courbette à l'intention de De Fontrailles, remit son chapeau de travers et sourit, les yeux brillants.

Vidou explosa. « Vite, Monseigneur ! Tenez-le pendant que je vais chercher la garde ! »

Cocodril parut perplexe. « La garde ? Pour quoi faire ? J'étais simplement allé chercher un logement convenable pour monsieur le vicomte, et je crois avoir trouvé quelque chose qui lui conviendra. En effet, j'ai déjà réservé, à titre d'essai, et j'ai commandé un repas à la taverne voisine. »

De Fontrailles le fusilla du regard ; il était très doué pour cela.

« Cocodril, tu es un fripon et un menteur. Je dois avouer qu'il m'est venu l'impulsion de dégainer mon pistolet et de te faire sauter la tête, mais cela aurait été incroyablement rustre de ma part, surtout sur le pas de la porte d'un ami.

Qui plus est, je vois que tu es revenu jusqu'à nous sans le cheval de bât qui transportait les automates, ce qui justifie le fait que je ne t'abatte pas sur-le-champ. Où est-il ?

— Mais en quoi vous ai-je offensé, Monseigneur ? Je vous ai perdu de vue dans la foule quand nous sommes entrés dans la ville, mais comme je suis un homme d'industrie et d'initiative, je me suis immédiatement mis au travail pour vous. Je me suis demandé : de quoi mon maître aura-t-il besoin ? D'un logement, bien sûr ! Et j'en ai trouvé un.

— Et le cheval ?

— Il nous attend là-bas, en sécurité ! Il aurait été irresponsable de transporter votre précieuse collection à travers les rues pendant que je vous cherchais.

— Et certainement moins sûr pour toi, une fois que tu nous aurais retrouvés. D'ailleurs, comment nous as-tu retrouvés ?

— Hier, Monseigneur a mentionné son intention d'aller voir son ami, le savant Descartes. J'ai demandé à des étudiants de la Sorbonne et ils m'ont envoyé ici.

— Mmh. Si tu n'as pas de conscience, tu as au moins de l'esprit. Emmène-nous jusqu'à ce logis. Mais d'abord, donne l'adresse au serviteur de Descartes pour qu'il sache où nous trouver. »

Le logement en question était bien plus que satisfaisant : le troisième étage d'une maison sur la place Dauphine, la nouvelle place triangulaire au pied de l'île de la Cité, située sur la Seine au cœur de Paris. La place Dauphine était adjacente au pont Neuf, le large pont du roi Henri IV qui traversait l'extrémité de l'île, et servait à la fois de marché en plein air et de lieu de carnaval. Le pont Neuf était un endroit bruyant mais, à seulement quelques pas de là, la place était relativement calme.

Cocodril leur fit visiter les trois pièces de l'appartement qu'il avait trouvé comme s'il conduisait un membre de la royauté à travers un palais. Les pièces étaient propres et décemment meublées. Surtout, dans un coin, se trouvait la collection d'automates de De Fontrailles encore dans sa malle poussiéreuse.

De Fontrailles observa Cocodril, qui se tenait fièrement au centre de la pièce, les mains sur les hanches, la lumière se réfléchissant sur son sourire grotesque.

« Vidou, va voir si les chevaux sont correctement installés à l'écurie, dit-il.

— Mais c'est Cocodril, le palefrenier, se plaignit Vidou.

— Fais ce que je te dis. J'ai besoin d'avoir une discussion privée avec M. le Cocodril. »

Vidou partit en grommelant. Cocodril souriait toujours, mais, suspectant peut-être ce qui allait arriver, il s'était redressé de toute sa taille. Musclé et vigoureux, il surplombait largement le vicomte rabougri. Louis l'avait vu manipuler un couteau quand il leur préparait à manger et savait que l'homme était rapide. Il devrait faire attention.

« C'était un excellent plan, Jean-Reynon-dit-Cocodril, dit de Fontrailles. Engager le gamin des rues pour nous envoyer paître était une idée brillante. J'imagine que les choses ont commencé à se compliquer quand tu es arrivé au pont Neuf, et que tu as découvert qu'il n'était pas aisé de se débarrasser rapidement et profitablement d'une collection d'automates miniatures. Alors tu as décidé que l'option la plus sûre était de continuer à jouer le rôle du serviteur loyal, confiant que tu pourrais me charmer avec ta langue agile ou m'impressionner avec tes prouesses physiques. »

Le sourire de Cocodril s'élargit, si une telle chose était possible. « Mais pas du tout ! La mauvaise opinion de

Monseigneur sur son humble serviteur est basée sur une série de malentendus regrettables. Tout s'est passé comme je vous l'ai dit, je vous le jure sur mon honneur ! » Il fit un pas en avant vers de Fontrailles.

« J'imagine que j'ai de la chance que tu n'aies pas fouillé plus loin dans ma collection, dit de Fontrailles en levant les yeux vers lui, sinon tu aurais trouvé l'or.

— *L'or ?* »

Cocodril jeta un coup d'œil rapide vers la pile de caisses dans le coin, et à cet instant de Fontrailles dégaina son pistolet et tira juste devant son visage. Comme prévu, la balle alla se loger dans une solive du plafond, mais Cocodril recula, les mains devant les yeux, aveuglé. Louis retourna le pistolet dans sa main et donna un grand coup de crosse sur la tête de Cocodril. Celui-ci tomba au sol, sonné et gémissant.

De Fontrailles laissa choir le pistolet, attrapa la dague de Cocodril à sa ceinture et plaqua la pointe contre la gorge de l'homme. « Ne bouge pas, dit de Fontrailles, même s'il avait lui-même les mains tremblantes. Maintenant, nous allons discuter tous les deux. »

Cocodril s'enfonça les poings dans les yeux et gémit :

« Vous m'avez aveuglé !

— Ça ne durera pas. Et toi non plus si tu penses à profiter de moi à nouveau. Tu es malin, Cocodril, mais tu n'es pas sage. Si c'est de l'argent que tu veux, tu t'en sortiras mieux en me servant qu'en essayant de me rouler. »

Cocodril cligna des yeux, serra fermement les paupières et les rouvrit.

« Je vois !

— Donc tu vois que je tiens ton couteau. Et tu vois ce que j'ai dans l'autre main. » Il glissa une main dans une poche et en ressortit une poignée de pièces qui s'entrechoquèrent. « Voilà l'or, Cocodril. C'est ta prime pour avoir trouvé cet endroit. Il est, comme tu dis, plutôt satisfaisant. »

Des pas résonnèrent dans l'escalier dehors et quelqu'un frappa à la porte. « Monsieur de Fontrailles ! Que se passe-t-il ici ? »

C'était la voix de sa nouvelle logeuse. De Fontrailles ouvrit la porte et laissa apparaître Mme Chasserel, qui vivait en dessous, et son serviteur Pomarg, qui tenait à la main un énorme gourdin. « Toutes mes excuses, madame, dit de Fontrailles en s'inclinant et en essayant de reprendre son souffle. Je disciplinais seulement mon valet de pied. »

Mme Chasserel, une femme solide et svelte d'une cinquantaine d'années qui portait des habits de deuil, regarda derrière de Fontrailles là où Cocodril, le visage noirci et la moustache en lambeaux, se remettait à peine sur ses pieds.

« Ah. Bien. Comme je le dis toujours, on n'est jamais trop sévère avec les domestiques.

— Je crois qu'il n'y aura plus de problèmes », dit de Fontrailles.

En réalité, il était sur un petit nuage. Malgré la taille et les talents de Cocodril, il avait réussi à remettre le grand gaillard à sa place !

Mme Chasserel fit la moue.

« Tant mieux. Je vous apprécie, malgré votre apparence infortunée, et je n'aimerais pas avoir à vous expulser.

— Je remercie madame de sa franchise.

— Au fait, un message est arrivé pour vous. Pomarg ? »

Pomarg, désormais encombré par le gourdin, le posa contre le mur et sortit une enveloppe de sa manche. « Un coursier vient de l'apporter », dit-il timidement, en inclinant la tête.

De Fontrailles l'emmena près d'une fenêtre et l'ouvrit à la lumière du jour déclinant. Comme il s'y attendait, le message venait de René Descartes.

Mon cher Fontrailles,
Je suis navré de vous avoir manqué plus tôt aujourd'hui. Malheureusement, je ne peux pas rester chez moi et recevoir des visiteurs pour de bonnes raisons. Je dois vous mettre en garde... mais il vaut mieux ne pas coucher ces affaires-là sur le papier. Ayez l'amabilité de me rejoindre ce soir, à dix heures, sur le pont au-dessus du fossé devant la porte de Nesle. Là, je vous expliquerai ce que je peux.
Il serait prudent de détruire cette missive. Et croyez-moi, mon ami, l'heure est à la prudence.
Votre humble serviteur,
R.D.

VI

SA MAJESTÉ LE ROI LOUIS LE PETIT

« Isabeau, mon amour ! Ma bien-aimée ! »

Avec un sourire espiègle, Isabeau de Bonnefont de Fontrailles fit la révérence à son nouveau mari, puis elle posa ses mains sur ses épaules et retira sa robe de mariée. En un instant, elle se retrouva nue devant lui, révélant la fine silhouette qu'il avait imaginée tant de fois. D'abord, ses mains cachaient modestement la toison de son entrejambe, mais elle les leva et lui tendit les bras. « Tu es prêt, Louis ? » demanda-t-elle doucement.

Il était prêt. Il se leva et baissa les yeux sur elle – car il n'avait plus les jambes arquées, et son dos n'était plus tordu. Il se tenait droit, raide et magistral ; aussi droit et raide que sa verge, qui saillait d'entre ses jambes telle une barre de fer. Elle avait très envie d'Isabeau, son Isabeau souriante.

Celle-ci s'allongea sur le dos, écarta ses jambes parfaites et lui fit signe d'approcher.

Ce fut évidemment à ce moment-là qu'il se réveilla. Il se réveillait toujours à ce moment-là. Car il ne pouvait imaginer ce que ce serait de faire véritablement l'amour à Isabeau. Louis d'Astarac, entortillé dans ses draps pleins de sueur, grogna.

Non pas qu'il n'ait jamais été avec une femme, car il n'était pas vierge. Comme tous les étudiants du séminaire de l'Oratoire sauf les plus pieux, il avait passé du temps dans les bordels de Paris, et avait couru après les serveuses et les filles de taverne. Mais contrairement à ses amis plus avenants, il n'avait jamais eu les filles après lesquelles il courait, et n'avait jamais couché avec une femme sans la payer.

C'était sans doute la raison pour laquelle le rêve dans lequel il faisait l'amour à Isabeau demeurait incomplet : il n'avait jamais couché avec une femme qui lui accordait gratuitement son amour. La chose devait, somme toute, être différente – mieux, d'une façon qu'il ne pouvait imaginer.

Mais sa verge ne semblait avoir aucun problème d'imagination. Elle était encore dure comme la pierre et venait se coller aux draps : *La seule partie de moi qui est bien droite*, se dit-il. En privé, Louis appelait son membre Louis le Petit – et quand il était aussi impérieux qu'à cet instant-là, Sa Majesté le Petit Roi Louis.

Dès son plus jeune âge, il avait eu un grand intérêt pour les filles et le sexe, remontant ironiquement à l'époque où il lui était devenu évident que la plupart des filles le trouvaient repoussant. Incapable de prendre part aux jeux de garçons brutaux de son grand frère Bertrand – auxquels il n'était pas invité, de surcroît –, le jeune bossu solitaire avait essayé plusieurs fois de s'adonner aux activités des filles. On l'avait rejeté avec un mépris à peine masqué, même de la part de sa jeune sœur, Hélène. Seule Isabeau de Bonnefont avait vu plus loin que l'apparence tordue du garçon rabougri venu de la vicomté voisine, et appréciait son esprit vif et son sens de l'humour mordant. En retour, il avait développé une affection pour la jolie petite demoiselle qui frisait l'adoration.

Quelqu'un gratta à la porte de sa chambre à coucher – Vidou, bien sûr. Cocodril, dont les manières étaient plus modernes et moins respectueuses, aurait toqué fort. De Fontrailles repoussa les draps et dit : « Entre, Vidou. Ouvrons les fenêtres : cet endroit est un véritable four. »

Vidou entra, portant une bassine, un rasoir et une serviette. « Monseigneur a bien dormi ? »

De Fontrailles grogna. « *Merdieu !* À dire vrai, je ne suis pas sûr de savoir ce que “bien dormir” signifie. Mon dos me fait mal peu importe ma position dans le lit. Bon sang, dit-il d'un ton sec, je suis à peine levé, et voilà que j'ai déjà enfreint ma première règle de conduite. »

Ne t'en plains jamais ! La bosse est une faiblesse suffisante.

« Ha ! marmonna Vidou. Il est bien raide, ce matin. »

Étonné, de Fontrailles baissa les yeux vers sa chemise de nuit pour voir si son sexe dépassait, puis il comprit que Vidou voulait simplement dire qu'il était de mauvaise humeur. Il eut un sourire sardonique et haussa ses épaules asymétriques. « Bien, Vidou. Rase-moi bien – en faisant attention aux contours de ma royale ! – et prépare mon deuxième meilleur costume de ville. Je me rends dans la maison d'un grand, ce matin. »

Tandis que Vidou fermait les vingt-sept boutons sur le devant de son pourpoint, de Fontrailles pesta en son for intérieur contre la mode qui exigeait de la noblesse qu'elle porte des vêtements serrés. La veste étroite le forçait à se tenir droit et lui faisait mal, et lui rappelait trop bien les souvenirs des tentatives de son père cherchant à corriger sa posture.

Même si seul un fils aîné pouvait hériter du titre, le vieux vicomte avait accueilli volontiers la naissance d'un second. Le taux de mortalité était très haut, et mieux valait pour une famille noble avoir un cadet en plus du premier-né. Mais au fil de la croissance de Louis, il devint évident qu'il souffrait d'une difformité qui ferait plus de lui un boulet qu'un atout. Le vicomte lui ordonna de se tenir droit, de ne s'asseoir que sur des chaises à dossier raide, de dormir sur une planche, mais au fil du temps la courbe du dos de Louis ne faisait qu'empirer, et ses membres s'arquaient davantage.

Leur voisin, le seigneur de Bonnefont, avait été dans sa jeunesse à l'école à Bordeaux pendant une année, et il était fier de son éducation. C'était lui qui avait fait découvrir au vicomte les travaux du grand médecin Ambroise Paré, qui étudiait la courbure de la colonne vertébrale et proposait des solutions pour la corriger. Il existait un dessin de « corselet » de fer que l'on pouvait refermer autour d'un patient, pourvu de plaques de métal comme un exosquelette. Il était équipé de vis que l'on pouvait resserrer au fur et à mesure avec le temps. Ainsi, le bossu se redresserait.

Le vicomte confia ce dessin à son ferronnier et ordonna la construction du corselet. L'artisan regarda l'image et se gratta la tête. Puis il haussa ses larges épaules, commanda une dizaine de cercles de barrique et se mit au travail. Une semaine plus tard, l'objet était achevé – et dès qu'il eut à peine refroidi, on força le jeune Louis d'Astarac à se glisser dans son étreinte de fer et on l'enferma.

Cela le fit souffrir, et il cria. Il cria longtemps. Comme cela dérangeait toute la maisonnée, on l'enferma dans la cave à légumes jusqu'à ce que ses cris deviennent des sanglots. Il pleura pendant des jours. Le corset était lourd et lui faisait mal en permanence – mais, au bout d'une semaine, il s'était presque habitué à la douleur et au poids.

Alors on serra les vis davantage.

Une semaine plus tard, on les serra à nouveau, et ainsi de suite pendant toute une atroce année. Puis un jour le vicomte dit au ferronnier de retirer le corset et appela son fils pour qu'il puisse inspecter les résultats.

Louis fit de son mieux : « Regardez, père ! dit-il en essayant de se redresser. Je suis tout droit, comme Bertrand ! Cela a fonctionné, père ! »

Mais ce n'était pas le cas. Il était encore plus voûté, son dos plus courbé que jamais. Louis vit les traits de la déception se former sur le visage de son père et hurla : « Non, père ! Pitié ! *Ne me remettez pas dans la cage !* »

Son père, qui n'était pas un homme sans cœur, secoua la tête et Louis ne remit jamais le corselet. Mais chaque fois qu'il enfilait un pourpoint étroit il sentait les cercles de métal se resserrer autour de son corps, et l'espace d'un instant il eut l'impression d'être à nouveau un petit garçon enfermé dans une cage de fer.

« Cocodril ! appela de Fontrailles tandis que Vidou fermait le dernier bouton. Es-tu là ?

— Mais oui, Monseigneur ! »

Le grand homme se pencha en entrant dans la chambre de De Fontrailles, souriant avec servilité. Il avait essuyé les traces de poudre noire de son visage, et sa moustache semblait presque normale à nouveau.

« Comment puis-je vous servir ? Je suis à votre disposition, corps et âme.

— Certes. File au pont et trouve quelqu'un qui saura te dire comment se rendre à l'hôtel du duc de La Trémouille.

Nous allons lui rendre visite ce matin – ou plutôt à un de ses hommes.

— J'obéis sur-le-champ ! »

De Fontrailles avait envie d'enquêter sur une chose dont Descartes lui avait parlé lors de leur entrevue le jour précédent ; l'une des rares pistes utiles qu'il avait pu obtenir de la part du savant.

La veille au soir, Cocodril et lui avaient quitté leur nouveau logement à neuf heures et demie pour rejoindre Descartes. Ils étaient armés, car les rues de Paris étaient dangereuses la nuit. Les colporteurs et les charlatans qui s'amassaient sur les ponts et les quais de jour laissaient place à des groupes de voleurs et d'assassins.

Ils traversèrent le pont Neuf jusqu'à la rive gauche et tournèrent à droite sur le quai, passant devant les murs du nouvel hôtel de Nevers. Plus loin, la masse sombre et imposante de la médiévale tour de Nesle surplombait le fleuve. Arrondie, surmontée de créneaux, elle ressemblait à l'une des tours d'un échiquier, jusqu'à ce qu'on s'en approche suffisamment pour voir la cheminée brisée qui s'élevait d'un côté de son sommet, le linge en haillons qui séchait sur des échafaudages de fortune, et les trous aux endroits où il manquait des briques au mur.

La tour de Nesle ancrait dans le fleuve l'extrémité ouest de la muraille de la rive gauche. À l'intérieur de la tour se trouvait une porte fortifiée : la porte de Nesle, donnant sur un pont en dos d'âne qui surplombait les douves ; étroites, puantes et boueuses à l'endroit où elles se jetaient dans la Seine. Même à cette heure tardive, la porte de Nesle était ouverte au public, car la ville commençait à s'étendre au-delà des limites de la muraille ouest et un nouveau faubourg se construisait autour de l'ancienne abbaye de Saint-Germain.

De Fontrailles atteignit le milieu du pont au moment où les cloches de Paris sonnaient dix heures. Un homme, qui devait être Descartes, l'attendait, dissimulé sous un capuchon. Tandis que de Fontrailles s'approchait, l'homme se tourna vers lui, et dans l'obscurité le vicomte reconnut les traits du savant. Descartes fit un signe de tête en réponse à la révérence polie de De Fontrailles, puis il jeta un regard en direction de Cocodril. « Attends-moi à la porte, Cocodril, dit de Fontrailles. Mais garde un œil sur nous. » L'homme salua d'un air grave et retourna à la porte de Nesle.

« Monsieur Louis d'Astarac, désormais vicomte de Fontrailles ? Je suis René Descartes ; heureux de vous revoir à Paris. » L'homme se tourna, ne vit personne d'autre dans les parages à part Cocodril, et enleva son capuchon. Il avait les yeux plus enfoncés que dans les souvenirs de Louis, et des rides commençaient à apparaître autour de sa bouche. Malgré ses paroles, son expression ne témoignait aucune chaleur ; dans leur correspondance, il adoptait toujours un ton sérieux, et Louis décida qu'il valait mieux en venir droit au but, sans quoi cet homme austère le prendrait pour un jeune frivole.

« Tout d'abord, monsieur, permettez-moi de vous remercier d'avoir pris le temps de me rencontrer. Si de telles précautions sont nécessaires, ma visite doit être pour vous un fardeau. »

Descartes haussa les épaules. « La lettre que vous m'avez envoyée de Bordeaux, monsieur de Fontrailles, est en partie responsable de la nécessité de ces précautions. Je ne l'ai reçue qu'il y a deux jours – vous avez dû cheminer à vive allure pour aller presque aussi vite que les chevaux de poste. » Il regarda attentivement de Fontrailles.

Il m'évalue. Louis avait écrit à Descartes avant de quitter Bordeaux, décrivant les événements survenus à de Fontrailles, dévoilant son intention de venir à Paris et demandant ce que l'érudit savait de l'histoire des *Trois Mystiques Clercs*. Louis pensa : *Pourquoi cela le rend-il aussi méfiant ?*

« Nous avons voyagé vite, mais pas aussi vite que cela, dit de Fontrailles. Vous dites que la lettre est arrivée il y a deux jours seulement ? Vous pensez qu'elle a été retardée, lue par quelqu'un d'autre ? »

Descartes hocha la tête.

« C'est fort probable, je le crois.

— Quand vous l'avez reçue, était-elle encore scellée ?

— Oui, mais je n'ai aucune confiance en un simple sceau. Ce qu'un homme peut faire, un autre peut le défaire. La même chose s'applique aux codes et aux messages secrets. Il y a des sujets qu'il ne vaut mieux pas aborder par écrit, parmi lesquels… l'œuvre que vous avez citée dans votre lettre.

— L'Andreaeus ? »

Descartes acquiesça à nouveau.

« Précisément.

— Qui soupçonnez-vous d'avoir intercepté votre courrier ?

— Les espions du cardinal… ou peut-être les Jésuites.

— Les *Jésuites* ?

— Oui. Je sais que la Compagnie de Jésus s'intéresse à cette œuvre depuis la bataille de la Montagne-Blanche – et ils savent que je m'y intéresse aussi. Les secrets rosicruciens remettent en question l'orthodoxie catholique, les Jésuites veulent donc naturellement les faire disparaître. On ne peut pas en dire autant de Son Éminence, tout cardinal soit-il.

— Ni du duc de Buckingham, semblerait-il. Connaissez-vous son agent, Balthazar Gerbier ?

— Il est à Paris. »

De Fontrailles en fut bouche bée. « C'est impossible ! Il a embarqué de Bordeaux pour l'Angleterre. »

Descartes secoua la tête.

« Non. Il est là ; il s'est présenté chez moi, une heure avant vous, accompagné d'une femme, l'agente de Buckingham à Paris. » Un sourire se dessina au coin de ses lèvres. « Je n'étais pas chez moi pour le recevoir, lui non plus.

— Mais comment aurait-il pu arriver si vite alors que… oh. Je vois. Il n'a jamais pris de bateau pour l'Angleterre.

— Il a sans doute appris que vous le pourchassiez et orchestré cette petite scène pour vous semer. » Descartes se tourna et s'appuya sur le parapet du pont, observant de l'autre côté du fleuve le palais royal du Louvre. « Ce sont des hommes d'expérience, qui jouent une partie complexe, dit-il. C'est la raison pour laquelle je suis venu vous prévenir en personne. J'ai apprécié notre correspondance au cours de ces deux dernières années, monsieur de Fontrailles. Vous avez un esprit vif, et une capacité à penser clairement qui n'est que trop rare, surtout dans la noblesse française. Mais vous êtes jeune, et vous ne connaissez pas ces gens. » Il regarda à nouveau de Fontrailles, les yeux embrasés comme des pierres à fusil. « Sortez-vous de ce pétrin tant que vous le pouvez. C'est ce que j'ai l'intention de faire.

— Monsieur, je vous remercie pour vos bons souhaits. Mais je dois obtenir ce livre. »

Descartes soupira.

« J'ai ressenti la même chose autrefois. Je croyais que la pensée rosicrucienne m'apporterait des réponses que je ne trouvais pas dans la philosophie orthodoxe.

— Les rosicruciens existent donc ?

— Oh, oui… du moins ils ont existé. J'en ai rencontré certains durant mes voyages en Allemagne : Brügi,

Faulhaber, et d'autres noms célèbres qui vous surprendraient. Ils avaient élu leur domicile philosophique dans le Palatinat, mais lorsque les troupes du Saint Empire romain entrèrent sur le territoire, elles étaient accompagnées de l'Inquisition. Les rosicruciens fuirent ou se cachèrent.

— Et leurs savoirs, leurs secrets ? demanda impatiemment de Fontrailles. Pouvaient-ils réellement accomplir ce qu'ils affirmaient ?

— Je ne saurais le dire, répondit Descartes. Personnellement, je n'ai assisté à aucun miracle.

— Mais je vois que vous doutez.

— Je doute de tout ce que je n'ai jamais vu, et d'une bonne partie de ce que j'ai vu, à part de l'existence de Dieu, dit Descartes.

— Vous ne me conseilleriez donc pas de croire en la sagesse des rosicruciens ?

— Vous devez en décider par vous-même, dit Descartes. Vous avez un esprit adroit : servez-vous-en. Quant à moi, j'ai beaucoup réfléchi au cours des dix dernières années, j'ai beaucoup pensé à la pensée elle-même, et je ne crois plus en la méthodologie syncrétique des rosicruciens. Ils vont trop loin, essayent de couvrir trop de choses, d'englober et d'incorporer tout le savoir. Leurs mathématiques sont trop complexes et trop centrées sur elles-mêmes. Je crois que la vérité est plus simple, plus élégante.

— Donc vous ne croyez pas à l'alchimie spirituelle ? Il doit bien y avoir une sorte de principe général qui unit la foi et la science, sans quoi l'univers n'aurait aucun sens. »

Descartes pinça les lèvres. « Vous avez peut-être raison – mais je ne crois pas que la réponse se trouve au sein du cabalisme chrétien des rosicruciens. Ils se demandent “comment”, et je crois que la vraie question réside dans le “pourquoi”. »

De Fontrailles émit un rire bref, sans joie aucune.

« “Comment” me suffit amplement, si vous le permettez. J'ai besoin d'outils. J'ai besoin de moyens. Je laisse la quête de la vérité aux plus compétents, tels que vous-même, monsieur Descartes.

— Pourquoi ce besoin si urgent, monsieur de Fontrailles ? »

Celui-ci écarta les bras. « Regardez-moi ! Je ne suis que l'ombre d'un homme. Je veux être celui que je devrais être. »

À sa grande surprise, Descartes le regarda, l'inspecta des pieds à la tête, comme s'il le voyait pour la première fois.

« Votre forme physique est loin d'être optimale, mais vous semblez en bonne santé, et vous ne manquez de rien. L'important, c'est que vous ayez un esprit vif et aiguisé. Le corps n'est qu'un mécanisme, après tout.

— Vous êtes sérieux, n'est-ce pas ? soupira de Fontrailles. J'imagine que ce serait une consolation que de pouvoir penser comme vous. Mais chaque jour de ma vie, j'ai entendu une histoire bien différente.

— Vous êtes, comme je l'ai dit, encore jeune. Heureusement, vous êtes intelligent, et quand vous serez plus vieux, vous verrez les choses différemment. Mais vous n'aurez pas l'opportunité de vivre tellement plus vieux si vous n'abandonnez pas la quête de ce livre dangereux.

— Non. Il me le faut, dit de Fontrailles. Monsieur Descartes, savez-vous où il se trouve ?

— Je l'ignore. Je peux vous dire qu'une copie a survécu à la mise à sac de Prague et qu'elle a été conservée par quelqu'un de l'entourage du “roi d'un hiver”. Le mécaniste de Frédéric, Salomon de Caus, pourrait en savoir davantage…

— De Caus ! Il est en vie ?

— Je n'en suis pas sûr. Il était vivant il y a six mois lorsqu'il est venu à Paris. Il a laissé un mot indiquant son intention de me rendre visite, mais il n'est jamais venu. Il a disparu.

— Avez-vous essayé de le retrouver ?

— Non. Je ne veux pas prendre part à cette affaire, même si elle continue de me poursuivre. » Descartes fronça les sourcils. « Je vous conseille de tout abandonner... mais si vous en êtes incapable, le notaire Albert Quinot pourrait savoir ce qu'il est advenu de Salomon de Caus. C'est un huguenot de Lorraine, autrefois chargé des affaires de De Caus. Il est désormais notaire dans la maison du duc de La Trémouille.

— Merci, monsieur. Voilà pour moi une piste à suivre. Et vous-même ? Qu'allez-vous faire ?

— Les pouvoirs qui se disputent ce livre ont commencé à tuer des gens. Je préférerais ne pas faire partie des victimes. Mon père est magistrat du roi à Nantes ; je devrais être en sécurité chez lui jusqu'à ce que cette histoire se calme.

— Que Dieu vous protège, monsieur Descartes. Je ferai tout ce qui est en mon pouvoir pour laisser votre nom en dehors de cette affaire. »

Descartes eut un sourire quelque peu sardonique. « Puisse votre pouvoir être à la hauteur de votre intention, monsieur de Fontrailles. » Il remit son capuchon sur sa tête et de Fontrailles comprit que l'entretien était terminé.

Le matin suivant, de Fontrailles et Cocodril partirent pour essayer d'aller discuter avec Albert Quinot, qui savait peut-être quelque chose sur l'endroit où se trouvait le grand mécaniste rosicrucien Salomon de Caus, un homme qui saurait peut-être à son tour leur indiquer l'emplacement de la copie des *Trois Mystiques Clercs* appartenant au roi Frédéric. Il y avait du progrès.

« Difficile de croire que je ne suis à Paris que depuis vingt-quatre heures environ, marmonna Louis.

— Pardon, monseigneur ? » dit Cocodril.

Ils traversaient le pont Neuf en direction de la rive gauche, revenant sur leurs pas de la veille au soir.

« Rien. Alors, où se trouve l'hôtel de La Trémouille ?

— Près du palais du Luxembourg, dans le faubourg Saint-Germain, au coin de la rue de Vaugirard et de la route des douves, Votre Seigneurie.

— Soit. Nous avons dû passer devant hier lorsque nous poursuivions le gamin des rues que tu as engagé. »

Cocodril fit un large sourire.

« Je ne vois pas de quoi parle Monseigneur. Nous devrions aller tout droit, me semble-t-il, par la rue Dauphine.

— Je connais bien Paris, Cocodril. J'y ai étudié quand j'étais jeune.

— Monseigneur a bien de la chance. J'ai passé mon enfance à pelleter de la merde, dit Cocodril. Je vous demande pardon, Votre Seigneurie. »

L'hôtel de La Trémouille était une imposante demeure sise au cœur d'une enceinte, presque une forteresse. La plupart des nouvelles maisons de la noblesse parisienne avaient un plan plus ouvert et étendu, avec de nombreuses grandes fenêtres donnant sur la rue. Mais le duc de La Trémouille était l'un des nobles huguenots du nord de la France les plus importants, et quand les huguenots de Paris firent construire leurs maisons, il avait encore en tête le massacre de la Saint-Barthélemy en 1572, où presque tous les protestants de la capitale furent assassinés.

Si de Fontrailles était venu rendre visite au maître de maison, il aurait monté son meilleur cheval. Cependant, comme il ne venait parler qu'à l'un de ses bureaucrates, il s'était dit qu'il serait moins voyant d'arriver à pied, donc il passa devant la grande porte en fer forgé de la demeure et toqua à la petite porte qui se trouvait à côté. En attendant, il entendait le bruit des balles de jeu de paume sur les terrains de l'autre côté de la rue et les clameurs des spectateurs à chaque point marqué.

La porte s'ouvrit sur un gardien à l'allure austère. Il observa d'un air suspicieux la paire dépareillée qui se présentait à lui, mais il finit par admettre qu'Albert Quinot était bien présent et que le vicomte pouvait lui parler, s'il lui plaisait. « Il doit réceptionner une livraison de produits, donc il devrait se trouver à l'entrée des commerçants, dit le gardien. De l'autre côté de l'avant-cour, par ce portique. »

À l'entrée des commerçants, ils trouvèrent un homme qui se disputait au sujet d'une facture avec un transporteur, mais il s'agissait en réalité de l'assistant du notaire. Quinot, dit l'homme d'un ton irrité, avait trouvé mieux à faire ce matin-là. Si Monseigneur voulait vraiment lui parler, ajouta l'assistant avec un soupçon de malice, il le trouverait dans sa chambre au deuxième étage, au-dessus de la bibliothèque.

De Fontrailles retourna dans l'avant-cour et s'arrêta net : il y avait de l'agitation à la porte principale de la maison. Les battants s'ouvrirent brièvement pour laisser passer trois hommes vêtus des tabards rouges de la garde du cardinal, avant de se refermer au visage des hommes qui semblaient les poursuivre. On entendit des cris de colère dans la rue dehors, et le gardien cria : « Aux armes ! L'hôtel est assiégé ! » Les gardes du cardinal avaient tous leur épée à la main, et l'un d'entre eux semblait gravement blessé.

Des protestants en habits sobres équipés de tout un assortiment d'armes jaillirent des différentes parties de l'hôtel dans la cour, où les gardes essayaient d'organiser une sortie dans la rue. « Voilà qui est fort contrariant, dit de Fontrailles. Partout où je vais, je tombe sur les gardes du cardinal qui viennent de se faire battre à plate couture. Cocodril, monte sur ce mur et essaye de voir si tu arrives à comprendre ce qu'il se passe réellement. »

Cocodril salua avec entrain. « Et où serez-vous, Monseigneur ? »

Des cris de colère disant « Brûlez l'hôtel ! » retentirent au dehors.

« Sois prudent, Cocodril, dit de Fontrailles. Quant à moi, je vais tenter de trouver maître Quinot tant que cet endroit tient encore debout. »

VII

DANS LA MAISON DES HUGUENOTS

Pour atteindre la chambre d'Albert Quinot dans l'hôtel de La Trémouille, de Fontrailles dut gravir un escalier d'où descendaient des huguenots armés. Il eut l'impression de nager à contre-courant lors d'une crue printanière, mais le temps qu'il arrive au premier palier, le flux avait considérablement diminué. Même un grand comme de La Trémouille avait un nombre de serviteurs limité.

Le deuxième étage, labyrinthe de petites pièces qui servaient de logement aux employés, était bien plus bas de plafond que les impressionnants rez-de-chaussée et premier étage. De Fontrailles était si loin de l'agitation des portes de l'hôtel qu'il n'entendait plus que des cris distants. Suivant les indications de l'assistant du notaire, il trouva rapidement la chambre assignée à Quinot. La porte était entrouverte.

De Fontrailles, déterminé à poursuivre sa quête, n'hésita pas un instant : il la poussa et entra.

C'était une petite chambre, meublée seulement d'une armoire, d'une petite table, d'une chaise et d'un lit. Lit sur lequel était allongée Isabeau de Bonnefont.

Les yeux de Louis manquèrent de quitter leurs orbites. « Isabeau ! cria-t-il. Toi, ici ? »

La femme se releva d'un geste agile et Louis remarqua plusieurs choses. D'abord, ce n'était pas Isabeau de Bonnefont, même si elle avait les mêmes cheveux noirs, les mêmes grands yeux marron et la même grande bouche souriante. Ensuite, elle était entièrement nue. Enfin, elle était incroyablement belle, à tel point qu'à côté d'elle Isabeau paraîtrait quelconque, bien que cette femme eût cinq ou six ans de plus que la demoiselle de Bonnefont.

Louis resta bouche bée. Elle était grande, avec des hanches généreuses et une toison soyeuse, en haut comme en bas. Elle avait une belle poitrine et des tétons épais et sombres. Elle ne semblait avoir aucune envie de les cacher, pas plus que son sexe ; au lieu de cela, elle mit les mains sur les hanches et éclata de rire. « Fermez la bouche, monsieur, sinon vous allez baver sur vos chausses ! » Elle porta la main à sa propre bouche et dit : « Oh, pardon. C'était impoli de ma part, n'est-ce pas ? Nous n'avons même pas été présentés. »

Cette phrase sortit Louis de sa paralysie et lui permit de retrouver, Dieu merci, le confort familier de l'étiquette. Il s'inclina – ce qui lui fut difficile car il dut la quitter des yeux un instant.

« Louis d'Astarac, vicomte de Fontrailles, à votre service, mademoiselle.

— Madame, en l'occurrence : je suis la comtesse Camille de Bois-Tracy. Vous pouvez me baiser la main. »

Elle tendit la droite avec impatience. Il s'avança vers elle et la prit. Que pouvait-il faire d'autre ?

En se penchant pour lui faire le baisemain, le visage de Louis se retrouva, comme elle l'avait sûrement prévu, à quelques centimètres de son entrejambe. Sous sa toison brillante, il apercevait clairement le corail de ses lèvres d'en bas. Il sentait le parfum chaud du sexe. Louis le Petit se raidit et s'agita dans son pantalon.

Il se redressa, le visage brûlant d'une rougeur sans doute visible. Il espérait seulement que son érection fût cachée par l'ourlet évasé de son pourpoint. Le visage de la femme brillait d'un amusement silencieux – elle n'allait visiblement pas lui venir en aide, donc il se racla la gorge et demanda : « Madame est, euh, seule ? »

Cette question était si inappropriée qu'il rougit à nouveau. Quel idiot il faisait de se laisser dérouter par une simple femme nue !

Elle sourit, mais eut la décence de ne pas rire, donc elle n'était pas complètement dépourvue de cœur. « Je n'étais pas seule, mais mon compagnon est sorti en courant quand les cris ont commencé. Que se passe-t-il, monsieur ? Je n'ai pas l'habitude que les hommes me laissent ainsi. »

Ravi qu'on lui pose une question à laquelle il avait la réponse, de Fontrailles dit :

« Une sorte de rixe a éclaté aux portes de l'hôtel. Les gardes du cardinal sont impliqués ; l'un d'entre eux semble grièvement blessé.

— Par les couilles de Dieu ! La garde du cardinal ? Pourquoi ne l'avez-vous pas dit plus tôt, au lieu de rester bouche bée comme un garçon de ferme ? Tenez, aidez-moi avec ceci. »

La femme – *Non, la dame*, se corrigea Louis : *c'est une comtesse* – se retourna et commença à ramasser des dessous au pied du lit, et en un instant de Fontrailles fut stupéfait de constater qu'il l'aidait à les enfiler. Un léger choc électrique parcourait son corps chaque fois que ses doigts effleuraient sa chair, mais elle en avait fini de jouer avec lui et semblait ne pas s'en rendre compte. Après la lingerie vinrent les couches supérieures, qu'il laça, attacha et boutonna avec obéissance aux endroits qu'elle lui indiquait, jusqu'à ce qu'elle soit entièrement vêtue d'une robe à taille haute en soie d'un violet sombre qui sublimait sa superbe silhouette. Elle dissimula ses beaux atours sous une longue cape dotée d'un capuchon, et dit :

« Mille mercis. Vous êtes armé, monsieur de Fontrailles : auriez-vous l'obligeance d'escorter une dame hors de ces lieux ?

— Bien sûr, madame. Par ici », dit-il, alors qu'il n'y avait qu'une seule sortie.

Quel idiot je suis.

Dans le couloir, ils rencontrèrent Cocodril, dont le visage se fendit en un sourire monstrueux lorsqu'il aperçut Camille de Bois-Tracy.

« Monseigneur a-t-il trouvé ce qu'il cherchait ? demanda-t-il joyeusement.

— Tais-toi, Cocodril, et suis-nous, dit de Fontrailles. Nous escortons madame hors de ces lieux. »

Cocodril lança à la comtesse un regard lubrique quand elle passa devant lui. « Je serai ravi de marcher derrière madame. »

La dame lui rendit son sourire – puis elle leva la main, saisit Cocodril par le col et lui fit perdre l'équilibre. « Surveille ta langue, canaille, dit-elle en souriant encore. Ou je te la fais couper. » Elle tendit le bras, et Cocodril, sous le choc, se retrouva plaqué contre le mur du couloir.

De Fontrailles n'avait jamais vu Cocodril aussi décontenancé. Le vicomte lança un regard noir à son serviteur pour faire comprendre à madame qu'il désapprouvait lui aussi son comportement. Mais avant qu'il puisse dire quoi que ce soit, elle leva la main pour l'en empêcher. « Plus tard, dit-elle. Pour l'heure, nous devons sortir d'ici. »

De Fontrailles hocha la tête, se retourna et avança à la hâte en direction de l'escalier, la comtesse juste derrière lui dans un froissement de soie. Cocodril les suivait, secouant la tête sous le coup d'un triste étonnement.

Ils descendirent d'un étage jusqu'au premier, où de Fontrailles les mena dans une longue galerie. En dessous, au rez-de-chaussée, l'escalier donnait directement sur l'avant-cour, que Louis chercha à contourner car la dame semblait allergique aux gardes du cardinal. La galerie courait jusqu'à l'arrière de la cour, et en passant devant les fenêtres ils aperçurent les serviteurs excités de La Trémouille qui tenaient la muraille sur la rue et hurlaient des insultes à un ennemi invisible de l'autre côté. Les quelques hommes du cardinal vêtus de rouge ressortaient distinctement parmi les huguenots en habits sombres.

De Fontrailles fit un geste en direction de la fenêtre et dit : « Que se passe-t-il donc, Cocodril ? »

Ce dernier haussa les épaules.

« Une querelle contre une bande de mousquetaires du roi et des gardes royaux, à ce que j'ai compris. Dès que j'ai vu qu'il ne s'agissait que d'une bagarre de rue, je suis venu vous rejoindre.

— Tu as bien fait. Nous descendons par là, madame la comtesse. » De Fontrailles indiqua un autre escalier au bout de la galerie. Au pied de celui-ci, ils arrivèrent au portique qui menait à l'entrée de service. « Par ici », dit-il, et ils laissèrent toute cette commotion derrière eux.

Ils sortirent rue de Condé, par la porte de service qui n'était pas gardée car tout le monde avait accouru à la porte principale sur la rue de Vaugirard. Dans la rue, la comtesse s'arrêta et passa un masque de domino en soie assorti à sa robe. « Merci, monsieur le vicomte, dit-elle en enfilant son capuchon pour dissimuler davantage son visage. Je n'ai plus besoin d'escorte. Qui plus est… dit-elle en souriant… je crois que vous souhaitez revenir sur vos pas et obtenir un entretien privé avec M. Quinot, n'est-ce pas ? »

C'était une manière de les congédier. Elle se retourna et flâna jusqu'à la porte Saint-Germain. De Fontrailles et Cocodril la regardèrent partir, fascinés, aucun des deux n'osant faire le moindre pas pour l'en empêcher.

« Monsieur le vicomte, dit Cocodril. C'était… Elle était… »

De Fontrailles hocha la tête. « Oh oui, elle l'était, Cocodril. Elle nous a fait obéir comme des chiens. C'était plutôt embarrassant. Heureusement, nous n'avons que peu de chances de recroiser la route de cette Mme de Bois-Tracy. »

De Fontrailles désirait bel et bien obtenir un entretien privé avec le notaire Albert Quinot, surtout après avoir trouvé une comtesse nue dans sa chambre, mais M. Quinot demeurait introuvable.

L'attaque à l'entrée de la maison était terminée : les assiégeants, frustrés par les murailles et les solides portes de l'hôtel et vraisemblablement peu enclins à mettre à exécution leur menace d'incendier l'endroit, avaient déclaré victoire et s'étaient dispersés. Les défenseurs, fiers d'avoir effectué une sortie brève mais inefficace pour l'honneur de la famille de La Trémouille, étaient encore réunis dans l'avant-cour et discutaient de l'événement sur un ton agité. Quelques figures d'autorité circulaient parmi eux et séparaient les groupes pour renvoyer les serviteurs au travail.

Le garde grièvement blessé, un célèbre duelliste du nom de Bernajoux, avait été transporté à l'intérieur de la maison, où il allait sûrement mourir de ses blessures. Les autres gardes du cardinal s'étaient éclipsés après le départ de leurs adversaires.

Personne ne pouvait dire à de Fontrailles avec exactitude où était Albert Quinot. Il s'était trouvé parmi les hommes qui s'étaient rassemblés devant la porte pour affronter les assiégeants, mais personne ne l'avait vu depuis. Exaspéré, de Fontrailles alla voir au bureau du notaire, dans sa chambre – toujours vide –, et retourna à la porte de service. Pas de Quinot, et son enquête commençait à soulever des questions auxquelles il préférait ne pas répondre.

« Rentrons, Cocodril, tant que nous le pouvons, dit de Fontrailles, sous l'œil suspicieux du gardien. Nous reviendrons quand cet endroit sera revenu à la normale. »

Rue de Condé, ils se dirigèrent vers les portes de Paris.

« Puis-je raconter à Monseigneur une amusante coïncidence ? » demanda Cocodril.

Louis, qui pensait à la silhouette nue de Camille de Bois-Tracy, secoua la tête pour se défaire de l'image persistante.

« De quelle coïncidence parles-tu, Cocodril ?

— J'ai reconnu le chef du groupe de mousquetaires devant l'hôtel. C'est ce garçon provincial que j'ai eu l'honneur de battre et de désarmer durant ma dernière semaine à l'auberge du Joyeux Meunier.

— Vraiment ? C'est curieux. Te rappelles-tu son nom ?

— Il se présentait comme le chevalier d'Artagnan, Monseigneur.

— D'Artagnan ? C'est le même homme qui a blessé l'enseigne de Jussac lors de la rixe d'hier.

— C'est un jeune homme indiscipliné, Monseigneur, qui ne respecte pas ses aînés.

— Il ne t'a pas plu, alors ? On dirait bien un dangereux voyou. Eh bien, je doute qu'un garçon qui s'évertue à assassiner les gardes de Son Éminence fasse une très longue carrière dans cette ville. »

Louis retourna à sa contemplation de Mme de Bois-Tracy. *Il me faut penser à autre chose qu'à son anatomie*, se dit-il. *Sers-toi de ta tête, « garçon de ferme » ! Que faisait une telle femme dans la chambre d'un quelconque notaire ?*

S'il avait une bonne raison de vouloir interroger Albert Quinot, il devait bien se douter que d'autres avaient le même but : retrouver Salomon de Caus ; même si les méthodes employées par la dame pour obtenir des informations différaient des siennes, se dit-il avec ironie.

Qu'est-ce que Descartes lui avait dit concernant la visite de Gerbier ? *Il s'est présenté chez moi, une heure avant vous, accompagné d'une femme, l'agente de Buckingham à Paris.*

L'agente de Buckingham. Pas étonnant qu'elle n'ait pas voulu croiser les gardes du cardinal.

Pas étonnant non plus qu'elle n'ait pas été surprise de le voir, et qu'elle n'ait pas réagi avec le dégoût habituel devant sa difformité. Gerbier lui avait sans doute décrit le vicomte de Fontrailles. Elle savait qui il était à l'instant où elle l'avait vu.

Vidou attendait nerveusement le vicomte sur la place Dauphine, devant la maison où ils avaient pris leurs quartiers.

« N'entrez pas, Monseigneur ! Un homme vous attend là-haut, qui dit venir de la part du cardinal. Je suis sûr qu'il est là pour vous arrêter.

— Vraiment ? De la part du cardinal ! »

De Fontrailles se frotta le menton. Apparemment, il n'avait pas assez fait profil bas depuis son arrivée à Paris.

« A-t-il donné son nom, Vidou ?

— Il a dit s'appeler M. de Cavois, Monseigneur. J'ai dit que je ne savais pas quand vous rentreriez, mais il a insisté pour attendre.

— Je vois. »

Cocodril sortit son couteau de son fourreau.

« Voulez-vous que l'on s'occupe de lui, Monseigneur ? Je n'ai pas peur des gardes du cardinal si un provincial comme d'Artagnan arrive à les transpercer comme des pelotes à épingles.

— Non, Cocodril. Si Richelieu me veut, il finira par m'atteindre. Va t'occuper des chevaux puis du dîner. Vidou, viens avec moi. Voyons voir ce que veut ce M. de Cavois. »

Quand ils entrèrent dans la chambre, de Cavois, un homme blond et costaud portant de hautes cuissardes et le tabard rouge désormais familier des gardes du cardinal, se tenait à la fenêtre qui donnait sur la place. Il avait dû les voir arriver, mais il avait attendu que de Fontrailles monte plutôt que de descendre en courant pour l'arrêter. Soit sa visite avait un motif amical, soit il était confiant que son homme n'avait aucune chance de s'échapper.

« Monsieur de Cavois ? Je suis le vicomte de Fontrailles, dit Louis en adoptant une attitude hautaine et ce qu'il espérait être un ton autoritaire intimidant. Vous m'avez demandé, je crois ?

— En effet, monsieur, dit de Cavois en s'inclinant sans montrer le moindre signe de stupeur. J'ai l'honneur de représenter Son Excellence le cardinal, qui vous demande la faveur d'une entrevue.

— Quand donc, monsieur de Cavois ?

— Immédiatement, s'il plaît à Sa Seigneurie. »

Le ton de De Cavois indiquait clairement que l'avis de Sa Seigneurie ne changeait rien du tout.

De Fontrailles lui adressa un hochement de tête sec. « Je serai honoré de rencontrer Son Éminence. » *Comme si j'avais le choix. J'ai besoin de temps pour réfléchir.*

« Monsieur aurait-il l'obligeance d'attendre pendant que j'enfile des habits convenables pour un aussi auguste entretien ?

— Ce que monsieur porte conviendra parfaitement, dit fermement de Cavois.

— Très bien. Je vais appeler mon valet de pied.

— Je peux assister monsieur moi-même, dit de Cavois. Allons-y.

— Vous avez raison. Allons-y, dit de Fontrailles aussi gaiement que possible. Vidou, dis à Cocodril que le grand cardinal m'a fait l'honneur d'un entretien. Ne m'attends pas. »

VIII

UNE CONSPIRATION À LA COUR

M. de Cavois, capitaine des gardes du cardinal, mena de Fontrailles hors des murailles de Paris dans le faubourg Saint-Germain, où Richelieu s'était installé en attendant la construction de son nouveau Palais-Cardinal, bien plus près du Louvre – et du roi. *Saint-Germain à nouveau !* se dit Louis. *Je passe plus de temps dans ce faubourg qu'à l'intérieur de la ville.*

De Cavois ne se donna pas la peine de ralentir la cadence et d'accorder son pas à celui de De Fontrailles, donc Louis dut se presser pour ne pas se laisser distancer. À bien y réfléchir, c'était sans doute une humiliation délibérée. On racontait que Son Éminence aimait à maintenir la noblesse de France à sa place : obéissante envers la couronne, et envers le serviteur en chef de celle-ci, à savoir le cardinal.

Ils passèrent derrière l'imposante église Saint-Sulpice et tournèrent dans la poussiéreuse rue Garancière, qui menait directement au repaire de Richelieu, connu sous son nouveau nom de Petit Luxembourg. Pendant une centaine d'années, la grande maison sinistre s'était appelée hôtel du Luxembourg, jusqu'à ce que Marie de Médicis s'approprie ce nom pour le grand palais qu'elle faisait construire sur la propriété adjacente. L'énorme pavillon central du Petit Luxembourg, six étages de pierre sombre surmontés d'un haut toit d'ardoise pentu et d'importantes cheminées, se dessinait de façon menaçante au bout de la rue Garancière, et Louis frissonna presque lorsqu'ils s'en approchèrent. Tout le monde savait que parfois les gens convoqués par le cardinal n'en ressortaient jamais, et l'on apprenait plus tard qu'ils se trouvaient à la Bastille ou dans les donjons de Vincennes – si jamais on entendait encore parler d'eux.

De nombreux gardes vêtus de rouge se trouvaient à l'intérieur du Petit Luxembourg et alentour. Armand Jean du Plessis, cardinal de Richelieu, occupait le poste de Premier ministre du roi Louis XIII depuis moins de deux ans, et il n'avait pas encore fermement entre les mains les rênes du pouvoir absolu. Il avait de nombreux ennemis – de plus en plus chaque jour –, et l'assassinat était un outil politique ayant déjà été utilisé pour supprimer les favoris du roi auparavant. Son Éminence était donc mieux gardée que n'importe quel homme dans Paris, à part peut-être le roi lui-même. De Fontrailles dut passer par quatre postes de sécurité avant d'arriver dans le cénacle du cardinal, et il supposa qu'il devait y en avoir d'autres qu'il n'avait pas vus.

De Cavois et de Fontrailles arrivèrent enfin dans le bureau du cardinal Richelieu, une grande pièce étroite lambrissée de bois sombre, le sol recouvert de tapisserie foncée. Les murs étaient ornés de cartes ; une armure de joute espagnole se tenait dans un coin d'un air désapprobateur. Une lueur émanait des deux lampes qui brûlaient sur le grand bureau au fond de la pièce. Davantage de lumière filtrait à travers les rideaux des grandes fenêtres derrière le meuble, d'où l'on entendait également le bruit léger mais incessant des travaux du Luxembourg. Le seul son qui provenait de l'intérieur de la pièce était celui d'une plume avec laquelle écrivait le Premier ministre de France, assis derrière le bureau sur une haute chaise, face à un mur irrégulier de tas de papiers.

Richelieu n'était pas seul : derrière lui, dans l'ombre, se tenait une silhouette sombre et immobile vêtue de la robe de laine râpeuse des moines capucins, le visage masqué sous le capuchon. Ça ne pouvait être que le père Joseph, chef des services de renseignement de Richelieu, l'un des hommes les plus craints de France.

« Le capitaine de Cavois et le vicomte de Fontrailles », annonça le majordome avant de quitter la pièce en refermant la haute et lourde porte derrière lui. Richelieu continua d'écrire pendant quelques secondes sur le document devant lui, puis il le signa d'un grand geste, posa sa plume et leva la tête.

Le cardinal de Richelieu était un homme mince, presque maigre, mais, même assis derrière un bureau, il dégageait une aura de pouvoir à peine contenue. C'était dans ses yeux, se dit Louis : il avait le regard d'un aigle, perçant et clairvoyant, le regard d'une créature à la volonté infinie, sans merci pour sa proie. Louis sentit ces yeux l'observer et le mesurer, tandis que l'esprit qui se trouvait derrière l'évaluait et le classait à sa juste place.

Le cardinal leur fit signe d'approcher. Le lourd tapis amortissait leurs pas. Louis déglutit à plusieurs reprises. Il transpirait des paumes, et il dut réprimer le besoin de les essuyer sur ses culottes. Lorsque de Cavois s'arrêta, il fit de même, et ils s'inclinèrent tous deux jusqu'à terre.

« Vous êtes malformé, monsieur de Fontrailles », dit Richelieu d'une voix riche et chaleureuse avec un ton métallique. Louis ne put s'empêcher de grimacer à cette remarque, et il était certain que le cardinal l'avait remarqué. « Ce doit être un triste fardeau pour vous et votre famille, continua Richelieu. Pourtant on dit que vous êtes un jeune homme intelligent, correspondant avec des érudits, et que vous avez étudié auprès des Oratoriens ici même à Paris. »

Il s'interrompit, et Louis comprit qu'il devait répondre quelque chose. « Votre Éminence est bien informée », dit-il pour gagner du temps.

La remarque était si évidente que Richelieu ne daigna même pas réagir. « Un jeune homme intelligent, répéta-t-il, et pourtant je me demande si vous n'êtes pas trop intelligent pour votre propre bien. Vous étudiez de dangereuses hérésies et touchez à des questions qui dépassent vos compétences. » Le regard de Richelieu vint creuser en lui. « Il serait plus sage, monsieur le vicomte, de vous en tenir à vos vignes à l'avenir, et de vous occuper des responsabilités qui vous incombent par votre héritage. »

On lui laissait une chance de reculer, de rester en vie. C'était tentant – mais il y avait toujours Isabeau.

« J'aurais été plus que ravi de faire ce que suggère Votre Éminence, dit prudemment de Fontrailles, si je n'avais pas ressenti une plus grande responsabilité s'imposer à moi. Je ne saurais considérer comme coïncidence le meurtre dans ma vicomté d'un homme accrédité par Votre Éminence, au moment même où je recevais la visite d'un émissaire du duc de Buckingham. Qui plus est, on m'a dérobé quelque chose qui aurait dû être confié à la garde sage de Votre Éminence. » Il prit une grande inspiration. « Si je n'avais pas été préoccupé par mes responsabilités provinciales, ces deux malheurs auraient pu être évités. J'ai senti qu'il allait de ma responsabilité envers la couronne, et envers Votre Éminence, de me faire pardonner.

— Et c'est la raison de votre venue à Paris ?

— En effet, Monseigneur. »

Richelieu l'observa pendant un long et pénible moment, puis il fit un autre geste du doigt et dit : « Merci, monsieur de Cavois. » L'officier s'inclina et prit congé. Le cardinal attendit que la porte soit refermée et dit : « Monsieur de Fontrailles, vous possédiez une copie des *Trois Mystiques Clercs* que vous avez obtenue du savant amateur René Descartes. Vous avez laissé l'ouvrage tomber aux mains de nos ennemis, les Anglais. C'était incroyablement négligent de votre part. Il est important que vous me racontiez tout ce dont vous vous souvenez de son contenu. »

Louis écarquilla les yeux. Il n'était plus question de laisser le nom de Descartes en dehors de cette affaire. Et la rumeur semblait dire vrai : le cardinal savait tout. Ou presque. « Il s'agissait… d'une copie incomplète, Monseigneur, rien de plus que les épreuves de la préface. Je suis sûr que je pourrais la paraphraser avec précision, si Votre Éminence le désire, mais je crains que le résultat ne soit décevant. L'ouvrage ne contenait aucune des formules prescriptives supposées se trouver dans les chapitres suivants. »

Richelieu enregistra cette information et faillit sourire.

« C'est à la fois une bonne et une mauvaise nouvelle, dit-il, mais peut-être davantage bonne que mauvaise. Cela signifie que les Anglais ne possèdent pas encore ce qui pourrait être une arme puissante.

— Et cela explique pourquoi Balthazar Gerbier est venu à Paris au lieu de prendre le bateau pour l'Angleterre, dit Louis en tentant le tout pour le tout. Il n'avait pas obtenu ce qu'il était venu chercher.

— Précisément, monsieur de Fontrailles. Vous êtes bien, en effet, un jeune homme intelligent. » Richelieu inclina légèrement la tête. « Êtes-vous suffisamment intelligent pour avoir découvert ce qu'il était advenu de Salomon de Caus ?

— Non… pas encore, Monseigneur. »

Il semblerait qu'il ne serve à rien de se montrer prudent devant cet homme, se dit Louis. *Très bien, qu'il en soit ainsi.*

« J'avais espéré en apprendre davantage sur l'endroit où il se trouvait de la part du notaire Albert Quinot, son ancien homme d'affaires, mais il a disparu.

— Pas vraiment. Il est dans la pièce voisine », dit Richelieu avec une touche de suffisance surprenante.

Il était donc humain, en fin de compte.

Louis hocha la tête, comme s'il reconnaissait un meilleur coup aux échecs.

« Eh bien, vos hommes ont dû saisir une opportunité de faire sortir Quinot durant la rixe. J'imagine qu'ils n'avaient pas prévu l'émeute mais qu'ils en ont profité pour agir.

— Plus ou moins », dit Richelieu.

La silhouette encapuchonnée du père Joseph se pencha en avant et murmura quelque chose. Le cardinal pinça les lèvres et dit :

« Hier, monsieur de Fontrailles, vous étiez sur la scène de l'escarmouche où l'un de mes hommes, de Jussac, a été grièvement blessé. Ce matin, quand vous êtes arrivé à l'hôtel de La Trémouille, des troubles ont éclaté dans la rue. Les deux incidents ont impliqué les mousquetaires Athos,

Porthos et Aramis, et le jeune Gascon d'Artagnan. Veuillez expliquer le lien entre les deux affaires.

— Il n'y en a pas, Monseigneur. Ce n'est que pure coïncidence.

— Certes. » Richelieu joignit les mains et le regarda par-dessus le bout de ses doigts. « Mais vous avez dit, monsieur, que vous ne croyiez pas aux coïncidences. Moi non plus. »

Oh, oh. De Fontrailles sentit la sueur froide perler sur sa tempe. *Change de sujet, vite.*

« Votre Éminence, un agent du duc de Buckingham se trouvait également à l'hôtel de La Trémouille à ce moment-là.

— Qui est-il ?

— Elle, Monseigneur. Je l'ai rencontrée dans la chambre de Quinot. »

Étrangement, Louis n'avait pas envie de raconter la suite. Le cardinal haussa un sourcil, et il comprit qu'il n'avait pas le choix.

« Elle s'est présentée comme la comtesse de Bois-Tracy, dit-il, inexplicablement en colère contre lui-même.

— Bois-Tracy », dit Richelieu d'un air pensif. La silhouette encapuchonnée se pencha à nouveau pour lui parler à l'oreille. « Ah, oui. La comtesse est une complice de Mme de Chevreuse, elle-même intime de Buckingham. La Bois-Tracy s'est récemment immiscée dans le cercle social de ma nièce, Mme de Combalet. Intéressant. »

Richelieu se rassit au fond de sa haute chaise et réfléchit une minute, puis il se pencha en avant, les doigts joints une nouvelle fois. « Le mois dernier, on a tenté de m'assassiner, dit-il. Ce n'était pas la première fois, mais le coup a été bien planifié, et aurait pu réussir. À la suite de cette attaque, Sa Majesté m'a autorisé à renforcer ma garde personnelle, composée de membres que j'ai choisis pour leurs prouesses martiales. Cependant, de récents événements, dont ces malencontreuses rixes avec les mousquetaires du roi, ont révélé les limites d'un recrutement basé uniquement sur l'aptitude au combat. »

Le cardinal marqua une nouvelle pause et sembla arriver à une décision, puis il reprit. « Monsieur de Fontrailles, j'ai grand besoin d'hommes dotés d'une cervelle. Compter sur des duellistes comme Bernajoux pour remplir des missions politiques comme détenir le notaire Quinot a été une erreur. Ces querelles de rue regrettables ont laissé dans ma garde un certain nombre de postes vacants, et j'ai bien envie de les remplir en créant une unité dédiée aux enquêtes sur les activités clandestines. » Richelieu se pencha en avant, faucon observant un rongeur. « Vous avez dit, monsieur de Fontrailles, que vous vous sentiez redevable envers la couronne et moi. Voudriez-vous vous acquitter de cette responsabilité en acceptant un poste de commandement dans la brigade politique de la garde du cardinal ? »

Le père Joseph se pencha et siffla une objection à l'oreille du cardinal, mais Louis ne réussit à entendre que le mot « hérétique ». *L'espion à la capuche ne m'apprécie guère*, se dit Louis. *C'est réciproque.*

Richelieu eut un léger sourire, mais il secoua la tête. « Non, mon ami. De Jussac lui prête un bon caractère ; nous verrons bien de quoi ce jeune homme est fait. » Il se retourna vers de Fontrailles. « Monsieur le vicomte ? Que dites-vous de ma proposition ? »

J'aurais de bien meilleures chances de mettre la main sur les Trois Mystiques Clercs *en travaillant pour Richelieu plutôt que contre lui*, se dit Louis. Il répondit lentement : « Vous me faites trop d'honneur, Monseigneur – mais j'accepte, avec gratitude. »

Richelieu acquiesça. « Bien. Mais attendez. Le père Joseph m'a rappelé que vous n'avez pas toujours fait les meilleurs choix en matière d'associés, et que vous avez une fâcheuse tendance à mener des enquêtes personnelles sans autorisation. Désormais, vous réfrénerez cette tendance et consacrerez votre énergie aux missions que je vous confie. » Il se saisit d'une plume, la trempa dans l'encre, écrivit quelques lignes sur un morceau de papier vierge et le fit glisser sur le bureau à l'intention de De Fontrailles. « Vous êtes maintenant enseigne dans la garde du cardinal. Vous ferez vos rapports directement au capitaine de Cavois, mais vous pouvez aussi recevoir des missions du père Joseph ici présent, de mon conseiller le comte de Rochefort et de moi-même. Vous recruterez vos propres assistants, mais de Cavois vous prêtera autant d'assistance qu'il le faudra d'ici là. Choisissez des hommes subtils, mais loyaux et intrépides. »

De Fontrailles essaya, avec un peu de réussite, de ne pas faire trembler le papier dans sa main, mais il suait encore des paumes. Il était rempli à la fois de peur et de joie. « Votre Éminence ne perd pas son temps. »

Richelieu acquiesça sèchement. « Nous n'avons pas de temps à perdre. La France est entourée d'ennemis, et l'État est érodé de l'intérieur par la corruption et la rébellion. L'ordre passe par la vigilance permanente. »

Il a déjà prononcé ce discours auparavant, se dit Louis. « Dois-je comprendre que ma première mission consiste à retrouver et rapporter à Votre Éminence la copie des *Trois Mystiques Clercs* appartenant au "roi d'un hiver" ? » Il ne réussit pas complètement à masquer l'empressement dans sa voix.

Le cardinal hocha la tête et dit :

« Vous êtes, comme vous l'avez dit vous-même, dans l'obligation d'en faire ainsi.

— Alors je devrais probablement commencer par parler à Albert Quinot.

— Quinot a déjà été soigneusement interrogé, et nous sommes convaincus qu'il ne sait rien. N'est-ce pas, père Joseph ? » Le capuchon acquiesça. « Je vous laisse le soin de trouver une nouvelle piste. Quant à nous… » Richelieu indiqua la plus grande pile de papiers sur le bureau devant lui. « … nous avons des affaires plus urgentes à régler. J'ai reçu des rapports fiables qui indiquent qu'une dangereuse conspiration se prépare parmi les nobles mécontents. Il faut écraser ce complot. Dès que j'aurai obtenu toutes les preuves qu'il me faut, je convaincrai Sa Majesté d'agir contre les conspirateurs, ce qui nécessitera une attaque en Bretagne. Pendant ce temps-là, l'affaire du livre des rosicruciens est entre vos mains. »

Redresse-toi, pensa Louis. *Montre ton zèle.*

« Vous pouvez compter sur moi, Votre Éminence !

— Peut-être. Je l'espère. » Il lança un coup d'œil sur la grande horloge flamande qui se trouvait dans le coin opposé à l'armure et tapota impatiemment du doigt. « Quoi qu'il en soit, monsieur l'enseigne, c'était tout le temps que j'avais à vous accorder aujourd'hui ; je dois aller voir le roi pour lui parler de la rixe devant la maison de La Trémouille. Je vais demander à de Rochefort de vous tenir au courant du peu que nous savons sur cette histoire de rosicruciens. »

Il se leva, et une nouvelle fois de Fontrailles sentit ses yeux d'aigle le transpercer. « Souvenez-vous, monsieur de Fontrailles, dit le cardinal. Désormais, vous m'appartenez. »

IX

D'ASTARAC PREND UN EMPLOI

En s'éloignant du Petit Luxembourg après son entretien avec Richelieu, Louis avait les genoux qui tremblaient, mais il se sentait remonté par une euphorie grandissante. Lui, Louis d'Astarac, un obscur jeune homme de la petite noblesse, avait échangé des mots avec le plus grand esprit d'Europe – et, miracle, il avait encore la tête sur les épaules ! Il s'était défait des relations que lui prêtait le père Joseph avec les ennemis de Richelieu, les mousquetaires du roi. L'aide qu'il avait apportée à de Jussac et ses hommes avait payé. Il n'avait plus besoin d'offrir au cardinal sa collection d'automates rosicruciens – une idée qui lui paraissait bien naïve avec le recul. Avait-il vraiment cru pouvoir amadouer Richelieu, un homme capable d'obtenir tout ce qu'il voulait ?

Il était étrangement agacé contre lui-même d'avoir trahi le nom de la comtesse de Bois-Tracy – mais pourquoi ne l'aurait-il pas fait ? Après tout, il ne lui devait rien. Elle était l'agente de leurs ennemis, et elle l'avait manipulé sans scrupules.

Mais, nom de Dieu, quel corps elle avait ! Et quel cerveau, aussi – ce qui était non sans rappeler Isabeau. Étrangement, elle lui ressemblait même un peu, du moins de visage. Autrement, Camille de Bois-Tracy était plus grande… elle avait une silhouette plus charnue… et des cuisses…

Assez !

De façon prévisible, Vidou n'était pas aussi enthousiaste que son maître de l'entretien avec le cardinal. « Cette fois, il a mis les pieds dedans pour de bon », marmonna le valet en enlevant les bottes de De Fontrailles.

Cocodril, lui, était ravi.

« La garde du cardinal ! Voilà que nous avançons dans le monde – et ils ont besoin de sang neuf, de vigueur et d'âpreté, vu comme ils se font malmener par les mousquetaires du roi. » Il recourba le bout de sa moustache. « Je crois que j'aurais fière allure à me promener dans l'un de leurs tabards rouges.

— Je crois aussi, si je te faisais rentrer avec moi dans la garde, dit de Fontrailles. Mais je ne vais pas le faire. Son Éminence le cardinal m'a ordonné de recruter des hommes subtils, ce qui n'est pas ton cas. Toi, Cocodril, tu continueras d'agir en tant que valet de pied et homme d'armes.

— Comment ? Oh, Monseigneur, vous me faites souffrir ! Vous me touchez au vif ! Je peux être aussi discret qu'un avocat, aussi rusé qu'un renard ! Faites-moi passer un essai, monsieur le vicomte – vous ne le regretterez pas.

— Ça ira, Cocodril. J'ai plus besoin de toi à ton poste.

— Monseigneur sera bien désolé, dit Cocodril d'un ton boudeur, s'il rencontre cette jeune brute de d'Artagnan sans mon épée à ses côtés.

— Je vais diriger la brigade politique, Cocodril – je n'ai pas l'intention de croiser le fer avec qui que ce soit. Cependant, en tant que noble officier au service de Son Éminence, il serait inconvenant que je n'aie pas de domestiques. Alors tais-toi et fais ton travail de domestique. »

Le jour suivant fut encore plus chaud que la veille, et une fois que Vidou eut apporté au nouvel enseigne son petit déjeuner, celui-ci enfila sa chemise la plus légère et ses chausses, s'assit à la table qui lui servait de bureau et réfléchit à la meilleure façon de procéder. Louis se dit que sa meilleure chance consistait à continuer de chercher Salomon de Caus, qui avait un lien direct avec le livre. D'après Descartes, le mécaniste rosicrucien était venu à Paris à peine six mois plus tôt. Si de Caus avait contacté Descartes, Louis pensa qu'il avait sans doute communiqué avec d'autres savants. Il ouvrit son nécessaire d'écriture, sortit une feuille, une plume et de l'encre, et commença à rédiger une série de lettres à envoyer à son réseau de correspondants philosophes pour enquêter discrètement sur de Caus.

Même s'il avait promis de laisser Descartes en dehors de cette affaire, il envoya tout de même une missive à sa résidence pour lui demander un nouvel entretien. Il ne fut pas surpris de recevoir une réponse lui apprenant que M. Descartes était déjà parti à Nantes pour une durée indéterminée.

Au plus chaud de l'après-midi, de Fontrailles transpirait tellement qu'il s'arrêta d'écrire. Il se pencha par la fenêtre ouverte de sa chambre qui donnait sur le quai des Orfèvres et observa la Seine, dans l'espoir de sentir une brise. En regardant le fleuve se séparer tristement autour des piliers du pont Neuf, Louis se rappela une journée en Armagnac au mois de juin précédent, durant laquelle Isabeau et lui étaient assis sur les rives d'un courant et l'écoutaient serpenter autour des cailloux. Le ruisseau, qui séparait le domaine des de Fontrailles de celui des de Bonnefont, s'asséchait complètement au mois d'août, mais en juin il y avait encore suffisamment d'eau entre les rives et d'herbe verte qui les bordait pour qu'il soit plaisant de s'allonger à côté par un chaud après-midi.

Le chaperon d'Isabeau, une femme âgée qui avait été sa nourrice quand elle était enfant, était assis assez loin pour que la jeune femme et Louis puissent converser comme ils le désiraient sans être entendus, mais à vrai dire ils ne parlaient de rien d'important : le temps qu'il faisait, les attentes de l'année concernant le vignoble, la correspondance avec les connaissances et les amis éloignés. Isabeau était vêtue de blanc, une robe d'été espagnole légère, Madrid étant plus près de l'Armagnac que Paris, et elle était bien plus à l'aise que Louis dans son pantalon de chasse en cuir. Chaque fois qu'il voyait Isabeau, il était trop habillé ou pas assez. Il tira un mouchoir de sa manche et s'essuya le front.

« J'ai un mal de chien à faire parvenir des lettres à Wilhelm Shickhard en Allemagne, dit-il. À cause des guerres de religion, tu sais.

— C'est terrible, répondit Isabeau en repoussant ses cheveux noirs de ses yeux ambre. Dimanche, notre pasteur nous a incités à donner pour la défense des protestants en Basse Saxe. Ne t'arrive-t-il jamais de craindre que les guerres de religion reviennent en France ? Nos familles seraient dans des camps opposés.

— Oh, je crois que nous sommes trop raisonnables, ici, en Armagnac, pour nous jeter à la gorge les uns des autres pour des questions aussi triviales que le baptême des enfants par opposition à celui des adultes, dit-il, sans trop savoir s'il y croyait réellement. Nous sommes peut-être catholiques de mon côté du ruisseau, mais j'ai demandé à notre curé d'éviter les discours antiprotestants.

— Et si je te demandais de rejoindre l'Église réformée ? Le ferais-tu – pour moi ? »

Elle avait le regard espiègle, mais il lui répondit sérieusement.

« Si je le faisais, tous mes gens se sentiraient obligés de le faire aussi, ou causeraient des problèmes en s'y opposant. *Cuius regio, eius religio*, tu sais. Ils ont déjà vécu la chose deux fois : au milieu du siècle dernier, quand ma famille s'est convertie à la nouvelle religion avec les familles Bonnefont, Gimous et Castelnau, et quand mon père s'est converti au catholicisme afin de pouvoir être nommé sénéchal d'Armagnac par le roi. Je ne crois pas que je puisse leur faire revivre cela.

— Je vois, dit-elle, le regard au loin. Je croyais que tu avais plus de considération pour moi. » Elle n'arriva pas tout à fait à dissimuler son sourire. « Et ton âme ? Ce qui attend les papistes, c'est le tourment éternel. C'est notre pasteur qui le dit.

— Si j'étais certain d'avoir une âme, je ne la confierais à personne d'autre que toi, dit-il en essayant d'adopter un ton joyeux pour masquer le fait qu'il était sérieux. Mais devenir huguenot ? Comment pourrais-je l'expliquer à mes amis de Paris ?

— Paris ! » Ses yeux se mirent soudain à briller. « Tu y retournes ?

— Il le faudra, à un moment donné, dit-il. Je m'accroche aux murs de mon ennui dans mon petit château. Il y a tant de livres à Paris, Isabeau – et des gens qui les ont lus ! On peut discuter avec ces gens-là.

— Louis, dit-elle en se redressant. Enseigne-moi ce que tu as appris de ces livres. Je veux en parler, moi aussi – avec toi. »

Il faillit rétorquer par une remarque moqueuse à l'idée qu'une femme puisse lire des ouvrages de philosophie naturelle, et en discuter. Mais il se ravisa, parce que ce n'était pas une simple femme – c'était Isabeau.

« Très bien, dit-il, le cœur battant pour une raison qu'il ignorait. Je vais le faire.

— Il faudra que tu m'aides avec le latin, dit-elle.

— Je serai ravi de t'aider avec le latin.

— Et s'il est question de calcul, je pourrai te rendre la pareille. »

Louis grimaça et elle rit. S'il apprenait rapidement les langues, il n'avait jamais eu la moindre facilité avec les chiffres, un talent qui venait naturellement à Isabeau – elle l'avait même aidé parfois, quand ils étaient enfants, en faisant ses devoirs d'arithmétique. Désormais son père la laissait gérer les comptes de la seigneurie de Bonnefont, et Louis soupçonnait qu'elle serait même capable d'enseigner une chose ou deux à son bon Lapeyre sur le sujet.

« Très bien : c'est décidé », dit Isabeau. Elle se leva, porta les mains au-dessus de sa tête et s'étira ; la brise du sud vint plaquer le tissu de sa robe contre ses courbes fines, et le cœur de Louis tressaillit. « Je ferais mieux de rentrer ; c'est l'heure du médicament de maman, et je dois m'assurer que notre cuisinier n'est pas trop ivre pour préparer le repas de papa. »

Il se leva, mais ne s'étira pas. Pourquoi attirer l'attention sur sa difformité ? Il dit :

« Ton nouveau cuisinier est un ivrogne ?

— Oui, mais il cuisine si bien que nous le pardonnons.

— Donc tu peux pardonner à un homme ses défauts s'il les compense d'une autre manière ? dit-il en gardant un ton léger. J'ai encore de l'espoir !

— Bien sûr, mon cher, mais tu sais : nous avons déjà un cuisinier », railla-t-elle.

Après le coucher du soleil, la chaleur à Paris devint enfin tolérable, et de Fontrailles était décemment vêtu lorsque Vidou entra en grommelant sombrement pour annoncer un visiteur : le comte de Rochefort. Louis boutonna son col à la hâte et dit à Vidou de le faire entrer.

Le meilleur agent de renseignement du cardinal était un cavalier hautain d'une petite quarantaine d'années, grand, aux cheveux et à la peau sombres, avec une légère cicatrice à la tempe due à une blessure par balle. Il était habillé simplement mais impeccablement d'un pourpoint à la mode et d'une culotte violette.

De Fontrailles l'accueillit et ils s'assirent à une table dans la plus grande pièce de l'appartement, celle qui avait vue sur la place Dauphine. Vidou apporta des verres et du vin. De Rochefort regardait le vicomte de Fontrailles avec un scepticisme non dissimulé, et parlait avec une pointe de sévérité.

« On m'a dit que vous étiez l'homme sur qui le cardinal comptait pour enquêter sur des complots impliquant possiblement la diablerie et la sorcellerie. J'aime autant que ce soit vous plutôt que moi, monsieur. Je préfère m'occuper des choses que je comprends.

— Vraiment ? dit de Fontrailles, cherchant à exprimer la nonchalance malgré l'aura de danger qui entourait le comte de Rochefort comme une sombre cape. Et quel est votre domaine d'expertise ? »

De Rochefort eut un sourire crispé, qui fit descendre la cicatrice sur sa tempe.

« Les espions, les assassins et les empoisonneurs, dit-il. En d'autres termes, les gens ordinaires – qui n'ont rien de surnaturel. Je n'ai aucun problème à vous laisser l'affaire des rosicruciens.

— Que pouvez-vous me dire ?

— Bien peu de choses. Je peux surtout vous dire ce qu'on ne sait pas. Nous ne savons pas s'il existe encore une copie complète des *Trois Mystiques Clercs*. En fait, il pourrait y en avoir plus d'une. Nous ignorions, par exemple, que votre exemplaire n'était que partiel.

— Je voulais vous poser une question à ce sujet, dit de Fontrailles. L'homme que vous avez envoyé le chercher, celui qui a été assassiné : quelqu'un va-t-il s'occuper de sa famille ? »

De Rochefort fut tout bonnement surpris par la question.

« Mais bien sûr ! Pour qui nous prenez-vous, monsieur ? Nous sommes peut-être des assassins et des espions, mais pas des animaux.

— Non, non, évidemment. Désolé.

— Ne faites pas cela.

— Quoi donc ?

— Ne vous excusez pas. Vous êtes un homme du cardinal, à présent. Nous ne nous excusons pas, dit de Rochefort d'un ton sec.

— Soit. D'accord. Déso… enfin… » De Fontrailles haussa les épaules et soupira. « J'ai beaucoup à apprendre.

— Vraiment. Donc, monsieur, nous savons que le duc de Buckingham connaît l'existence de ce livre et qu'il le cherche également, et il n'est peut-être pas le seul. Buckingham est un célèbre mécène des alchimistes et des astrologues, et il est même réputé pour employer des mages noirs, donc vous pourriez vous retrouver confronté dans vos enquêtes à de la sorcellerie. Cependant, j'imagine que vous avez de l'expérience dans ce domaine, sinon on ne vous aurait pas confié cette tâche.

— Assurément, dit de Fontrailles. Mais… imaginons que ce ne soit pas le cas ? »

La moustache de De Rochefort frétilla d'amusement. « Eh bien je suppose que je ferais mieux de vous remettre cet objet que le père Joseph vous envoie. » D'une large bourse à sa ceinture, il sortit une boîte en bois de la taille d'une de ses longues mains puissantes et la posa sur la table. C'était un bel objet, avec des ornements de nacre raffinés, qui ressemblait à une grosse boîte d'allumettes. De Rochefort remonta un petit loquet, l'ouvrit et en sortit une figurine de bois représentant un oiseau au long bec et aux longues pattes, avec les pieds écartés, un corps sphérique, et une tête tout aussi sphérique mais plus petite. Celle-ci avait des yeux ronds au regard fixe, un bec pointu comme un goujon mécanique, et un étrange chapeau cylindrique.

De Rochefort la déposa soigneusement sur la table d'une main tandis qu'il lui maintenait la tête droite de l'autre.

« Qu'est-ce ? demanda de Fontrailles.

— On m'a informé qu'il s'agissait d'une autruche thaumaturgique, dit de Rochefort d'un ton sec. En présence de mages ou de magie, elle hochera la tête de haut en bas de façon régulière. » Il relâcha la tête et celle-ci s'affaissa lentement en avant, le corps pivotant au niveau des hanches ; elle rebondit une fois, puis elle s'immobilisa, le bec pointé tout droit vers la table. « Pas de sorciers ici, ajouta de Rochefort. En partant du principe qu'elle fonctionne. »

De Fontrailles la ramassa et l'inspecta de près. Son apparence était… grotesque.

« D'où vient-elle ?

— D'après le père Joseph, c'est un objet ancien et de grande valeur ; elle est la seule à avoir survécu au sac de Constantinople. » De Rochefort sortit une feuille de papier. « Vous devez signer un reçu.

— Vous plaisantez ?

— Le père Joseph ne plaisante jamais, dit de Rochefort. Et je ne suis pas connu pour mon sens de l'humour, moi non plus.

— J'ai vraiment beaucoup à apprendre. » De Fontrailles signa le reçu. « Avez-vous d'autres conseils à me donner ?

— Pas pour le moment. La conspiration des grands nécessite toutes nos ressources. C'est un dangereux complot cette fois, derrière lequel se cachent de vrais puissants. Tous les hommes utiles seront avec le cardinal en Bretagne. »

Ignorant cet affront implicite, de Fontrailles demanda : « Et que ferez-vous, de Rochefort ? »

Les sourcils du comte frémirent lorsqu'il entendit de Fontrailles l'appeler par son nom sans son titre. « On m'a confié, monsieur, une tâche discrète à Bruxelles. Je dois infiltrer ce nid d'Espagnols pour apprendre qui tire réellement les ficelles de ce complot. » Sa bouche se tordit légèrement. « C'était une idée du père Joseph. On ne remet pas en question les idées du père Joseph. »

Louis ne pouvait pas imaginer que le hautain de Rochefort puisse s'infiltrer où que ce soit, mais l'homme avait peut-être un potentiel qu'il ne soupçonnait pas encore.

«Je prends note de ces sages paroles, et je ferai de mon mieux pour ne pas contrarier le capucin, dit-il. D'autres conseils à donner à un nouvel officier dans la garde du cardinal ?

— Eh bien, dit de Rochefort en le regardant de haut, si vous devez rejoindre une garde de galants cavaliers, monsieur, il faut tout faire pour en avoir l'air. Un homme d'épée au service du cardinal et de la couronne doit arborer un certain style, avoir fière allure. Veillez-y, monsieur. »

De Fontrailles fut surpris, et plutôt vexé. « Qu'est-ce qui ne va pas avec ce pourpoint et ces culottes ? J'ai payé quinze écus pour cette tenue à Bordeaux. »

De Rochefort plissa le nez. « Tant que cela ? »

Tôt le lendemain matin, de Fontrailles, suivi de Vidou, se rendit rue de la Pourpointerie.

« Que faisons-nous ici, Monseigneur ? demanda Vidou. Ces boutiques semblent onéreuses.

— Apparemment, Vidou, quand on est officier dans une garde de cavaliers brétailleurs, on doit en avoir l'allure. Nous devons porter un pourpoint à crevés, un col de dentelle, un grand chapeau et de hautes bottes. Il faut que l'on se pavane, Vidou.

— Eh bien je ne porterai pas de sous-vêtements en dentelle, moi, marmonna Vidou. Non, même s'il me dit qu'il le faut. »

Un cavalier à l'apparence tape-à-l'œil, avec un large chapeau sur la tête et une demi-cape brodée nonchalamment passée sur une épaule, sortit avec panache par la porte rouge vif de la boutique d'une couturière de l'autre côté de la rue. « Celle-ci, dit de Fontrailles. C'est là que nous irons. »

Deux heures plus tard, le vicomte de Fontrailles s'avançait devant un miroir, vêtu d'un ensemble à la mode des cavaliers. « Eh bien, monsieur, qu'en pensez-vous ? demanda le confectionneur, visiblement nerveux. Est-ce ce que monsieur avait en tête ? »

Louis resta bouche bée devant l'affreuse vision qui se reflétait dans la glace. Le pourpoint à crevés bâillait de façon ridicule sur son torse déformé. La dentelle à ses poignets pendait presque à ses genoux. Il devait se regarder par-dessous le bord d'un grand chapeau que son dos bossu ne cessait de rabattre sur ses yeux. « J'ai l'air… J'ai l'air d'un singe apprêté pour une fête costumée. »

Le mercier grimaça. « Les modes les plus avancées de notre époque ne conviennent pas à tout le monde, monsieur, dit-il. Peut-être qu'une tenue plus traditionnelle… »

Louis secoua la tête avec obstination, ce qui fit remuer d'avant en arrière la grande plume d'autruche perchée sur le chapeau.

« Non, la peste ! Par la lamproie du diable ! Pourquoi prétendre que je ne suis pas un bossu petit et laid ? S'ils veulent un cavalier, je vais leur en donner. » Il se tourna vers le mercier. « Je veux davantage de dentelle, dit-il. Je veux des bottes plus hautes – jusqu'ici ! Et je veux un plus grand chapeau ! Mais épinglez le bord à l'avant, que je puisse voir où je vais.

— Est-ce que… est-ce que monsieur est sûr de ce qu'il veut ?

— Ils se moqueront de moi quoi qu'il arrive, monsieur le couturier. Autant que je me moque d'eux en retour. Quand pouvez-vous avoir terminé ? »

X

UNE LETTRE PIÉGÉE DU XVIIe SIÈCLE

Si l'enseigne de Fontrailles faisait à présent partie de la garde du cardinal, c'était plutôt en qualité d'agent de renseignement que de fin bretteur. On n'attendait pas de lui qu'il se joigne à la garde montée autour du Petit Luxembourg ou qu'il escorte le cardinal dans Paris – ce qui convenait très bien aux autres gardes. En réalité, à part de Jussac, les cavaliers de la garde cardinale n'étaient pas ravis d'avoir l'excentrique vicomte de Fontrailles en tant qu'officier dans leurs rangs – surtout après avoir vu sa nouvelle garde-robe. Il n'était pas certain que les autres gardes aient compris que l'accoutrement de De Fontrailles se moquait ouvertement de leurs propres excès vestimentaires. Cependant, ils trouvaient absurde l'idée d'un garde bossu, et leur mépris à peine dissimulé faisait plus de peine à Louis qu'il ne voulait bien l'admettre.

Le manque de respect était mutuel ; Louis voyait en ces gardes la plus grosse bande d'abrutis qu'il ait jamais eu le malheur de rencontrer ; des garçons vantards qui refusaient de grandir, et qui n'avaient d'autres centres d'intérêt que la bagarre, le jeu, la fornication et les habits. Pire encore, ils étaient bons dans tous ces domaines, alors que de Fontrailles était visiblement très mauvais – comme ils ne manquaient pas de lui faire remarquer de façon peu subtile. Ils lui demandaient : « Vous voulez vous entraîner un peu à l'épée ce matin, enseigne de Fontrailles ? », ou : « Vous nous avez manqué à la fête hier soir – étiez-vous encore avec votre maîtresse ? »

Louis envisagea d'inviter l'un de ces bravaches voyous à le rejoindre à l'aube pour un duel au pistolet, partant du principe que les cavaliers de la garde le prendraient plus au sérieux s'il transperçait l'un d'eux d'une balle. L'idée était séduisante, mais Louis se rappela qu'il ne comptait pas faire carrière auprès du cardinal, mais qu'il usait simplement de sa fonction pour mettre la main sur *Les Trois Mystiques Clercs*. De plus, c'était la personne défiée qui avait le choix des armes : son adversaire choisirait sûrement l'épée plutôt que le pistolet, et c'en serait fini de Louis d'Astarac.

Était-ce pour que ces brutes fanfaronnes ne le regardent plus avec mépris comme un monstre inhumain qu'il était si déterminé à trouver un remède à sa difformité ? Pour pouvoir danser, chevaucher, pratiquer l'escrime, et qui plus est regarder ces rustres dans les yeux ? Non, se dit-il. Non : c'était pour Isabeau.

Il mit de côté son agacement face au dédain des autres gardes et s'attela au travail pour trouver le livre rosicrucien perdu. Il devait donc trouver quelqu'un qui avait vu Salomon de Caus.

Il envoya d'autres lettres. La réponse qui finit par arriver vint d'un endroit non loin de là : le monastère de la fraternité des Minimes se trouvait près de la place Royale, dans le quartier de Paris appelé le Marais ; le supérieur du monastère, Marin Mersenne, était également un mathématicien de premier ordre qui entretenait une correspondance avec les philosophes naturalistes de toute la chrétienté… dont, disait-il, Salomon de Caus.

Mersenne invita de Fontrailles à un dîner austère dans son bureau au monastère, une cellule aussi pleine de livres et de papiers que dépourvue de meubles et d'ornements. Le « dîner » consistait en un simple ragoût de panais, ce qui n'était pas vraiment le plat préféré de Louis. *Ces Minimes portent bien leur nom*, pensa-t-il. Mais Mersenne était plutôt loquace pour un moine, et il raconta à de Fontrailles qu'il avait non seulement eu des nouvelles de Salomon de Caus, mais qu'il en avait même reçu la visite.

« Ah oui ? » De Fontrailles, qui portait son verre de vin coupé à l'eau à ses lèvres, le reposa sur la table avant même d'y avoir goûté. « Quand donc, si je puis me permettre de vous le demander ?

— L'hiver dernier, répondit Mersenne, un homme au visage long et étroit mais très expressif, capable de s'illuminer ou s'assombrir très vite, souriant ou lançant des regards noirs avec une intensité surprenante. Je ne me souviens pas précisément de la date, mais c'était durant l'avent. Il semblait souffrant, comme s'il bataillait avec une longue maladie, et son discours était décousu, presque incohérent.

— Le connaissiez-vous déjà ? »

Mersenne, prenant dans sa cuillère les derniers morceaux de panais, secoua sa tête tondue.

« Seulement de réputation. J'avais lu ses *Raisons des forces mouvantes*, qui, même s'il se complaît dans les déplorables erreurs spirituelles des rosicruciens, représente tout de même une véritable avancée dans notre compréhension de la mécanique. Je lui avais écrit pour le féliciter, et quand il est arrivé à Paris il m'a contacté pour me demander conseil.

— À quel sujet ?

— Son ancien mécène, Frédéric du Palatinat, avait connu un vilain sort, et de Caus en cherchait un nouveau. Il faut bien avoir des fonds pour être ingénieur – c'est bien plus cher que les mathématiques. De Caus envisageait de solliciter Richelieu et voulait connaître le meilleur moyen de s'y prendre. » Mersenne s'arrêta, regarda le bol de panais auquel de Fontrailles avait à peine touché, puis soupira et reprit : « Je lui ai recommandé d'abord de se reposer un temps pour récupérer la santé, et ensuite, s'il voulait obtenir l'attention du cardinal, de se concentrer sur les applications pratiques, voire militaires, de son travail. Il n'en avait cure ; il était sur le point, disait-il, de redécouvrir certains des anciens principes régissant l'interaction des fluides et des vapeurs et avait besoin de financement pour des travaux de recherche pure. Il a déblatéré pendant un long moment au sujet de l'hydraulique pulmonaire et circulatoire. Pauvre homme, conclut-il. Je ne l'ai pas revu ni n'ai entendu parler de lui depuis. »

Il soupira à nouveau, mais Louis ne savait pas si c'était à cause de l'état de De Caus ou des panais qu'il n'avait pas finis.

« Savez-vous où il séjournait, ou s'il avait prévu de rendre visite à d'autres gens ? demanda-t-il.

— Je l'ignore ; il faisait tout pour ne pas répondre aux questions directes, répondit Mersenne. Cependant, peu de temps après notre entrevue, il m'a envoyé un message codé avec une préface lisible dans laquelle il disait que, si j'avais besoin de le revoir, sa localisation se trouvait dans le code.

— Vraiment ? » dit Louis. Voilà qui était intéressant. « Et vous l'avez déchiffré ?

— J'ai commencé, car c'était un casse-tête mathématique, vous voyez, et donc j'étais un peu intrigué, mais quand j'ai compris que le problème employait des tropes et faisait allusion aux rosicruciens, je l'ai mis de côté. Cela ressemblait plus aux divagations d'un esprit désordonné ; et après tout, je n'avais pas de véritable raison de contacter à nouveau M. de Caus.

— Avez-vous gardé la lettre ?

— Je garde tout. Je suis sûr de l'avoir rangée avec ma correspondance de l'an dernier. » Mersenne se tourna vers une étagère voisine et fouilla dans un tas de papiers. « La voici ! dit-il avec satisfaction.

— Puis-je… puis-je la voir ?

— Si cela vous intéresse », dit Mersenne. Il lui tendit la lettre de l'autre bout de la table ; de Fontrailles s'en saisit, puis il fit glisser délicatement son bol de panais vers le mathématicien. « Vraiment ? Oh, mais j'ai assez mangé, dit Mersenne avant d'attraper sa cuillère. Bien sûr, ce serait un péché que de faire du gâchis. »

Pendant que Mersenne mâchait, Louis lut : « Mon cher monsieur Mersenne ; si vous aviez besoin de me trouver, il y a un casse-tête dans cette parabole. » S'ensuivait une curieuse petite histoire racontée du point de vue d'un homme qui marchait dans une forêt allégorique : de l'imagerie rosicrucienne typique, avec des rosiers rouge et blanc, une grotte, et un lion doué de parole qui présentait au narrateur deux bêtes merveilleuses, puis le mettait au défi de deviner leurs noms.

C'était là l'énigme, vraisemblablement : « La première créature extraordinaire, d'une pure blancheur, sourit devant ma curiosité et répondit : "Mon nom contient deux et soixante-dix, et pourtant n'a que sept lettres ; la troisième est un tiers de la seconde, et la quatrième est trois de plus que la première." La seconde créature, plutôt de couleur brun-roux et velue, dit : "Mon nom est encore plus grand, car il contient cent, dix et huit en seulement neuf lettres ; la première et la quatrième sont égales, tandis que la cinquième et la huitième combinées font la neuvième." D'abord, j'ai beaucoup réfléchi sur la question, puis j'ai rapidement trouvé la solution. »

La lettre était signée « S.C. » De Fontrailles demanda :

« Puis-je recopier cette énigme ?

— Oh, certainement, dit Mersenne. Méfiez-vous de son côté hérétique, cependant. »

Ce soir-là, Louis se creusa la tête pendant deux heures, mais en vain : il n'avait jamais eu l'esprit très doué pour les mathématiques, et il ne savait même pas par où commencer pour résoudre ce problème. « Merdieu ! cria-t-il en jetant sa plume d'oie à travers la pièce. Je n'y arriverai jamais sans assistance. Mais Mersenne a peur de la contamination sacrilège, et il ne la résoudra pas à ma place, et Descartes pourrait sûrement y arriver de tête, mais j'ai promis de le laisser hors de toute cette affaire. » Il s'illumina. « Je sais : je vais l'envoyer à Isabeau. Elle ne va probablement pas trouver la solution non plus, mais au moins elle saura que je pense à elle. Et je ne lui ai pas encore écrit cette semaine. »

Le lendemain il alla demander au capitaine de Cavois s'il existait une sorte de mathématicien du roi qui pourrait l'aider, mais de Cavois n'avait pas le temps pour les énigmes.

« Nom de nom ! grogna-t-il à son enseigne. La garde part ce soir pour Nantes avec le roi, et vous osez me déranger avec des inepties pareilles ? Gardez-les pour notre retour.

— Mais cela pourrait prendre des semaines ! bafouilla de Fontrailles.

— Des mois, même.

— Mais cette affaire concerne le cardinal ! »

De Cavois fit un geste en direction des documents empilés sur son bureau.

« Toutes ces affaires concernent le cardinal, jeune homme. Vous devrez attendre votre tour.

— Toute la garde part avec vous ? Et si je rencontre des problèmes et que j'ai besoin de renforts ? »

De Cavois lui jeta un regard noir puis dit :

« Bernajoux reste en retrait – vous pourrez compter sur lui.

— Bernajoux, le duelliste ? demanda de Fontrailles. N'est-il pas encore convalescent de la blessure que lui a infligée un mousquetaire ? »

De Cavois haussa les épaules. « C'est le mieux que je puisse faire. Maintenant partez d'ici, sinon je vous désigne pour rédiger les lettres de réquisition. »

Deux jours plus tard, car il y avait toujours des retards, le roi et sa cour partirent pour les provinces de l'Ouest, et de Fontrailles se retrouva livré à lui-même. *Et jusque-là*, pensa-t-il, *je ne me suffis pas.*

Il passa plusieurs jours sur la rive gauche à la Sorbonne, en se disant qu'un ingénieur philosophe avait peut-être envie d'avoir du temps avec ses pairs, mais si de nombreux professeurs et étudiants avaient entendu parler de Salomon de Caus, aucun ne l'avait vu. « Il faut que je réfléchisse comme un agent du renseignement, se dit Louis. J'aurais aimé que de Rochefort soit là – au moins j'aurais pu demander à un espion comment fait-on pour espionner. Le seul autre espion que j'ai rencontré, c'était la comtesse de Bois-Tracy. À bien y réfléchir, elle cherchait de Caus elle aussi. S'il est quelque part, elle l'a probablement déjà trouvé. Peut-être que c'est elle que je devrais chercher. »

C'était une idée – et si la comtesse n'était pas vraiment un personnage public à Paris, sa présence était suffisamment mémorable pour que de Fontrailles finisse par retrouver sa trace. Au bout d'une semaine, il avait localisé l'adresse où elle logeait et avait appris que madame avait quitté la ville, comme tout le monde.

Ainsi s'écoula l'été long et chaud à Paris : personne n'avait vu de Caus, personne n'avait de nouvelles de lui, personne n'avait la moindre idée d'où il se trouvait.

Une fois par semaine, de Fontrailles allait voir son subordonné théorique, Bernajoux, qui se remettait plutôt bien de sa blessure étant donné à quel point il s'était fait perforer par le jeune d'Artagnan. De Fontrailles rentrait un jour d'une de ces visites lorsqu'il aperçut Vidou qui l'attendait à la porte.

« Une lettre pour vous, monsieur, dit-il.

— De qui provient-elle, Vidou ? » De Fontrailles retira son trop grand chapeau et essuya la sueur de son front avec la dentelle de sa manchette. « Encore un philosophe naturaliste qui m'apprend qu'il ne sait pas où se trouve Salomon de Caus ?

— Non, monsieur – c'est de la part de Mlle de Bonnefont.

— Isabeau ! Pourquoi ne me l'as-tu pas dit ? Donne-la-moi !

— Des mauvaises nouvelles, sans doute », marmonna Vidou tandis que de Fontrailles brisait le sceau de cire et dépliait le papier à lettre rigide.

Mon Cher Louis,
J'ai reçu ta lettre la plus récente, celle avec la petite énigme. C'était formidable d'avoir de tes nouvelles, comme toujours. Sois assuré que chaque fois que je m'agenouille devant le Bon Dieu, tu es dans mes prières.
Quant à l'énigme, il m'a fallu quelques minutes pour la résoudre, mais j'ai fini par y arriver. Les lettres des noms des animaux sont indiquées par des nombres, et j'ai supposé qu'il s'agissait simplement de remplacer chaque chiffre par la lettre de l'alphabet correspondante, mais au départ j'ai mal compté car je n'avais pas compris que deux paires de lettres, « I » & « J » et « U » & « V », ne comptaient que pour un. À partir de là, c'était très simple.
La première bête est une licorne :
L 11
I 9
C 3
O 14
R 17
N 13
E 5
Ce qui fait un total de 72, bien sûr ; et la seconde bête est un :
M 12
A 1
R 17
M 12
O 14
U 20
S 18
E 5
T 19

Ce qui fait 118, comme tu peux le constater. Seraient-ce des noms de rues à Paris ? Ces rues se croisent-elles ?
Il ne se passe pas grand-chose de nouveau ici en Armagnac. La chaleur de l'été nous assure une bonne récolte dans les vignes. Ta sœur Hélène a écrit d'Estang : elle se porte bien et te transmet son affection. Éric de Gimous me fait la cour, et il a dit à mon père qu'il avait l'intention de lui demander ma main. Je vais peut-être accepter.
Prends soin de toi, et puisse Dieu veiller sur toi,
Isabeau de BONNEFONT

XI

LES INTRIGUES S'ENTREMÊLENT

À l'angle de la rue des Marmousets et de la rue de la Licorne, derrière l'imposante église de Sainte-Madeleine de la Cité, église de l'évêque de Paris, se trouvait une grande et vieille maison médiévale qui saillait de plus en plus sur la rue à chaque étage, comme si elle cherchait à s'éloigner de la maison de Dieu qui s'étendait derrière elle. Au-delà, bien plus loin que Sainte-Madeleine, le soleil se couchait et on allumait déjà les quelques lumières dans les rues étroites de l'île de la Cité.

Au coin de la rue de la Licorne, dans l'ancienne taverne dont l'enseigne représentait la créature ayant donné son nom à la rue, deux hommes penchés sur une bouteille de vin observaient la vieille maison d'en face.

« Êtes-vous sûr que vous êtes en état ? demanda de Fontrailles. Le docteur a dit que vous devriez prendre encore deux semaines de repos.

— Ah, les médecins – pouah ! » Bernajoux cracha à travers son extravagante moustache noire. « Ce médecin a tué plus de gens avec ses décoctions que moi avec mon épée. De plus, n'avez-vous pas dit que le sorcier que vous cherchiez n'était pas chez lui ?

— C'est ce que la concierge m'a dit », répondit de Fontrailles.

Il but une gorgée de vin et plissa le nez de dégoût. Le liquide aqueux et acide représentait une offense envers tous les vignerons de France. Comment cette taverne avait-elle réussi à rester ouverte pendant des siècles en servant une telle piquette ? Il posa le verre sur la table, et la lettre d'Isabeau se froissa dans son pourpoint. *La voilà, la véritable source de mon humeur lugubre*, pensa-t-il. Il grimaça et dit : « La concierge m'a affirmé qu'ils n'avaient pas vu M. de Caus depuis des mois, mais qu'ils avaient peur d'entrer dans sa chambre à cause de ses “instruments de malheur”. Puis elle a fait le signe contre la *fascinatio* – le mauvais œil. »

Bernajoux finit son verre avec une grande satisfaction et s'en versa un autre.

« Donc vous soupçonnez que le bastion de ce sorcier est gardé par une sorte de monstruosité venue des enfers, et vous m'avez fait venir pour que je l'éventre ? Bonne idée, mon officier. Après avoir passé la moitié de l'été au lit, j'aimerais beaucoup avoir l'opportunité de m'étirer le poignet.

— Je doute que nous ayons besoin de votre habileté à l'escrime, dit de Fontrailles. Quoi qu'il en soit, de Caus relève plus de l'ingénieur que du sorcier.

— Ah ? Et cette femme, cette concierge, elle est jeune et belle ? Vous avez besoin que je la séduise pour faire diversion pendant que vous pénétrez à l'intérieur ?

— Non, la concierge n'est pas là, elle rend visite à des proches – et de toute façon c'est une vieille bique édentée qui sent l'ail brûlé. Ce n'est probablement pas votre genre.

— Ha ! Sauf si elle est riche. Mais vous voyez, mon officier… » Cette fois, Bernajoux prononça ces mots avec une pointe de sarcasme. « … Si votre problème ne peut se régler ni par un baiser ni par un coup d'épée, pourquoi m'avoir fait venir ? Je ne suis pas un espion – et encore moins un érudit.

— Oh, je ne vous demanderai rien de discourtois, dit de Fontrailles. Pour être franc, j'ai l'intention d'entrer par effraction dans la chambre de De Caus, et je ne veux pas être dérangé par ses voisins. Si quelqu'un a la moindre objection, vous n'aurez qu'à hérisser les poils de votre impressionnante moustache et prendre l'air sévère.

— J'en suis capable. » Bernajoux versa la fin du vin dans son verre. « Ce ne sera pas long, si ? Il y a bien une maîtresse ou deux qui m'attendent avec impatience.

— Vraiment ? Je croyais que tout le monde avait quitté la ville à part nous.

— Pas tout le monde. » Bernajoux entortilla sa moustache. « Juste un grand nombre de maris. »

Comme d'habitude dans les vieilles maisons de la cité, l'escalier qui menait aux étages supérieurs disposait de sa propre entrée latérale, qui n'était pas verrouillée. À l'intérieur, il faisait aussi noir que dans une mine, donc de Fontrailles s'arrêta pour allumer la lanterne sourde qu'il avait apportée. Grâce à la lumière qui filtrait par l'étroit volet, ils purent trouver leur chemin et monter le vénérable escalier, qui laissa échapper un grincement plaintif à chaque pas.

« La chambre de De Caus est en haut, dit de Fontrailles. Vous avez assez de lumière ?

— Vous avez une lanterne ? demanda Bernajoux. Je ne vois pas plus loin que votre gigantesque chapeau. À ce sujet, je voulais vous demander, mon officier : pourquoi portez-vous une chose pareille ? Avez-vous perdu un pari ?

— J'ai mes raisons.

— Je n'en doute pas. J'ai autrefois connu un homme qui portait toutes les dents en or de feu sa femme sur une chaîne autour du cou ; il a répondu la même chose. »

Louis n'essaya même pas de trouver une réponse, et se concentra pour ne pas trébucher sur les contremarches irrégulières de l'escalier décrépit. Il y avait deux portes à chaque palier, mais aucune d'entre elles ne s'ouvrit sur leur passage, et ils ne croisèrent personne avant d'arriver à celle du haut.

« On ne dirait pas l'entrée de la chambre d'un sorcier, dit Bernajoux. Je croyais que ce genre d'endroit arborait toujours des avertissements lugubres en langues anciennes.

— Dieu sait dans quoi vous avez lu cela, Bernajoux…

— Lire ? Moi ?

— … Mais j'imagine que je ferais mieux de vérifier s'il n'y a pas un piège magique sur la porte. »

De Fontrailles prit la lanterne de sa main gauche et sortit de la bourse à sa ceinture la boîte ornée qui contenait l'autruche thaumaturgique. Même s'il dut se forcer à prendre un air assuré, ses mains tremblaient, et lorsqu'il ouvrit le loquet de la boîte, il la laissa tomber ; l'oiseau en sortit et s'écrasa au sol, où il se brisa en trois morceaux.

De Fontrailles grogna ; la tête de l'autruche, avec son chapeau ridicule, tressauta une fois avant de s'immobiliser.

« J'espère que ce n'était pas un objet précieux, dit Bernajoux.

— C'est – c'était – un détecteur magique. » De Fontrailles remit soigneusement les morceaux dans la boîte. « Il était supposé remuer la tête de haut en bas en présence de magie… ou d'un magicien.

— Ah, dit Bernajoux. Et vous l'avez brisé. Comment allons-nous faire pour savoir quelle terrible magie nous attend derrière la porte ?

— De la façon habituelle, j'imagine, dit de Fontrailles. Nous allons simplement l'ouvrir et en avoir le cœur net.

— Vous savez, parfois ces maisons ont un escalier arrière ou un autre moyen de sortir. Peut-être que je devrais aller m'y poster au cas où votre sorcier essaye de s'échapper.

— Et s'il faisait apparaître une monstruosité venue des enfers ? Vous n'avez pas peur de la magie, Bernajoux, si ? »

Le garde se hérissa.

« Monsieur ! Cette allégation est offensante, et j'insiste pour que vous la retiriez.

— Très bien, Bernajoux : je la retire, dit de Fontrailles. Je veux simplement m'assurer que nous faisons au mieux.

— C'est vous l'officier, ici – je suis sûr que vous savez ce qui est le mieux », souffla Bernajoux.

Il tourna les talons dans ses grandes bottes de cheval et descendit l'escalier.

« Ces cavaliers sont susceptibles », marmonna de Fontrailles avant de tourner sa lanterne vers la porte. Elle n'avait pas l'air différente des autres portes devant lesquelles ils étaient passés en montant. *Mais c'est la porte du sanctuaire d'un mécaniste rosicrucien*, pensa Louis. *Aurait-il pu installer une sorte de piège ?*

Il se pencha en avant pour inspecter le verrou, et le large bord de son chapeau s'écrasa contre le panneau de bois ; il recula, paniqué. « Maudite nuisance. » Il retira le chapeau et l'accrocha à un chandelier vide au mur derrière lui. Puis il s'agenouilla près de la porte, aussi bas qu'il le put, tendit le bras et souleva prudemment la poignée en fer forgé. Elle s'éleva à moitié et s'arrêta : la porte était verrouillée.

Mais le garde-manger du château de Fontrailles l'était aussi quand l'ancien sergent d'armes du vieux vicomte avait montré au jeune Louis, en lui faisant un clin d'œil, comment l'ouvrir en glissant une fine lame entre la porte et le montant pour soulever le loquet de l'intérieur. Le vicomte, qui se souvenait de cette leçon, était venu équipé d'une telle lame. Tapi près de la porte et se faisant le plus petit possible, il inséra la lame dans l'espace étroit et la fit glisser au-delà de la poignée jusqu'à ce qu'elle entre en contact avec une barre à l'intérieur. Puis il fit levier avec le couteau dans une main tout en appuyant sur la poignée de l'autre.

La porte s'ouvrit en grand. Instantanément, un éclair vert éclata à l'intérieur de la pièce, et Louis fut aveuglé et désorienté. Il entendit un bruit sourd devant lui, un sifflement au-dessus de sa tête et un fracas derrière. Il se jeta dos contre le mur et cligna rapidement des yeux pour retrouver la vue tout en tâtonnant pour chercher la lanterne. Le volet de celle-ci, grand ouvert, laissa passer un rayon de lumière qui éclaira le mur en face de la porte, où Louis put apercevoir son chapeau plissé, enfoncé dans le plâtre par un carreau d'arbalète qui tremblait encore. « Merdieu », souffla-t-il.

Il fit pivoter la lanterne et inspecta soigneusement l'intérieur de la pièce par la porte ouverte. S'y trouvait une statue de Cupidon en bronze d'environ un mètre vingt, dont l'arc traditionnel avait été remplacé par une lourde arbalète meurtrière, à présent déchargée, dont la corde vibrait encore légèrement. Une petite flamme verte, restant d'une bombe aveuglante, dansait autour des cheveux sur la tête de Cupidon et luisait sur le fil qui courait jusqu'au verrou. Elle vacilla et s'évanouit sous les yeux de De Fontrailles.

Il se releva chancelant et entra dans la pièce en contournant prudemment le Cupidon de bronze, inspectant la chambre à la lueur de sa lanterne. La lumière éclaira une étagère près de la porte et de Fontrailles s'exclama : « Nom d'un derrière de canard ! », car se trouvait devant lui une rangée de pas moins de neuf autruches thaumaturgiques. Le deuxième oiseau en partant de la gauche émit un grincement et bascula lentement la tête en avant jusqu'à ce que son bec entre en contact avec l'étagère.

De Fontrailles secoua la tête, puis il tourna la lanterne vers le reste de la pièce. Il y avait un lit étroit défait, un établi couvert de toutes sortes d'outils et d'appareils complexes, et un bureau contre le mur du fond sous une fenêtre aux volets fermés. Toutes les surfaces étaient recouvertes de poussière ; l'endroit semblait abandonné.

De Fontrailles traversa la pièce avec impatience jusqu'au bureau, posa la lanterne et commença à fouiller dans les piles de papiers de Salomon de Caus, autrefois mécaniste de l'électeur du Palatinat.

Il trouva presque immédiatement un journal in-octavo aux pages numérotées et remplies de croquis, de diagrammes et de messages codés. « Serait-ce le carnet personnel de notre homme ? » se demanda-t-il. Il le parcourut rapidement et nota que certains dessins comprenaient des symboles alchimiques et rosicruciens, puis il se mit devant la lampe pour mieux voir les griffonnages à l'encre. Sa hanche buta contre une boîte en bois qui lui arrivait à la taille, posée près du bureau, et un petit carillonnement musical en sortit. Intrigué, il reposa le livre sur le bureau et se tourna pour inspecter ladite boîte.

C'était une grosse caisse de bois incrustée avec un loquet sur l'arête supérieure la plus proche de lui, plaqué argent avec des symboles cabalistiques gravés. Un tel coffret devait contenir quelque chose de très important, se dit Louis. Il le fixa des yeux avec un détachement presque clinique tout en tendant la main vers le loquet d'argent. *Vais-je vraiment le faire ?* pensa-t-il.

Vraisemblablement. Il glissa les doigts sous l'extrémité du loquet, le souleva et ouvrit. Le couvercle s'éleva dans les airs comme s'il était monté sur ressort, et les quatre côtés de la boîte tombèrent d'un coup, révélant un singe démoniaque accroupi qui se mit immédiatement à frapper deux cymbales stridentes juste sous le nez de Louis. Il le fixait de ses yeux jaunes, lui montrant les dents en un sourire hideux ; Louis hurla et recula.

Presque au même instant, la fenêtre aux volets fermés au-dessus du bureau explosa de l'extérieur et Bernajoux fit irruption dans la pièce, les bottes en avant. En un seul mouvement d'une grâce ineffable, il glissa sur le meuble, atterrit debout devant le singe-démon, dégaina sa rapière et enfonça la lame entre les deux cymbales au plus profond de la poitrine de la bête. Un bruit disgracieux de ressorts qui se détendaient et de câbles qui lâchaient se fit entendre et tout devint silencieux.

« Ha ! Si ce n'est pas une monstruosité venue des enfers, je ne sais pas ce que c'est », dit Bernajoux en posant une botte sur le visage encore souriant de la créature pour libérer sa rapière. Le singe-démon tomba en arrière en un bruit métallique, et le pompon de son chapeau turc se balança.

De Fontrailles finit par refermer la bouche et réussit à dire :

« Je crois qu'il s'agit plutôt d'un “instrument de malheur”. » Il prit une grande inspiration. « Comment… comment avez-vous fait pour arriver là ?

— J'ai grimpé un contrefort bien situé sur la façade arrière de l'église, dit Bernajoux, incroyablement fier de lui. Quand je vous ai entendu crier, je n'ai eu qu'à sauter sur l'avant-toit puis à travers la fenêtre.

— Bleu du ciel, Bernajoux ! De quoi êtes-vous capable quand vous n'êtes pas convalescent ? Je crois bien que je me dois de vous remercier.

— Cela serait courtois de votre part, dit-il d'un ton sympathique. Les documents sur le bureau sont-ils importants ? Ils viennent de prendre feu. »

De Fontrailles se retourna et vit que sa lanterne, renversée par l'entrée fracassante de Bernajoux, avait provoqué un début d'incendie à la surface du meuble. Une poudre noire qui s'était répandue d'une bouteille couchée commença à s'embraser et faire des étincelles colorées. « Mon Dieu ! cria de Fontrailles. Les papiers de De Caus ! Aidez-moi à les éteindre ! »

À l'aide d'une couverture prise sur le lit, ils réussirent à étouffer les flammes, mais Louis trouva que Bernajoux semblait plus enclin à faire de joyeux traits d'esprit plutôt qu'à éteindre le feu. Dans l'obscurité qui survint quand la dernière flamme eut disparu, Louis retrouva sa lanterne cabossée, la ralluma et constata les dégâts : la plupart des papiers libres étaient réduits en cendres, et le carnet in-octavo était roussi et partiellement détruit.

« Mille diables ! jura-t-il. Quelle déveine !

— Est-ce un livre de sorts ? demanda Bernajoux. Croyez-vous qu'il contienne des recettes de philtres d'amour ? »

De Fontrailles se contenta de lui jeter un regard noir, ce qui ne sembla pas affecter le garde.

« Vous savez, dit de Fontrailles, vous pourriez aller sur le palier pour monter la garde. Si je trouve autre chose à annihiler, oblitérer ou détruire d'une quelconque façon, je vous appellerai.

— Mais oui, mon officier ! »

Bernajoux salua en claquant les talons, se retourna et quitta la pièce d'un pas nonchalant. Louis crut l'entendre ricaner en sortant.

De Fontrailles empocha le carnet noirci et continua de fouiller le reste de la pièce, éternuant de temps à autre à cause de la poussière qu'il soulevait. Il y avait un certain nombre d'objets étranges sur l'établi, que Louis ne pouvait pas tous identifier, mais il ne trouva rien qui indiquât l'endroit où le mystérieux mécaniste avait disparu. Le nombre de projets en cours sur place laissait à penser que l'occupant n'avait pas prévu une absence prolongée.

Il inspecta le bureau à la recherche de compartiments secrets, mais n'en trouva pas. Perplexe, il haussa les épaules et s'apprêta à partir, mais il s'arrêta et se saisit une nouvelle fois de la boîte dans la bourse à sa ceinture. Il sortit les pièces cassées de son autruche thaumaturgique et les posa sur l'étagère parmi la rangée d'oiseaux similaires, puis il choisit l'une des autruches encore intactes, la plaça dans la boîte et s'en alla.

Sur le palier, Bernajoux observait ses bottes pour voir si elles n'étaient pas éraflées lorsque de Fontrailles le rejoignit.

« Vous avez trouvé ce que vous cherchiez, mon officier ? demanda-t-il d'un ton enjoué.

— Probablement pas. »

De Fontrailles regarda tristement son chapeau, fermement enfoncé dans le mur. Il dit :

« Je crois que je ne le remettrai plus jamais.

— Vraiment ? dit Bernajoux. Alors tout n'est pas perdu. »

Le matin suivant, de Fontrailles se rendit vite compte que le contenu du carnet roussi était crypté à l'aide du simple code de substitution qu'Isabeau lui avait décrit dans sa lettre. Il passa la matinée à décoder les trois premières pages, qui dataient de l'été 1616 à Heidelberg, dix ans plus tôt. Elles ne lui apprirent pas grand-chose, car elles concernaient surtout les plans de De Caus pour le grand jardin palatin et ses propres affaires personnelles, qui semblaient quelque peu compliquées – apparemment il n'était pas encore assez riche à l'époque pour engager Albert Quinot afin qu'il s'en occupe à sa place.

De Fontrailles fut interrompu par Vidou, qui lui apporta son dîner et l'informa que les affaires du roi en Bretagne touchaient à leur fin et que la cour reviendrait bientôt à Paris.

« Es-tu sûr ? demanda de Fontrailles. C'est peut-être une simple rumeur.

— Non, monsieur, certains des premiers cavaliers royaux sont déjà de retour en ville.

— Nom d'un chat sacré ! Je ferais mieux de me dépêcher – il me faut obtenir des résultats avant que le cardinal ne revienne. »

Et avant qu'Isabeau épouse Éric, ajouta-t-il en son for intérieur.

« Il ne risque pas d'y arriver, marmonna Vidou en sortant de la pièce, en restant assis ici à étudier des livres d'énigmes. »

De Fontrailles avança de quelques pages dans le livre en décodant de courts passages dans l'espoir de tomber sur quelque chose d'intéressant. Il y avait des idées d'automates, des entrées sur comment éviter les créanciers, de la frustration concernant le manque de vision à long terme de son mécène, mais rien sur *Les Trois Mystiques Clercs*.

Les pages paraissaient de plus en plus sombres. De Fontrailles regarda par la fenêtre et vit que la lumière décroissait, les derniers rayons du soleil de fin d'été se reflétant sur la flèche des Grands-Augustins de l'autre côté du fleuve. Il était resté penché sur sa table de travail toute la journée et il se sentait raide, il avait des crampes et était couvert de taches d'encre. Il était grand temps d'aller marcher afin de se détendre les muscles et mettre de l'ordre dans ses pensées.

La place Dauphine était plongée dans l'obscurité, et la troupe comique qui jouait sur l'estrade à l'extrémité sud avait déjà rangé ses accessoires et ses costumes pour la journée. De Fontrailles avança sur le pont Neuf et observa l'agitation, tandis que tout Paris se dépêchait de rentrer à la maison avant que les longues ombres de la nuit fassent sortir les prédateurs.

On lui tira sur la manche, ce qui le fit sortir de sa rêverie. « Monsieur de Fontrailles ? »

Louis se tourna et vit un homme quelconque, de taille moyenne, vêtu d'habits déchirés et un peu sales, qui ressemblait à n'importe lequel des milliers d'autres citoyens parisiens sur le pont ce soir-là. À bien y regarder, il y avait quelque chose d'indéfinissablement menaçant chez cet homme – peut-être était-ce le regard noir qu'il lançait à de Fontrailles de son œil droit (le gauche étant recouvert d'un bandeau), ou peut-être les poignées des différentes armes qui dépassaient de sa cape.

De Fontrailles regarda instinctivement par-dessus son épaule – chose ardue pour un bossu, et il sentit une vive douleur dans sa colonne vertébrale – pour voir si l'homme n'avait pas un complice en train de s'approcher de lui par-derrière. Cela ne semblait pas être le cas.

« Que me voulez-vous ? demanda de Fontrailles. Et comment connaissez-vous mon nom ?

— Vous avez rendez-vous, monsieur, dit le borgne.

— Rendez-vous ? Je ne suis au courant d'aucun rendez-vous. Avec qui ? »

L'homme se pencha en avant et siffla :

« Avec le capucin.

— Avec le père Joseph ? Ah, bien, tant que lui est au courant, cela me convient. Je vous suis.

— Ce sera demain matin, à neuf heures, dit l'homme en tordant la bouche. Rue Garancière. Ne soyez pas en retard. »

Il se retourna et commença à s'éloigner.

« Attendez ! Rue Garancière ? Dans quelle maison ?

— Ne vous inquiétez pas : nous vous verrons », dit le borgne avant de se fondre dans la foule et de disparaître.

Oh, excellent, se dit Louis. *Un rendez-vous avec l'espion personnel du cardinal. Quels résultats vais-je bien pouvoir lui montrer ?*

Il se hâta de rentrer dans son logis, s'assit à nouveau avec le carnet et se rendit à la dernière page. L'écriture était excentrique, estompée par endroits, et les coins de la page étaient roussis ; il fallut à Louis plus d'une heure pour la déchiffrer. Une fois terminé, il obtint l'entrée suivante :

14 avril 1626
Suivi par une robe noire aujourd'hui. M'a coincé dans une allée et menacé avec une sorte de petite hache. M'a dit que je savais ce qu'ils voulaient et que j'avais vingt-quatre heures pour le leur donner.
M'a dit que son nom était Mikmaq. M'a dit qu'ils savaient où j'habitais.
M'a dit que si je ne le leur donnais pas, ils m'enverraient à Bicêtre, et je le regretterais.
Il est temps de partir.

C'était principalement du charabia, mais le passage contenait une référence que Louis pouvait comprendre : *Bicêtre*. L'asile de fous de Paris. Il frissonna ; il avait déjà découvert l'endroit au cours d'une visite de charité quand il était au séminaire, et c'était une horrible prison fortifiée où les déments étaient punis pour leur folie.

Si de Caus était bel et bien à Bicêtre, Louis savait qu'il ne pourrait pas le faire sortir tout seul. Il pouvait demander de l'aide au cardinal, bien sûr, mais de Caus se retrouverait sous la garde de Richelieu, et il n'y avait aucune garantie que le cardinal partage ce qu'il aurait appris avec l'enseigne de sa brigade politique.

Louis entendit quelqu'un marmonner derrière lui, et il se rendit compte que Vidou était dans la pièce et époussetait sa petite collection d'automates autrefois magiques de Salomon de Caus qui trônait sur la cheminée. C'était une soirée étouffante de début septembre qui arrivait parfois comme un déni de l'automne, et pendant que Vidou se tournait pour ouvrir la fenêtre, Louis médita sur les mécanismes miniatures dans l'espoir de trouver de l'inspiration. Une fontaine, un orgue éolien, un lion rampant, une horloge astronomique : de belles choses, à la fabrication complexe, témoignage de l'art et de l'esthétique du mécaniste rosicrucien. Que pouvaient-ils lui dire d'autre au sujet des problèmes de leur créateur ?

Il manquait d'inspiration. Louis se saisit de la fontaine, de l'orgue éolien et de l'horloge et les posa sur la table. Il était presque étourdi de fatigue. Enfin il installa le lion long de quarante-cinq centimètres à côté des autres, s'assit sur sa chaise et plongea son regard dans ses yeux noirs. Il s'exclama : « Parle-moi, ô lion ! »

Le lion ouvrit la bouche et émit un léger rugissement.

Louis cligna des yeux, et la pièce autour de lui commença à tourner. Derrière le lion, l'orgue éolien sur la table entonna gaiement la marche nuptiale de l'électeur du Palatinat, pendant que l'horloge astronomique se mettait à émettre un tic-tac, et faire lentement tourner ses petits cycles et épicycles. La fontaine laissa échapper un son rauque et plaintif, son système hydraulique miniature cherchant en vain un fluide à pomper et faire couler.

Louis, les yeux presque sortis de leurs orbites, recula sa chaise jusqu'à ce qu'elle vienne cogner dans le mur sous la fenêtre. Que diable était-il en train de se passer ?

Il était tellement effrayé par les automates animés qu'il faillit ne pas entendre le bruit sourd d'un objet lourd qui venait de tomber à sa gauche. Il baissa les yeux et le fixa : une sphère métallique, cloutée et fumante, sifflait sur le parquet, encore tremblante de son arrivée soudaine.

Louis n'en avait jamais vu auparavant, mais il savait de quoi il s'agissait : une bombe.

Il était sur le point d'être réduit en miettes.

Le carnet de De Caus se trouvait encore dans sa main. Il s'en servit pour donner un grand coup à la bombe, mais il ne réussit qu'à la frapper tellement fort qu'un de ses clous vint se planter dans la couverture. Résultat : il tenait toujours le livre, auquel était accroché l'engin fumant. La mèche, qui faisait des étincelles, avait presque fini de se consumer.

Il jeta le livre et la bombe par la fenêtre. La bombe explosa, et de Fontrailles fut projeté en arrière à l'intérieur de la pièce, au milieu des morceaux de verre brisé.

En revenant à lui, Louis comprit que Vidou était en train de l'aider à se relever tandis que Cocodril se penchait par la fenêtre noircie. « Quelqu'un court le long du quai, dit-il. Merde ! Il a tourné à l'angle. Nous ne pourrons plus jamais le rattraper. »

De Fontrailles toussa, secoua la tête et dit :

« Ne t'inquiète pas : quand il aura compris que je suis encore vivant, il reviendra sûrement nous rendre une petite visite.

— Ah, mais je serai sur mes gardes, désormais, dit Cocodril en prenant une pose vaillante. S'il revient, je ferai en sorte qu'il le regrette.

— Je n'en doute pas.

— Mais qu'allons-nous faire, maintenant, monsieur ? demanda Vidou.

— Eh bien, Vidou, dit le vicomte, je suggère que tu commences par nous trouver une nouvelle fenêtre. »

Entre la tentative d'assassinat passée et l'entrevue avec le père Joseph à venir, Louis d'Astarac ne ferma pas l'œil de la nuit. Le lendemain matin, alors qu'il n'était pas au meilleur de sa forme, il se retrouva dans la poussiéreuse rue Garancière, près du repaire de Richelieu au Petit Luxembourg, au moment où les cloches de Saint-Sulpice sonnaient neuf heures. Le gaillard borgne sortit d'une foule de passants, tapota l'épaule de De Fontrailles et le conduisit dans une maison peu engageante à quelques mètres du bout de la rue. Une fois à l'intérieur, son guide le fit entrer dans une arrière-chambre froide et mal éclairée qui ne contenait qu'une longue table et deux chaises. Les murs étaient tachés de moisissure et le foyer semblait n'avoir pas vu de feu depuis un siècle au moins. « Attendez là, monsieur », dit le borgne avant de se retirer.

De Fontrailles s'assit, mais il se releva immédiatement lorsqu'une porte intérieure s'ouvrit et laissa apparaître une silhouette trapue, encapuchonnée dans une robe rêche et fibreuse qui donna envie à Louis de se gratter rien qu'en la regardant. Le père Joseph avança au milieu de la pièce, ses pieds nus claquant doucement sur le sol dur et froid. Il hocha la tête à l'intention de De Fontrailles, s'assit sur l'autre chaise et enleva sa capuche.

De Fontrailles s'inclina respectueusement, attendit un second hochement de tête de la part du capucin et s'assit également. Le père Joseph n'était pas bossu, mais il était presque aussi laid que de Fontrailles. Il avait un gros nez saillant et des yeux exorbités sous un grand front tel du granite sculpté, sur lequel un unique sourcil épais et noir s'étalait d'une tempe à l'autre. D'autres poils noirs lui poussaient sur le menton, sur les joues et au-dessus de la lèvre supérieure, formant un collier de barbe épineux qui repoussait le col de sa robe et son capuchon, ce qui lui épargnait certainement un peu de frottement car la laine semblait aussi raide qu'une lame.

Toute autre considération sur l'apparence physique remarquable du père Joseph fut interrompue lorsque la gargouille ouvrit la bouche et murmura :

« Bienvenue, mon fils, et puisse Dieu dans son infinie bonté vous bénir de sa sagesse et son humilité. Merci d'avoir eu la gentillesse de venir me voir aujourd'hui.

— Ce n'est rien, mon père. Si je peux vous être utile. »

De Fontrailles se pencha en avant pour ne pas rater un seul mot. Ces murmures étaient plus inquiétants que n'importe quel cri.

« Que puis-je faire pour vous ?

— Notre maître, Son Éminence le cardinal, vous a récemment confié la tâche de retrouver un certain ouvrage hérétique, dont je tairai le nom, siffla Joseph, les yeux si exorbités que Louis s'attendait presque à les voir sortir au bout de leurs nerfs. Nous ne savons pas encore si les prescriptions exposées dans ledit livre peuvent être employées sans danger pour l'âme immortelle de celui qui les emploie. Ce qui compte, c'est que nos ennemis n'en prennent pas possession – même les âmes des hérétiques doivent être protégées du péché, car elles pourraient être sauvées un jour. »

Louis sentit ses propres yeux commencer à sortir de leurs orbites.

« C'est ce que je pensais, dit-il.

— En ce cas, reprit l'espion, veuillez faire un rapport de votre avancée sur le sujet. »

De Fontrailles s'attendait à ce que Joseph finisse par s'intéresser à ses affaires à un moment donné et avait déjà commencé à répéter ses excuses.

« Eh bien, la recherche doit commencer ici à Paris, bien entendu, et comme la cour a passé l'été en Bretagne et vient seulement de revenir à la capitale, les avancées ont forcément été limitées.

— Mais il y en a eu ? l'interrompit rapidement Joseph.

— Mais naturellement ! Je suis sur le point de prendre les dispositions nécessaires pour engager plusieurs agents expérimentés, et je me rapproche de Salomon de Caus, que je soupçonne d'avoir eu en sa possession la copie du roi Frédéric de l'œuvre-dont-on-ne-doit-pas-prononcer-le-nom.

— Hmm. Je me suis penché sur votre cas, et je me suis demandé pourquoi vous aviez un tel intérêt personnel pour un livre aux idées si dangereuses. Que feriez-vous de cet ouvrage, si vous l'obteniez ? »

L'espace d'un instant, Louis ne comprit pas – puis il se rendit compte que le fait qu'il puisse utiliser le livre sur lui-même pour guérir sa difformité n'avait pas traversé l'esprit du père Joseph. En cela au moins, le capucin avait un point commun avec Descartes, car aucun des deux hommes ne le voyait comme un malformé : Descartes ne s'intéressait qu'à l'esprit de De Fontrailles, et Joseph à son âme.

En tout cas, il avait cette fois une réponse à la question de Joseph. « Comme je l'ai expliqué à Son Éminence, dit-il doucement, après que ma copie partielle de l'œuvre innommable a été volée dans mon château, j'ai compris la valeur qu'elle avait aux yeux de l'État et j'ai engagé ma responsabilité personnelle pour la retrouver. »

Le père Joseph sourit, ce qui fit tortiller les poils autour de sa bouche comme s'ils avaient une vie propre.

« Une telle dévotion est rarement visible en dehors des ordres monastiques, et il faut en faire l'éloge quand on la rencontre, murmura-t-il. Le sentiment de trahison, reprit-il d'une voix si basse que Louis dut tendre le cou pour l'entendre, est d'autant plus grand dans les cas regrettables où cette dévotion s'avère contrefaite. En effet, quand la personne trahie impose des sanctions sévères au traître, il est difficile de remettre ce châtiment en question, aussi rude soit-il. Me suis-je bien fait comprendre ?

— Monseigneur s'exprime avec la plus grande clarté, dit de Fontrailles. Avez-vous des instructions précises pour moi ?

— J'en ai. Le duc de Buckingham est à Paris.

— Le Premier ministre anglais ! Sa venue n'a pas fait grand bruit.

— Ce n'est pas une visite d'État. Le duc est ici en secret dans le but d'entretenir une relation illicite avec… une dame française de haut rang. Cependant, nous le soupçonnons aussi d'être venu dans l'espoir d'acquérir le livre que l'on vous a chargé de retrouver. » Le sourcil noir frémit. « Nous avons appris cela d'un traître au sein de notre propre organisation, que nous avons découvert et forcé à parler. Parmi les choses qu'il a avouées, il a mentionné avoir informé le cardinal que vous étiez notre agent en quête de ce livre. Soyez prudent, mon fils : le duc pourrait envoyer ses propres agents pour vous écarter de son chemin.

— Ah, dit de Fontrailles. Je crois qu'il l'a déjà fait. Hier soir, on m'a… agressé.

— Et ?

— L'attaque a été, euh, contrecarrée, mon père. »

Voilà, se dit Louis. *Voilà qui est parlé comme un espion endurci.*

Le capucin hocha la tête.

« C'est bien. Si, lors de votre enquête, vous croisez Buckingham où l'un de ses agents, vous devez le rapporter sans délai. Vous comprenez, mon fils ?

— Je comprends !

— Autre chose. La récente conspiration contre Sa Majesté a été déjouée grâce aux bienheureuses actions de Son Éminence le cardinal, mais à cause d'une erreur commise par l'un de nos agents, un des principaux conspirateurs a pu s'échapper. L'agent en cause a été… admonesté, et le conspirateur a été aperçu à Paris. Quelques-uns d'entre nous sommes rentrés plus tôt de Bretagne, mais nous sommes peu nombreux, et il se pourrait qu'on vous appelle pour nous aider à appréhender ce malfaiteur.

— J'en serais ravi, mon père, dit de Fontrailles, même s'il n'en pensait pas un mot.

— Eh bien, allez-y, et que Dieu puisse vous accompagner et bénir vos efforts. »

Sans plus tarder, le capucin se leva et sortit de la pièce.

De l'autre côté de la porte, de Fontrailles trouva le gaillard borgne, qui l'accompagna jusque dans la rue. « Ne vous y trompez pas, dit l'homme. Je vous surveille. »

Cette phrase parut parfaitement gratuite à Louis. Pourquoi fallait-il que tout le monde le menace ? « Merdieu ! cria-t-il. À quoi bon me menacer ? Nous sommes tous deux serviteurs de Son Éminence ! De plus, je suis un gentilhomme de France et je ne permettrai pas qu'on me parle de cette manière. Vous recevrez peut-être un jour l'ordre de m'enfoncer une dague dans la poitrine, mais vous pourriez ce faisant me montrer du respect ! »

À la grande satisfaction de Louis, le gaillard sembla vraiment décontenancé.

« Je ne fais que mon devoir, monsieur le vicomte, dit-il, sur la défensive. Je ne voulais rien dire de mal.

— Bon, dit de Fontrailles en reniflant avec une attitude hautaine. Très bien, alors. »

XII

LUCY HAY, LA COMTESSE DE CARLISLE

Le vicomte de Fontrailles recompta les portes, prétendant qu'il voulait s'assurer de ne pas se tromper, mais en réalité il procrastinait. « Rue de Vaugirard, dit-il. Entre la rue des Fossoyeurs et la rue Férou, deuxième porte à droite, sous le sycomore. » Il n'y avait que trois maisons à ce croisement, et un seul sycomore, donc il ne pouvait pas vraiment manquer la demeure d'Aramis, le mousquetaire – mais Louis hésita cependant. Le Petit Luxembourg n'était qu'à quelques centaines de pas au bout de la rue, et tout le quartier regorgeait de cardinalistes. Était-il bien prudent de se faire voir en train de rendre visite à un mousquetaire du roi ?

Il regarda d'un côté et de l'autre de la rue, d'une façon qu'il espérait plus nonchalante que furtive, et il ne vit personne qu'il connaissait. Cela ne voulait rien dire, bien sûr

– toute personne à qui on aurait confié la tâche de l'espionner lui serait forcément inconnue.

La bosse dans son dos frissonna comme s'il se sentait épié, et il se retourna d'un coup. Personne. Assez hésité : il fallait agir !

Quand il apprit qu'il avait été convoqué pour aider à l'arrestation du cerveau derrière la conspiration qui avait échoué deux jours plus tôt, Louis avait beaucoup juré, puis il avait envoyé Vidou chercher ses armes et Cocodril son cheval. Moins de trente minutes plus tard, il était allé au rapport au Petit Arsenal, près de la Bastille. Il portait son tabard rouge de la garde du cardinal pour la première fois depuis qu'il avait été investi dans ses fonctions, et il se sentait un peu ridicule en observant la rangée de vétérans qu'il était censé venir épauler : des gardes du cardinal au visage sévère, des gardes royaux élégants, même quelques mousquetaires hautains. Le comte de Rochefort était aux commandes de ce détachement de fortune, et lorsque de Fontrailles arriva – le regard noir de De Rochefort lui fit comprendre qu'il était le dernier arrivé –, de Rochefort monta sur son grand cheval noir et les mena vers la sortie.

Il leur donna des instructions tandis qu'ils chevauchaient sur la route de Neuilly. Le conspirateur anonyme avait été vu dans un petit village aux environs de Paris, où il s'était retranché dans l'église locale. Il était peut-être seul, mais il pouvait bien avoir des complices ; le détachement devait encercler l'église et entrer par tous les côtés simultanément.

De Fontrailles, gêné par sa difformité, était un mauvais cavalier, et il mangea la poussière de ses camarades pendant tout le trajet. Quand il arriva sur la place centrale du village, le cordon autour de l'église était déjà en place, et il se hâta de rejoindre un groupe de trois mousquetaires sur le point d'entrer par le transept sud.

Après un léger coup d'œil surpris, les mousquetaires décidèrent de ne pas faire attention à lui, et Louis leur rendit la pareille. Quand le signal d'entrer dans l'église retentit, il les suivit par la porte latérale, mais il resta aussi loin d'eux que possible tandis qu'ils se déployaient pour fouiller les lieux. Ainsi, il se retrouva seul lorsqu'il découvrit une petite porte derrière une colonne du mur nord, et ce fut sans doute le mépris des mousquetaires qui le poussa à enquêter seul de son côté.

La porte donnait sur un petit escalier qui menait à la crypte sous le transept, et lorsque de Fontrailles entra il entendit un son en contrebas. Renonçant à son épée, il dégaina deux pistolets, les arma et descendit pour arrêter seul le conspirateur fugitif. Il allait leur montrer !

Quelle ne fut pas sa surprise de découvrir, en tenant sa proie en joue de ses pistolets tremblants, qu'il la connaissait. Le chef rebelle n'était autre que le chevalier d'Herblay, un des plus proches amis de De Fontrailles quand ils étudiaient tous deux au séminaire.

De Fontrailles découvrit également qu'il ne se sentait pas suffisamment garde du cardinal pour arrêter un vieil ami. Il prévint d'Herblay que l'église était cernée, mais son ami se contenta de sourire, d'enfiler la casaque des mousquetaires du roi, et de se glisser dehors pour rejoindre ceux qui cherchaient à le capturer – ceux-ci lui demandèrent pourquoi il avait mis tant de temps à les rejoindre et l'appelèrent « Aramis ». Aramis, l'un des fameux « Trois Inséparables », héros parmi les mousquetaires.

Donc, au lieu de capturer à lui seul l'homme le plus recherché de France, de Fontrailles l'avait aidé à fuir la justice. Le détachement était rentré à Paris les mains vides, et de Fontrailles dut accepter le fait que, si de Caus était bel et bien retenu à Bicêtre, il n'avait toujours aucune chance de l'en faire sortir sans assistance ; ce qui le conduisait à sa situation présente devant la maison d'Aramis.

C'était une demeure modeste, comme il seyait à un mousquetaire vivant au milieu d'un vivier de cardinalistes. « Je me ceindrais bien les reins, si je savais ce que cela signifiait, se dit Louis. Vois le bon côté des choses : il n'est peut-être pas chez lui. » Il finit par se forcer à toquer. Il n'eut pas le temps de frapper un deuxième coup que la porte s'ouvrit sous son poing, laissant apparaître un homme rondouillard, l'air placide, sobrement vêtu, qui le regardait d'un air inquisiteur.

Louis, nerveux, commit l'erreur de sourire, et les yeux de l'homme rondouillard s'écarquillèrent d'inquiétude. Avant que celui-ci referme la porte, de Fontrailles bredouilla :

« Monsieur Aramis ? Je veux dire : est-ce bien la résidence de M. Aramis ? Est-il présent pour recevoir un visiteur ?

— D'Astarac ! dit une voix à l'intérieur. Entrez, mon ami, entrez. Bazin, du vin pour le vicomte de Fontrailles, je te prie. »

C'était Aramis, chevalier d'Herblay et vieil ami de De Fontrailles, qui lui souriait aimablement. Beau jeune homme mince et souple, Aramis représentait l'élégance des cavaliers par excellence dans une tenue subtilement brodée de noir sur noir, soulignée par de la dentelle blanche et un passepoil argenté. Il ne montrait aucun signe de l'anxiété que l'on pourrait attendre chez un fugitif.

« Nous vous attendions un peu plus tôt, j'en ai bien peur, et je n'ai plus beaucoup de temps, dit-il d'une voix aussi sophistiquée et élégante que son costume. Une obligation sociale urgente. Mais comme c'est vous, je suppose que je peux me permettre d'arriver un peu en retard.

— Comment, vous m'attendiez ? » De Fontrailles prit le siège qu'Aramis lui offrait à la table de la cuisine, près de laquelle une fenêtre donnait sur un petit jardin à l'arrière. « Je n'ai envoyé personne pour annoncer ma venue.

— Certes, dit Aramis, assis en face de lui. Mais vous avez un laquais du nom de Cocodril, n'est-ce pas ?

— Oui…

— Et vous l'avez envoyé mener discrètement l'enquête pour savoir où j'habitais, n'est-ce pas ? Ah, merci, Bazin. Voici un petit sauternes que j'ai trouvé en Lorraine, d'Astarac ; je crois qu'il vous plaira. »

Aramis sourit.

« Ah, je comprends, dit de Fontrailles. Cocodril ne s'est pas montré assez discret, j'imagine. Que le diable l'emporte ! Je crois que j'aurais été moins remarqué si j'étais allé poser les questions moi-même.

— Sans doute, mon cher d'Astarac, sans doute. Quelles que soient les qualités de votre Cocodril, il n'a pas de talents d'espionnage.

— Et c'est bien mon problème ! J'ai besoin d'espions, d'hommes fiables avec un cerveau dans le crâne. Mais les seules personnes que je connais à Paris sont des savants ou, pire encore, des artistes !

— C'est un problème. Et c'est pour cela que vous êtes venu me voir, car j'ai déjà été impliqué dans une conspiration et on peut donc s'attendre à ce que je connaisse des conjurateurs. »

De Fontrailles grimaça.

« Je ne l'aurais pas formulé ainsi, d'Herblay… mais c'est vrai.

— Prenez l'habitude de m'appeler “Aramis”, mon ami. Il serait fâcheux qu'on fasse le rapprochement entre moi et le chevalier d'Herblay en fuite.

— Navré.

— Ce n'est rien. Quoi qu'il en soit, je crois pouvoir vous aider. Quand une vaste conspiration échoue, comme la nôtre, un certain nombre d'hommes se retrouvent désœuvrés, et certains sont plus ou moins fiables.

— Mille fois merci… Aramis.

— Rassurez-moi simplement sur une chose, d'Astarac. » Le mousquetaire se pencha en avant, et de Fontrailles vit une lueur dans ses yeux qui lui rappela la pointe étincelante d'une épée. « Vous avez accepté un poste dans la garde du cardinal – Dieu sait pourquoi, mais je suis sûr que vous avez vos raisons. Cela signifie que vous devez allégeance au cardinal de Richelieu qui, même s'il l'ignore, adorerait voir ma tête sur le billot. Je vous serais donc reconnaissant de me promettre que vous ne comptez pas utiliser ces hommes d'une façon qui me mettrait en péril, ainsi que mes amis, et les intérêts de Leurs Majestés le roi et la reine.

— Pas du tout, mon cher Aramis ! Voyez-vous, on m'a confié la tâche de retrouver… »

Aramis leva la main.

« Cela suffit, d'Astarac. Ne me dites rien que je n'aie pas besoin de savoir. Je crois que je peux vous trouver trois hommes comme il faut. Cela peut-il attendre demain soir ?

— Ce serait parfait. Merci, mon ami. À votre santé ! » De Fontrailles goûta le sauternes. « Dites, c'est très bon. Je ne crois pas que les raisins qui servent à faire ce vin tiendraient bon en Armagnac, et c'est bien dommage.

— Probablement pas, dit Aramis, mais si je me souviens bien de votre vin, vous n'avez pas de honte à avoir. Envoyez-m'en quelques bouteilles et nous serons quittes.

— Avec plaisir !

— *Hum*, monsieur. »

C'était Bazin.

« Bien, mon ami, dit Aramis. D'Astarac, il faut vraiment que je parte. Je vous retrouverai demain soir, mais pas ici. Connaissez-vous la taverne du Pot de Terre, près de Saint-Sulpice ?

— Je trouverai.

— Eh bien au revoir. Bazin, ma cape. »

Tandis que de Fontrailles retournait vers le centre-ville, il passa en revue sa rencontre avec Aramis et estima que sa performance avait été moins que satisfaisante. *Suis-je donc si incompétent, ou bien est-ce d'Herblay qui est très expérimenté ?*

D'un autre côté, le récent complot de son ami contre le cardinal avait été un échec cuisant. Peut-être ne valait-il mieux pas trop en attendre des hommes que d'Herblay lui avait promis.

« Monsieur de Fontrailles, dit Aramis dans la taverne le soir suivant, permettez-moi de vous présenter Gitane, Beaune et Parrott.

— Mille mercis, monsieur Aramis, dit de Fontrailles. Vous m'avez dit que c'étaient des hommes d'expérience, et je dois dire qu'ils dégagent une certaine… attitude. »

L'attitude que ces hommes dégageaient avait poussé les autres clients du Pot de Terre, une respectable taverne de quartier, à les regarder de travers et se rapprocher de la sortie.

« Je savais que vous seriez ravi, dit Aramis. Laissez-moi vous parler de leurs compétences. Voici Gitane. »

Un homme au visage sombre, avec un bandeau sur l'œil droit et une cicatrice le long de la joue, fit un pas en avant et enleva son chapeau en signe de respect. *Pourquoi est-ce que tous les espions ont un bandeau sur l'œil ?* se demanda Louis. *Je jurerais que c'est uniquement pour avoir l'air sinistres.*

« Gitane est un expert en expédition, dit Aramis, très doué pour esquiver les douanes et les inspections gouvernementales.

— Vous voulez dire que c'est un contrebandier ? dit de Fontrailles.

— Peut-être, mon ami, mais ce n'est pas une raison pour l'insulter.

— Il n'a pas l'air insulté. Vous vous sentez insulté, Gitane ? »

Le visage sombre de l'homme se fondit en un sourire irrégulier.

« Pas le moins du monde, Monseigneur.

— Bien, dit de Fontrailles. Je pense avoir l'utilité d'un expert en expédition à la peau dure. Et lui, qui est-ce ? Beaune, vous dites ?

— En effet. » Aramis fit signe de s'avancer à une brute épaisse aux cheveux blonds avec les mains de la taille d'un poulet rôti, mais qui arborait une expression douce et aimable. « Beaune a été interrogateur pour le compte du duc de Vendôme, dit Aramis. Avant que le duc soit…

— … arrêté pour être questionné après la récente conspiration, termina de Fontrailles. Quels autres talents avez-vous, à part faire parler les gens, Beaune ? »

Le grand homme eut un sourire timide et ouvrit son immense poing, laissant apparaître une demi-douzaine de fines lames en métal.

« Avec ceci, je peux ouvrir n'importe quelle serrure, Monseigneur, dit-il d'une voix étonnamment aiguë. J'ai eu bien des occasions de m'entraîner sur des menottes, des portes de cellules et ainsi de suite.

— Perfectionner ses compétences sur son temps libre ? Cela me plaît, dit de Fontrailles. Et vous, Parrott ? D'où vient ce nom ?

— D'Angleterre, n'en déplaise à Votre Seigneurie », dit le troisième homme en s'avançant d'un pas. Lui aussi était costaud, mais pas aussi imposant que Beaune, et aurait pu être beau sans la grosse tache de naissance violette qui s'étalait sur le côté gauche de son visage. « Ma mère était française. Elle n'a jamais aimé l'Angleterre, et m'a fait venir ici quand j'avais quinze ans. C'est là que j'ai acquis mes compétences. »

Il avait un léger accent, mais son français était plutôt raffiné : peut-être était-il le bâtard d'un aristocrate anglais élevé dans une famille noble.

« Et quelles sont vos compétences, monsieur Parrott ? demanda de Fontrailles.

— Parrott a un don pour dupliquer les lettres utiles ou les documents officiels, dit Aramis, ce qui permet d'éviter des tâches administratives pénibles.

— M. Aramis veut dire que je suis un faussaire, précisa Parrott. Je suis aussi doué pour suivre les gens sans me faire repérer.

— Splendide. Très bien, messieurs, vous êtes pris. Je vous engage par le présent acte dans la brigade politique de la garde du cardinal.

— Devrons-nous porter leurs capes rouges qui pendent avec une croix dessus ? demanda Gitane.

— Non, je crois que des habits discrets conviendront mieux à notre mission, dit de Fontrailles. À présent, asseyons-nous, buvons un coup et entrons dans les détails. »

« Je ne peux vous remercier assez, Aramis. Je suis sincère », dit de Fontrailles tandis que les deux amis remontaient lentement la sombre rue des Fossoyeurs. La journée avait été longue, et le dos de Louis lui brûlait de fatigue. « Maintenant je peux m'en sortir sans compter sur des bretteurs comme Bernajoux, qui causent plus d'ennuis qu'ils n'en évitent. Je ne parle pas de vous, bien sûr.

— “L'ami aime en tout temps, et dans le malheur il se montre un frère”, dit le Seigneur. Mais gardez vos remerciements pour la fin de la journée, d'Astarac. J'ai encore une surprise pour vous en mon logis.

— Un autre sauternes ?

— Mieux encore.

— Très bien. Je me fie à vos goûts irréprochables. »

Peu de temps après, ils arrivèrent devant la porte de chez Aramis, où un Bazin tout sourire les fit entrer.

« Ah, tout le confort du foyer, dit Aramis. Un feu de cheminée qui crépite, un bon divan, et sur ce divan, une belle femme.

— Bonsoir, mon cher Aramis, dit la dame. Et à vous aussi, monsieur le vicomte. »

C'était la comtesse Camille de Bois-Tracy.

Évidemment.

Louis avait pensé à elle à peu près tous les jours depuis leur rencontre à l'hôtel de La Trémouille. Il avait vu ses rêveries érotiques au sujet d'Isabeau se changer en fantasmes sur Camille de Bois-Tracy. Cela lui était arrivé tellement souvent qu'il fut presque déçu de se retrouver devant le sujet de ses contemplations impudiques en personne.

De Fontrailles s'inclina et fit de son mieux pour masquer la douleur que cela lui causait. « Je suis ravi de vous revoir, madame, dit-il avant de se tourner vers Aramis. Comment connaissez-vous la comtesse, mon ami ? »

Aramis sourit de travers.

« On ne peut s'intéresser longtemps aux conspirations dans cette ville sans rencontrer Mme de Bois-Tracy. Elle complote toujours d'une manière ou d'une autre. C'est un passe-temps auquel elle s'applique avec une certaine passion. N'est-ce pas, comtesse ?

— Vous êtes toujours si charmant, Aramis », dit la dame en se levant.

Louis déglutit. En se prélassant devant le feu, elle avait défait son corsage, et l'effet produit était saisissant. Elle sourit à Louis, ce qui lui donna un léger vertige.

« Je suis surprise que vous ne m'ayez jamais dit que M. de Fontrailles comptait parmi vos amis.

— Chacun a ses secrets, madame le sait très bien, dit Aramis.

— Que vous êtes amusant, dit la comtesse.

— Aussi drôle que le jour est long, dit de Fontrailles. Aramis, ne soyez pas si évasif concernant les secrets de Mme de Bois-Tracy. Je sais parfaitement qu'elle est l'agente du duc de Buckingham, et je suis convaincu qu'elle sait que je le sais. Comme le duc se trouve à Paris en ce moment même, je suis certain qu'elle a des affaires urgentes à régler – tout comme moi, d'ailleurs. Alors pourquoi nous avoir réunis ? À part pour votre amusement personnel, cela va de soi.

— Car je crois que vous cherchez tous les deux la même chose, dit Aramis, et je n'aime pas voir mes amis se quereller.

— C'est absurde, Aramis.

— Vous racontez des bêtises, mon cher.

— Ah oui ? dit Aramis. Je ne crois pas. Je pense que vous cherchez tous deux à retrouver un homme du nom de Salomon de Caus, dans l'espoir qu'il vous conduise à un livre perdu intitulé *Les Trois Mystiques Clercs.*

— Il faut que j'aille accrocher ma cape, dit de Fontrailles.

— Je vais nous servir du vin, dit la comtesse.

— Allez-y, agitez-vous le temps de retrouver votre calme, dit Aramis. Je vous promets de ne pas regarder tant que vous n'avez pas fini.

— Aramis, chéri, parfois j'aimerais vous donner des coups, dit la dame.

— Là-dessus, Aramis, dit de Fontrailles, Mme de Bois-Tracy et moi sommes parfaitement d'accord.

— Eh bien vous devriez alors l'appeler par son vrai nom, dit Aramis. Laissez-moi vous présenter comme il se doit.

— Aramis… siffla la comtesse en guise d'avertissement.

— Louis d'Astarac, vicomte de Fontrailles, reprit Aramis en l'ignorant joyeusement, je vous présente Milady Lucy Hay, comtesse de Carlisle.

— *Son of a bitch !* » dit Milady Lucy Hay, comtesse de Carlisle, en anglais. Repassant au français, elle demanda : « Comment l'avez-vous su, misérable ?

— "Mieux vaut une réprimande ouverte qu'une amitié cachée." Ce n'était pas si difficile, ma chère, quand j'ai compris que vous étiez anglaise. Vous devriez faire attention à votre accent. J'ai supposé qu'une dame de votre noblesse et dotée d'un tel charme ne pouvait être inconnue à la cour d'Angleterre. J'ai donné votre description à des amis de l'autre côté de la Manche, et ils se sont montrés unanimes quant à votre identité.

— Aramis, vous êtes insupportable !

— Parfois, parfois. Personne n'est parfait, après tout. Bazin, sois gentil de nous servir le vin. Je crois que nous avons besoin de boire un peu.

— Madame, je vous demande pardon au nom de mon ami, dit de Fontrailles d'un ton sec. Je suis sûr que ni vous ni moi n'avions pensé venir ici uniquement pour que M. Aramis s'amuse à nos dépens.

— Oh, allons, d'Astarac, ce n'est pas votre genre de jouer les moralisateurs, dit Aramis. Tenez, buvez cela et détendez-vous un peu. Contrairement aux apparences, je ne vous ai pas réunis pour vous faire une petite plaisanterie. Je crois vraiment que vous feriez mieux de joindre vos forces. »

Louis avait vraiment besoin d'un verre. Il but le vin.

« Qu'est-ce qui vous fait croire que nos buts sont les mêmes ?

— Oh, plusieurs choses que je vous ai entendus dire, l'un et l'autre, et d'autres choses entendues ailleurs. On fait vite le rapprochement – et dans ce cas précis, j'espère que ce sera un rapprochement cordial, car je vous apprécie tous les deux et je n'ai pas envie de vous voir vous déchirer.

— Mais je cherche… *l'objet*… pour Buckingham, dit la comtesse, et lui le veut pour Richelieu.

— C'est vrai, dit Aramis, mais je vous connais tous deux, et la loyauté aveugle envers les ministres de vos pays respectifs n'est pas dans votre nature. Je suis certain que vous avez vos propres raisons de chercher, disons, *cet objet*, et que vous pourriez arriver à un compromis si vous l'obteniez.

— Même si cela était vrai, dit de Fontrailles, comment pourrions-nous nous entraider ? Je ne suis pas plus près de trouver *l'objet* que lorsque j'ai rencontré madame ici présente il y a quelques mois – et j'imagine qu'elle n'a pas fait mieux, sinon elle ne serait pas là. »

Il bredouilla la dernière phrase. Le vin semblait lui monter à la tête plus vite que d'ordinaire, ce qui prouvait à quel point il était épuisé.

« C'est pourquoi je pense pouvoir vous aider tous les deux, dit Aramis. Voyez-vous… je crois savoir où trouver M. Salomon de Caus. » Le mousquetaire sourit avec suffisance et observa de Fontrailles puis la comtesse en savourant le moment.

« Bien ! » répondit de Fontrailles en essayant d'assimiler l'information. Il se sentait quelque peu désorienté. De Caus n'était-il donc pas à Bicêtre ? Comment Aramis l'avait-il retrouvé ?

« Bien, bien, bien, dit la comtesse. Pourquoi ne me l'avez-vous pas appris plus tôt ?

— Comme je vous l'ai expliqué : d'Astarac et vous êtes tous deux mes amis. Je ne pouvais pas me permettre de ne le dire qu'à vous, madame.

— Vous auriez pu, répondit la comtesse. Il ne sert à rien d'en informer le vicomte.

— Comment ? dit Louis à travers un brouillard de plus en plus épais.

— Pourquoi donc ? demanda Aramis.

— Parce que j'ai empoisonné son vin », répondit la comtesse.

XIII

MONSIEUR DE CAUS

Pour Louis d'Astarac, les heures qui suivirent ne furent que délire, un cauchemar sans fin durant lequel on le traînait derrière un cheval au galop sur une route sombre et boueuse, ponctué de coups à l'estomac, de vomissements et de diarrhées violentes. Le poison semblait l'avoir aveuglé, mais il disposait encore de l'ouïe – même si ce qu'il entendait lui paraissait étrangement confus, le son parfois douloureusement fort, ou diminuant comme s'il disparaissait au loin. Il distingua clairement un bruit de verres qui trinquent, et les voix d'Aramis et de lady Carlisle, et il eut l'impression que son ami et son empoisonneuse prenaient leurs aises, à boire et à discuter, pendant qu'il se tordait de douleur par terre, à l'agonie.

Petit à petit, ses perceptions sensorielles lui revinrent et le feu dans son estomac commença à s'estomper. Une tache floue et rotative apparut dans l'obscurité, et il finit par comprendre qu'il était simplement en train de retrouver la vue. Des phrases distinctes et intelligibles se mirent à émerger des sifflements et de la cacophonie :

« … Enfin des haut-le-cœur, Dieu merci ! »

« … Nettoie donc ce clystère, Bazin. »

« … Il a meilleure allure nu que je ne l'aurais cru. »

Cette dernière remarque, de la voix de la comtesse de Carlisle, le força subitement à faire la mise au point… et la première chose qu'il vit nettement fut le visage de Lucy Hay, avec ses yeux marron, ses sourcils arqués, et sa grande bouche comme celle d'Isabeau, ses traits plissés avec la même expression de compassion inquiète qu'il avait si souvent vue sur le visage de la demoiselle de Bonnefont.

Il devait sans doute délirer encore.

Un autre coup à l'intérieur de son ventre le força à se plier en deux et il eut un haut-le-cœur. Il avait l'impression que des débris de vaisselle cassée tourbillonnaient en lui, et d'avoir un rasoir dans la gorge. Il ne réussit à vomir que de la salive amère, et des larmes lui coulaient sur les joues. C'était une vilaine crise, mais pas autant que quelques instants auparavant. Quand le monde arrêta de tourner, il vit qu'il se trouvait encore dans le salon d'Aramis, par terre devant la cheminée, recroquevillé sur un tas de couvertures désormais souillées de différents fluides corporels. Les meubles avaient été déplacés et la pièce grouillait de gens, hommes et femmes.

Il se rendit également compte qu'il était nu.

« Aramis ! » coassa-t-il. Sa gorge était aussi sèche que le sable. « Que diable… ?

— Tout va bien, d'Astarac. » Aramis s'agenouilla près de lui – il tenait bel et bien un verre à la main, le salaud.

« Bazin s'est occupé de vous, aidé de Vidou et Cocodril, que j'ai fait mander. Et de Mme Durant, une sage-femme qui vit au coin de la rue, donc je suis allé la chercher aussi, et elle est venue avec sa fille, Amélie, et…

— Jésus-Christ en charrette à bras ! cria de Fontrailles en s'enveloppant d'une des couvertures poisseuses. Et pourquoi pas les nonnes du couvent des Carmélites ?

— Eh bien, les portes du couvent sont fermées la nuit, d'Astarac, et…

— Euh ! Que sont ces choses sur mon ventre ?

— Ce sont les sangsues que Bazin a mises pour retirer les mauvaises humeurs. Il a dit que vous devriez aussi boire cette décoction, qui vous aidera à vider rapidement vos tripes.

— Aramis, la seule chose que je voudrais voir se vider, c'est cette pièce. Je vous serais très reconnaissant si vous faisiez sortir ces gens d'ici ! Sauf toi, Vidou : reste là et aide-moi à me nettoyer. Et Cocodril ! Reste près de la comtesse et assure-toi qu'elle ne quitte pas les lieux. »

Lady Carlisle parut profondément offusquée.

« Mais, Louis, tout ceci est un terrible malentendu !

— Madame, ne m'appelez pas Louis, dit le vicomte de Fontrailles. Il n'y a eu aucun malentendu, mais une clarification. Maintenant, dehors ! cria-t-il d'une voix rauque. Dehors ! Dehors ! Dehors ! »

Deux heures plus tard, alors que l'aube et les sons de la ville qui s'éveillait filtraient à travers les volets, Louis d'Astarac, Lucy Hay et Aramis étaient assis à la table à manger chez ce dernier ; le bossu pâle mais déterminé, la comtesse souriante mais tendue, et le mousquetaire à l'aise, comme si rien de fâcheux ne s'était produit. Lady Carlisle s'était montrée remarquablement contrite envers de Fontrailles, et elle avait fait de son mieux pour l'aider à surmonter les effets du poison. En fait, elle était si douce et si belle que de Fontrailles se voyait à deux doigts de lui pardonner.

Toujours dans son rôle d'hôte, Aramis dit : « Puis-je vous offrir quelque chose, madame ? Et vous, d'Astarac ? Bazin sait faire une tisane que je trouve merveilleusement réparatrice après une soirée d'excès. »

De Fontrailles ricana.

« Une soirée d'excès. Est-ce ainsi que vous l'auriez décrite, madame la comtesse ? Ou bien était-ce une soirée de divertissement ordinaire à vos yeux ?

— Oh, monsieur, c'est injuste ! J'ai fait tout mon possible pour que vous retrouviez la santé !

— Probablement parce que Aramis a menacé de ne pas vous dire où trouver de Caus si je mourais. N'ai-je pas raison, Aramis ? » Le mousquetaire sourit mais ne répondit rien. « Voilà qui me suffit, dit de Fontrailles. Néanmoins, je suis surpris d'avoir survécu. Même si nous ne nous connaissons pas depuis longtemps, madame, je n'ai pas l'impression que vous soyez le genre de personne à laisser une place au hasard. Pourquoi ne suis-je donc pas mort ?

— Eh bien, ce n'est pas très gentil ! pleurnicha la comtesse, l'indignation incarnée. Et moi qui croyais que vous étiez un gentilhomme. »

Aramis se racla la gorge.

« Vraiment, ma chère, d'Astarac a raison. Je pense que vous devriez lui répondre.

— Bon ! J'ai seulement… c'est-à-dire… » La comtesse baissa les yeux, jouant du bout des doigts avec son mouchoir orné d'un monogramme. « En fait… quand j'ai empoisonné le vin de monsieur… je n'ai mis que la moitié de la dose habituelle. Je savais qu'il me fallait l'empoisonner – c'est un agent du cardinal ! – mais je ne sais pourquoi, je n'ai pu me résoudre à lui donner une dose mortelle. »

Elle rougit jusqu'à la pointe de ses oreilles.

« Incroyable ! dit de Fontrailles. Vous êtes gênée de ne pas m'avoir assassiné… »

La comtesse bondit sur ses pieds en lui lançant un regard impétueux.

« C'en est assez, monsieur ! Je n'ai pas l'habitude de tolérer de telles insultes de la part de quiconque !

— Asseyez-vous, chère amie, intervint doucement Aramis. Nous ne pouvons décemment mettre un terme à cette entrevue avant d'avoir abordé notre affaire. »

La comtesse ferma la bouche, remua un moment ses lèvres couleur corail, puis s'enveloppa de sa cape, se rassit et hocha la tête d'un geste sec.

« Très bien, Aramis, dit de Fontrailles. La séance est ouverte et vous avez la parole. »

Aramis sourit aimablement.

« Merci, d'Astarac. Maintenant, puisque nous avons déterminé que lady Carlisle et vous partagez un but commun, faisons table rase du passé et envisageons un futur qui vous sera mutuellement profitable.

— Dites-nous donc où nous pouvons trouver Salomon de Caus », dit de Fontrailles.

Aramis eut l'air contrarié.

« Vraiment, d'Astarac, vous avez le don de me gâcher le plaisir !

— J'ai pris assez de plaisir hier soir. J'aimerais simplement en finir, si cela ne vous dérange pas.

— Oh, très bien. » Aramis emprunta une posture déclamatoire. « Comme vous le savez tous deux, mon séjour au sein des mousquetaires du roi n'est qu'une diversion temporaire avant d'entamer une éminente carrière dans l'Église. Ainsi, je conserve un certain nombre de relations avec les différents ordres catholiques. C'est par l'un d'eux que j'ai appris que votre M. de Caus était confiné dans un hôpital dirigé par des ecclésiastiques.

— Un hôpital ? dit la comtesse. Lequel ? »

De Fontrailles cria : « Ne lui dites pas, Aramis ! »

Aramis le lui dit.

« Bicêtre.

— Mille diablotins bleus ! Je le savais déjà, Aramis, et maintenant vous avez révélé cette information à l'agente du duc de Buckingham !

— Je ne comprends pas. Quel est cet endroit ? demanda lady Carlisle.

— J'imagine que je ferais aussi bien de vous le dire. » De Fontrailles grimaça à l'intention d'Aramis, mais celui-ci se contenta de hausser les épaules. « Bicêtre est une prison pour les fous. C'est… un endroit terrible, madame. Même si vous étiez saine en y entrant, vous ne le resteriez pas longtemps. »

La comtesse regarda Aramis.

« C'est si horrible que cela ?

— Il est certain que très peu des âmes torturées admises à Bicêtre ont pu être sauvées. Les pratiques de l'institution avaient vraiment besoin d'être réformées, c'est pourquoi elle a récemment été placée sous la juridiction d'un ordre différent.

— Lequel ? demanda de Fontrailles.

— Euh, la Compagnie de Jésus, répondit Aramis.

— Vraiment ? Vous avez donc des amis chez les Jésuites, mon cher Aramis ?

— Il faut bien essayer d'être courtois avec tout le monde, naturellement.

— Aramis est très doué pour se faire des amis, dit lady Carlisle. N'est-ce pas, mon cher ?

— Certes, dit de Fontrailles. Nous devrions donc faire entrer Cocodril pour que je l'envoie chercher Beaune, Gitane et Parrott. Il nous faut préparer un plan. J'ai l'intention de me rendre à Bicêtre ce soir, si possible, et faire sortir de Caus.

— Pas si vite, monsieur, dit la comtesse. J'ai moi-même un intérêt dans cette affaire, je vous le rappelle.

— Oh, mais vous venez avec nous, répondit de Fontrailles avec l'un de ses sourires inquiétants. Je suis certain que vos talents nous seront très utiles – et je n'ai nullement l'intention de vous quitter des yeux la moindre seconde. Aramis, vous nous accompagnerez aussi.

— Je crains bien que non, mon vieil ami. J'ai d'autres engagements. »

De Fontrailles arrêta de sourire.

« Oh, que non. Vous n'allez pas vous défiler maintenant.

— Mais si, d'Astarac. Je dois entreprendre un court voyage avec certaines personnes, et je ne peux en aucun cas rester. Même pas pour vous, mon ami.

— Voyons, Aramis…

— Louis. J'ai donné ma parole. »

De Fontrailles lui lança un regard noir, puis il acquiesça. « Je crois comprendre. Vous êtes impliqué dans la visite secrète de Buckingham, n'est-ce pas ? C'est ainsi que vous avez rencontré lady Carlisle. »

Aramis eut un sourire courtois, mais un reflet acéré luisait à nouveau dans son regard.

« D'Astarac, mon vieil ami, votre cerveau fait des merveilles, mais votre langue s'agite bien trop librement. De la discrétion, mon ami, toujours de la discrétion. Vous pourrez me demander de l'aide à n'importe quelle autre occasion, mais ce soir je me vois dans l'obligation de vous décevoir.

— Très bien, Aramis, dit lentement de Fontrailles. Cette fois, je n'insiste pas. »

Aramis lui tapa sur l'épaule.

« Aïe ! hurla le vicomte. Peste ! Juste là où cela fait mal.

— N'ayez pas peur, d'Astarac. Tout ira bien, dit Aramis. Et ne vous inquiétez pas des Jésuites. Si lady Carlisle n'a pas réussi à vous tuer, vous n'avez rien à craindre de la Compagnie de Jésus. »

De Fontrailles se massa l'épaule, prit un air renfrogné et dit : « Aramis, pourquoi les mousquetaires se montrent-ils toujours aussi vigoureux ? »

Le château de Bicêtre était situé sur une colline en dehors de Paris – mais, d'après Louis, son emplacement réel se trouvait au bord du pandémonium. En entrant dans les souterrains où l'on confinait les plus désespérés des fous, ils avaient pénétré dans le premier cercle de l'enfer.

Il faisait sombre dans les donjons de Bicêtre : il n'y avait aucune autre source de lumière que la leur, une lanterne sourde qu'ils gardaient soigneusement fermée pour dissimuler leur présence… et pour ne pas voir de trop près l'endroit où ils se trouvaient. Pire que l'obscurité était la puanteur, une odeur puissante de pourrissement et de décomposition humaine choquante même pour les habitués de Paris, la ville la plus malodorante d'Europe. Pire encore que la puanteur, il y avait le son : le chœur permanent des gémissements sans parole de ceux qui souffraient des tortures de l'âme.

Entrer à Bicêtre avait été étonnamment facile. Le domaine était entouré d'une haute muraille de brique qui servait à retenir les fous à peu près mobiles, c'est-à-dire uniquement enchaînés à de lourds poids plutôt qu'à une attache au mur. En cherchant leur chemin dans l'obscurité autour de l'enceinte extérieure, ils avaient trouvé une poterne inusitée à l'arrière du château, que Beaune avait déverrouillée en deux temps trois mouvements avec l'un de ses crochets de métal délicatement incurvés. Le petit groupe de De Fontrailles – composé de lui-même, la comtesse, Cocodril, Beaune et Parrott – était passé sous la porte et avait traversé à la hâte un jardin à l'abandon jusqu'au mur du fond du château, où ils avaient trouvé une autre porte fermée dont Beaune crocheta aussi bien vite la serrure.

Louis savait que, si de Caus était enfermé à Bicêtre, il n'avait pas le droit de se promener librement comme les spectres gémissants qui hantaient les étages supérieurs. Il était sûrement enchaîné en isolement cellulaire – c'est-à-dire dans les fosses sous le château.

Ils avaient trouvé leur chemin dans le labyrinthe souterrain en demandant simplement à un pensionnaire insomniaque qui traînait ses chaînes dans un couloir du rez-de-chaussée. Il comptait de treize à un, puis recommençait en boucle, et il avait répondu sans s'interrompre en pointant du doigt une lourde porte au bout du couloir. Beaune l'avait aisément déverrouillée. Le grand gaillard avait modestement baissé la tête tandis que de Fontrailles avait complimenté ses talents, et lady Carlisle avait dit : « Il existe une plaisanterie en Angleterre au sujet de Bedlam, notre propre asile en bordure de Londres. On dit qu'y entrer, c'est la partie la plus facile… » Tout le monde avait souri.

Plus personne ne plaisantait à présent. Derrière la porte, un escalier les avait menés jusqu'aux fosses. Ils attendaient désormais dans une petite flaque de lumière au pied des marches en écoutant les étranges lamentations déchirantes des détenus, pendant que Parrott, équipé d'une autre lanterne, était parti en éclaireur.

Un grognement grave du plus profond désespoir résonna à travers l'obscurité, et Louis sentit les poils de sa nuque se dresser.

« Mille diables, murmura Cocodril. J'aurais préféré ne pas venir.

— C'était ton idée, dit de Fontrailles. Je voulais te laisser avec les chevaux, mais tu as insisté, et c'est Gitane qui a hérité du poste.

— À partir de maintenant, je ne vous contredirai plus, Monseigneur.

— Ce serait agréable. »

Le grognement se fit à nouveau entendre, plus fort. Lucy Hay s'approcha de De Fontrailles, ce qui procura à ce dernier un spasme de plaisir inattendu, jusqu'à ce qu'il finisse par se demander si elle n'avait pas une dague cachée sur elle.

« Le nom de cet endroit, Bicêtre, demanda lady Carlisle d'un ton hésitant, c'est étrange, même pour un nom de lieu français. Que signifie-t-il ?

— Ce n'est pas du français, répondit de Fontrailles, mais de l'anglais, une déformation du nom du seigneur qui a fait construire le château quand les Anglais occupaient Paris. Le nom d'origine était Vincester.

— Winchester ?

— C'est ce que j'ai dit.

— Ah. Notre Bedlam s'appelait à l'origine Bethlehem.

— Un nom sacré pour un lieu impie.

— Pas si fort, Monseigneur, je vous en prie, siffla Cocodril. Vous les agitez.

— Voilà de la lumière, couina Beaune. C'est Parrott qui revient. »

Un petit point luminescent se balança dans leur direction à travers l'obscurité jusqu'à ce qu'il soit suffisamment près pour laisser apparaître les traits de Parrott, le visage choqué sous sa tache de naissance sombre. De Fontrailles demanda :

« Eh bien, monsieur Parrott ? Qu'avez-vous trouvé ?

— J'ai la chance de vous avoir retrouvés vous, monsieur », répondit-il, passant la main sur son front. Il était clairement secoué par ce qu'il avait vu. « Ce lieu est un vrai labyrinthe, des tunnels bordés de niches, et dans chaque niche il y a un prisonnier attaché au mur. Des hommes, des femmes, et d'autres dont on ne peut même déterminer s'ils sont humains… » Il chancela et déglutit. « Certains sont morts… je crois.

— Y a-t-il un moyen de les différencier ?

— Non, monsieur.

— Merdieu ! » Frustré, de Fontrailles tapa du pied sur le sol, ce qui déclencha un cœur de plaintes et de gémissements. « Les Jésuites sont si ordonnés que je m'attendais à ce qu'ils aient classé les patients de façon claire.

— Comment ? demanda la comtesse.

— Je ne sais pas – par ordre alphabétique, peut-être, ou selon leur affliction. Ils auraient au moins pu mettre des plaques nominatives !

— Pourquoi est-ce qu'on ne leur demande pas lequel est Salomon de Caus ? demanda Cocodril.

— S'ils ont l'impression que nous venons faire sortir de Caus, ils se feront tous passer pour lui.

— Alors capturons un garde et forçons-le à nous mener à de Caus, proposa la comtesse.

— Non – il pourrait donner notre signalement par la suite, et les Jésuites sauraient qui l'a emmené.

— Les morts ne parlent pas.

— Enfin voyons, lady Carlisle, grogna de Fontrailles. Je ne vais pas me tacher les mains du sang d'un pauvre diable de garde uniquement parce qu'il a eu la malchance d'être de service la nuit où nous venons rôder ! Il nous faut trouver une autre solution.

— Pfff ! » Elle croisa les bras. « Très bien, monsieur le savant, c'est vous le cerveau, alors réfléchissez !

— Grrr ! gronda de Fontrailles en tressaillant. Voilà que je commence à m'exprimer comme ces pauvres aliénés. Bon, que savons-nous ? » Il ouvrit la main. « Aramis a appris des Jésuites qu'ils détenaient Salomon de Caus ici à Bicêtre. Comment en sont-ils venus à aborder le sujet ?

— Parce que la Compagnie de Jésus était ravie de mettre la main dessus ! avança la comtesse.

— Exact ! Ils le cherchaient, eux aussi, parce qu'ils veulent retrouver *Les Trois Mystiques Clercs* afin de les détruire.

— Mais de Caus n'a pas dû leur révéler rapidement ce qu'il savait, car c'est un fidèle sujet du "roi d'un hiver", ennemi de tout ce que représentent les Jésuites.

— Cela signifie… »

De Fontrailles laissa la phrase en suspens.

« Oui, dit la comtesse. Ils ont dû le soumettre à la question.

— Parrott, avez-vous aperçu une salle de torture ?

— Oui, monsieur, en effet, répondit l'Anglais. Mais je n'avais aucune envie d'y entrer, je vous l'avoue.

— Ce n'est pas si horrible », intervint Beaune. Tout le monde se retourna vers lui. « Je veux dire qu'on s'y habitue très vite. Du moment que l'on n'est pas la personne interrogée, bien sûr.

— Ah, dit de Fontrailles, qui ne savait pas bien quoi répondre d'autre. Très bien, Parrott, ouvrez la marche. Nous commencerons nos recherches là-bas. »

Parrott les conduisit à travers un dédale de tunnels bruyants qui semblait s'étendre bien au-delà des modestes fondations du château au-dessus de leur tête. Chaque lanterne sourde, le volet entrouvert, émettait une barre de lumière verticale qui illuminait une petite portion des alentours – une petite portion largement suffisante. Les détenus étaient confinés dans ce qui ressemblait à un égout ouvert. De l'eau coulait par les murs extérieurs, se mélangeait avec les excréments des prisonniers et s'écoulait lentement par des sillons dans le sol des tunnels. Ils pataugèrent dans la crasse en suivant Parrott dans le labyrinthe, glissant sur de la moisissure et des champignons et donnant des coups de pied aux bruyants rongeurs. À plusieurs occasions, de Fontrailles tourna sa lanterne pour regarder les patients et le regretta amèrement.

Enfin ils arrivèrent devant une cavité de pierre dans ce que Louis pensait être les fondations de la petite tour carrée située à l'angle du château. Ils ouvrirent les volets des lanternes pour avoir plus de lumière et virent un escalier qui menait à une porte plus haut dans le château. Sur le sol de la pièce se trouvaient tous les instruments de torture classiques : un cep, un brasier, alors éteint, flanqué d'une rangée de fers, une roue et un chevalet.

Sur le chevalet se trouvait un homme. Du moins ce qu'il en restait.

« Nom de Dieu ! » s'exclama de Fontrailles. Quelque chose d'affreux était arrivé aux épaules et aux bras de la victime ; ils étaient distordus, allongés d'une manière qui retourna l'estomac de Louis comme s'il avait été empoisonné à nouveau. Il se rendit compte que c'était sûrement la première réaction des gens quand ils posaient les yeux sur sa propre difformité.

« Ils l'ont supplicié au chevalet. Ses membres supérieurs sont disloqués, dit Beaune sans plus d'émotion qu'un charron décrivant un rayon de roue brisé. Il n'est pas mort, cependant, reprit-il en détachant les poignets de l'homme. Je peux le remettre en état – d'une certaine manière –, si vous voulez. Mais ne regardez pas, madame et Monseigneur. »

De Fontrailles déglutit et acquiesça. Lady Carlisle tourna la tête, mais Louis serra la mâchoire et observa toute la procédure. Dès le premier coup sec, l'homme reprit conscience et se mit à hurler, et Lucy Hay poussa un cri de surprise et agrippa le bras de Louis. Les cris continuèrent jusqu'à ce que Beaune finisse le travail en un dernier craquement atroce. « Ah ! Voilà : il s'est évanoui à nouveau. »

De Fontrailles dit : « Cocodril, monte au sommet de l'escalier et colle ton oreille contre cette porte. Parrott, surveillez l'endroit d'où nous sommes arrivés. Le pauvre diable a fait beaucoup de bruit quand Beaune l'a, euh, soigné, et je ne veux pas qu'on nous prenne par surprise si quelqu'un arrive pour voir quel était ce raffut. »

Il se rendit compte avec plaisir que lady Carlisle lui tenait encore le bras.

« Louis », dit-elle doucement. Cette informalité ne le gêna guère. « Si les Jésuites l'ont torturé, cela signifie qu'il a refusé de parler. Comment allons-nous faire pour qu'il se confie à nous ?

— Je vais devoir le convaincre que nous sommes de son côté.

— Êtes-vous la bonne personne pour cette tâche ? »

Il dégagea son bras de son étreinte.

« Oui, madame, je crois bien l'être – malgré mon apparence, répondit-il d'un ton sec.

— Oh, Louis ! Ce n'est pas ce que je voulais dire.

— Il revient à lui », dit gaiement Beaune.

De Fontrailles s'avança aux côtés de la loque humaine sur le chevalet. Celle-ci cligna des yeux, le regard furetant de terreur. « Écoutez-moi, monsieur », dit de Fontrailles. Les yeux terrifiés s'écarquillèrent et un filet de bave coula de la bouche de l'homme. « Nous ne sommes pas là pour vous faire souffrir davantage, reprit doucement le vicomte. La torture est terminée ; nous allons vous sortir d'ici. Mais dites-moi – hochez la tête s'il le faut –, êtes-vous bien Salomon de Caus, ancien mécaniste royal de Frédéric de Bohème ? »

L'homme ferma les yeux, mais sa langue frémit. Il laissa échapper un son qui sonna comme un juron et referma les lèvres.

Louis ferma lui aussi les paupières et réfléchit pendant un moment, essayant de se rappeler des phrases clés des ouvrages rosicruciens qu'il avait étudiés. D'une voix douce mais intelligible, il dit : « Au nom de Théophraste, de Trismégiste, de l'heptarchie mystique, et de la grâce du Très-Haut que nous servons tous deux, je vous invoque : *Êtes-vous bien Salomon de Caus ?* »

Les paupières de l'homme s'ouvrirent d'un coup et les traits de son visage se raidirent de surprise. Lentement, douloureusement, il hocha la tête.

« Bien, dit de Fontrailles. Vous êtes sauvé.

— Peut-être pas », répliqua une voix aiguë au-dessus de sa tête.

De Fontrailles fit volte-face et vit un grand homme vêtu d'une robe noire en haut des marches. Près de lui se trouvait un soldat qui tenait une lame sous la gorge de Cocodril, et derrière eux d'autres soldats barraient la porte.

« Et maintenant, hérétiques, vous allez tous vous rendre, cria l'homme en robe noire, sans quoi nous n'allons pas nous montrer aussi indulgents avec vous qu'avec M. de Caus. »

XIV

MIKMAQ

Face à l'arrivée inopinée des Jésuites, de Fontrailles ressentit d'abord un violent agacement envers Cocodril. Celui-ci était supposé surveiller la porte – comment avait-il pu se laisser prendre au dépourvu par toute une escouade de gros bras ? La prochaine fois, il le laisserait vraiment garder les chevaux.

Puis Louis observa le visage féroce et méchant du prêtre à la robe noire en haut de l'escalier et comprit qu'il n'y aurait peut-être pas de prochaine fois. Le jésuite laissa échapper un petit rire sec et dit : « Qu'y a-t-il ? Vous êtes surpris de voir que votre incursion impie s'est soldée par un désastre ? Typique des hérétiques faibles d'esprit. Maintenant, écoutez bien : jetez vos armes et mettez les mains sur la tête, sinon votre imbécile de complice meurt. »

Lady Carlisle, Parrott et Beaune se tournèrent tous vers de Fontrailles. Apparemment, c'était à lui de prendre une décision. Il leva le menton et répondit : « Ne faites pas l'idiot, père Quel-Que-Soit-Votre-Nom. J'ai été mandaté par la Compagnie de Rome pour enquêter sur vos travaux ici à Paris, et mon rapport va être extrêmement défavorable, je préfère vous le dire. Vous rendez-vous compte que vous avez mis un prisonnier important dans l'incapacité de nous dire ce que nous avons besoin d'apprendre ? »

Le père Quel-Que-Soit-Son-Nom ricana. « Ah, vraiment ? Si vous venez de Rome, monsieur le bossu, alors montrez-moi le geste ésotérique de cinquième niveau représentant l'autorité incontestable. Comment, vous ne le connaissez pas ? » Robe-Noire sourit avec mépris. « C'est bien ce que je pensais. Venez avec moi, soldats. » Il fit un pas dans l'escalier.

« Attendez ! » hurla de Fontrailles. Il n'avait aucune idée de ce qu'il allait dire, mais il voyait Cocodril porter doucement la main vers la garde d'une dague qui dépassait du haut de sa botte. Il lui fallait gagner du temps. « N'approchez pas ! Ce pauvre homme est mourant, mais pas à cause de la torture. Il a… *la peste* ! »

Robe-Noire s'arrêta, posa les mains sur ses hanches, inclina la tête en arrière et émit un long rire sonore, un braiment aigu qui évoquait les gémissements et les plaintes des internés dans les tunnels voisins. « Ah, mécréant homoncule, vous êtes vraiment pathétique ! Qu'allez-vous essayer ensuite ? Faire semblant d'avoir des renforts imaginaires qui se seraient faufilés dans mon dos ? »

C'était précisément ce que Louis comptait faire, mais heureusement il n'eut pas besoin de se résoudre à cette humiliation car Cocodril passa à l'action. En un geste soudain, il donna un coup de tête en arrière dans le visage du garde qui le tenait, éloigna le couteau de sa main gauche et fit tomber l'homme de l'escalier d'un coup de hanche. Il sortit son propre couteau de sa botte et le colla sous la gorge de Robe-Noire avant même que le garde touche le sol.

« Imbécile de complice, disiez-vous ? glissa Cocodril à l'oreille de Robe-Noire, les dents serrées. N'avancez pas, bande de brutes ! gronda-t-il, passant un bras autour du jésuite afin de le retourner pour le mettre entre lui et les gardes armés. Dites-leur de ne pas bouger, le prêtre, ou je commence à vous débiter en petits morceaux.

— Vous n'oseriez pas, dit Robe-Noire.

— Ah oui ? »

Cocodril effectua un mouvement de couteau rapide et le sang se mit à couler du nez du prêtre. L'homme cria et porta la main à son visage. Son nez pendait sur le côté, accroché à un fin morceau de cartilage ; hurlant, le prêtre essaya de le remettre en place au-dessus de ses lèvres.

De Fontrailles arma son pistolet en un clac sonore et le pointa vers les soldats. « Gardes ! Vous avez entendu. Ne bougez pas, ou il éventre le prêtre et je tire. » En réalité, le pistolet n'était ni chargé ni amorcé, mais Louis espérait que les gardes ne pouvaient s'en rendre compte du haut de l'escalier. « Cocodril, descends lentement l'escalier avec le prêtre. Vous, les gardes ! quand il se sera éloigné des marches, vous descendrez aussi, bien calmement. Soyez sages et personne ne sera blessé. »

Parrott menaçait déjà de sa dague le garde qui était tombé pendant que Beaune lui passait les menottes. En peu de temps, les trois autres gardes furent désarmés et menottés aussi.

Le prêtre, assis sur un tabouret, pleurait et crachait du sang, sous la surveillance de Cocodril, qui faisait tournoyer gaiement son couteau de la main droite à la main gauche.

« Alors, Monseigneur, n'ayez pas honte d'admettre que vous êtes ravi de m'avoir fait venir, dit-il à de Fontrailles. Avez-vous vu mon geste en haut des marches ? Zut-bamzut ! Ils ne l'ont pas vu arriver.

— Apparemment tu ne les as pas entendus arriver non plus, rétorqua de Fontrailles. Nous en reparlerons plus tard. Levez-vous, le prêtre. Quel est votre nom ?

— Jean-Marie Crozat, répondit-il d'une voix rauque. Ah, mon nez, mon pauvre nez. »

Il n'avait pas l'air tellement plus vieux que Louis, de ce qu'il pouvait voir sur le visage de l'homme autour de la main qui maintenait son nez en place. Sa soutane noire de jésuite était souillée d'une longue traînée écarlate à cause du sang qui coulait abondamment de sa blessure.

De Fontrailles remarqua une demi-douzaine de poignées de cheveux noirs accrochées à la ceinture du prêtre.

« Eh bien, Jean-Marie Crozat, pour l'amour de Dieu, qu'avez-vous là ? Une sorte de rosaire ?

— Ce sont des scalps, répondit l'ecclésiastique avec un soupçon de défi. Je les ai récupérés sur la tête des sauvages en Nouvelle France. J'y ai passé un an, dans la mission de la Compagnie de Jésus, à convertir les païens à la religion véritable. Ils m'appelaient père Mikmaq. »

Il baissa les yeux et cracha du sang.

« Et comment vous êtes-vous retrouvé là, à torturer de pauvres fous ?

— J'en ai dit assez, marmonna le prêtre d'un ton renfrogné.

— Beaune, dit de Fontrailles. Attachez le père Mikmaq au chevalet.

— Non ! bredouilla le prêtre en aspergeant de Fontrailles de sang. Très bien, maudits soyez-vous. Quelle différence cela fait-il après tout ? Vous êtes pour ainsi dire déjà morts.

— Non, non, répondit de Fontrailles. C'est moi qui ai l'avantage à présent, donc c'est à moi de proférer les menaces, alors parlez ou vous subirez des horreurs indicibles. Qui commande ici ? Je n'arrive pas à croire que la Compagnie de Jésus confierait une telle responsabilité à un vermisseau comme vous.

— C'est frère Kircher qui dirige Bicêtre, dit le père Mikmaq. L'ordre m'a envoyé ici pour être son assistant une fois de retour du Nouveau Monde. Ils trouvaient excessives mes méthodes de conversion des sauvages.

— On dirait bien que vous avez trouvé un usage à vos talents, ici, dit de Fontrailles. Kircher vous a-t-il demandé de torturer cet homme ?

— Non… Frère Kircher voulait que je lui fasse peur afin qu'il parle, répondit le prêtre avec dédain. Cela ne fonctionne jamais. »

De Fontrailles se retint de répondre que la méthode semblait fonctionner très bien dans le cas présent, mais avant qu'il puisse continuer, Beaune l'interrompit. « C'est M. de Caus, Monseigneur, dit le grand homme. Il décline. »

De Fontrailles retourna près du chevalet, où Beaune essuyait le front du supplicié avec un torchon sale. « S'il meurt maintenant, tout cela aura été en vain », dit lady Carlisle. Elle regarda de plus près l'homme brisé et secoua la tête. « Il ne va pas s'en sortir, Louis. »

De Fontrailles se tourna vers Beaune, qui lui dit :

« Je crois que madame a raison. Quand ils perdent de leur couleur et que leur pouls devient faible, on sait qu'on est en train de les perdre.

— Y a-t-il quelque chose que vous puissiez faire ?

— Non, Monseigneur, répondit tristement Beaune. On m'a seulement appris à détruire les gens, pas à les rafistoler. Nous devons l'emmener voir un médecin.

— Très bien. Beaune, Parrott et vous allez fabriquer un brancard pour le transporter. Dès que vous êtes prêts, nous sortirons par le chemin d'où nous sommes arrivés.

— Louis, dit lady Carlisle. Puis-je vous parler un moment ?

— Bien sûr, madame. Venez ici, près de ce charmant cep. »

Lucy Hay s'assit délicatement sur la partie ronde d'une botte de torture afin de pouvoir le regarder dans les yeux.

« Louis, si de Caus meurt sans nous avoir révélé où trouver le livre, alors le prêtre a raison : c'est un désastre.

— J'en suis bien conscient, madame. »

Ce dont Louis était surtout conscient, comme elle était penchée vers lui pour lui parler, c'était qu'elle avait un décolleté remarquable. Il se força à relever les yeux et dit :

« Qu'aviez-vous en tête ? Davantage de torture ?

— Non, bien sûr que non. Je ne comprends vraiment pas pourquoi vous avez une si basse opinion de moi. Je pensais à la façon dont de Caus a réagi quand vous vous êtes adressé à lui en babillant ce jargon mystique.

— Ce n'était pas du jargon à ses yeux, mais la voix de la vérité. Il *croit* en l'alchimie spirituelle. Et pourquoi pas ? Si un mécaniste y croit, peut-être que cela fonctionne réellement. »

Lady Carlisle sourit, un peu mélancolique. C'était une expression que Louis n'avait jamais vue chez elle.

« On croirait entendre mon père, dit-elle.

— Hmm. » De Fontrailles la regarda un long moment. « Eh bien, je ne peux rien faire tant qu'il est inconscient. Il nous faut espérer qu'un médecin puisse le ramener à lui.

— Qu'allez-vous faire du prêtre et des gardes ? demanda-t-elle. Ils ont eu assez de temps pour bien nous observer.

— Nous bâillonnerons les gardes et les laisserons attachés au chevalet. Le prêtre, nous le prendrons avec nous – je suis sûr qu'il en sait plus que ce qu'il a bien voulu nous dire jusque-là. Mais ne faites pas cette tête ! Et ne dites plus jamais "les morts ne parlent pas" !

— Et pourtant, ils ne parlent pas, rétorqua-t-elle avec une moue.

— C'est un risque qu'il nous faut prendre.

— Nous sommes prêts, Monseigneur, cria Beaune.

— Alors allons-y. » De Fontrailles ramassa sa lanterne. « Parrott, prenez l'avant du brancard. Je vais mener la marche, mais je vous veux juste derrière moi, avec de Caus à portée de main. Ne me laissez pas m'égarer. Cocodril, tu marcheras à l'arrière, mais garde le bras autour du cou du père Mikmaq. Madame…

— Je reste près de vous », dit-elle d'un ton catégorique.

Le cœur de Louis battit à tout rompre. *Idiot*, se dit-il. *Mais, par les culottes de Dieu, regarde-la. Quel esprit ! Même couverte de crasse, elle rayonne presque.* « Très bien, dit-il, incapable de réprimer un bref sourire. Prenez l'autre lanterne, alors. »

Ils s'aventurèrent une nouvelle fois dans les tunnels. Ils n'avaient pas fait la moitié du chemin que l'homme sur la civière se mit à crier. Ses paroles étaient indistinctes, mais il semblait dire : « Arrêtez ! »

De Fontrailles leva la main pour interrompre la marche de la petite troupe et s'avança vers de Caus. « C'est là, murmura l'homme. Ma cellule. On l'a presque dépassée. »

De Fontrailles tourna sa lanterne pour éclairer un misérable trou dans un côté du tunnel où des menottes vides pendaient à une attache rouillée dans le mur. Il se retourna vers l'homme meurtri.

« Nous ne vous ramenons pas dans votre cellule, monsieur de Caus, dit-il doucement. Nous allons vous faire sortir. Vous soigner.

— Non, murmura de Caus. Je savais en arrivant ici que je ne ressortirais pas vivant. Je suis mourant.

— Tenez bon, monsieur.

— Non, fit-il en un soupir évanescent. Trop tard. »

Lady Carlisle donna un douloureux coup de coude dans la bosse de De Fontrailles. « *Le livre* », lui siffla-t-elle à l'oreille.

De Fontrailles lui lança un regard noir, puis il hocha la tête avec irritation. Il se retourna vers le mourant et essaya de prendre un ton rassurant.

« Puisse l'ange Uriel veiller sur vous dans votre voyage vers l'au-delà, mon ami. Mais, Salomon de Caus, au nom de la Monas, il y a un secret que vous ne devez pas emporter dans la tombe. Vous devez le transmettre à la fraternité.

— La fraternité… secrète, murmura de Caus.

— Frère de Caus, où se trouve le livre ? insista de Fontrailles. Où se trouvent *Les Trois Mystiques Clercs* ? »

Le mécaniste gémit alors qu'un spasme traversait son corps brisé.

« Livre, dit-il de façon presque inaudible. Bassompierre. Donné à… Bassompierre.

— Le maréchal ? Le maréchal Bassompierre ?

— Lui ai dit… prends-le… frère, souffla de Caus.

— Frère ? dit lady Carlisle. Quel frère ? De Caus ! Quel frère ?

— En… Angleterre », répondit de Caus.

Puis il mourut.

Une goutte de sang vint s'écraser sur la joue du défunt.

De Fontrailles leva la tête et vit Cocodril et le père Mikmaq, lequel se tenait encore le nez, penchés sur la civière de l'autre côté.

« Cocodril… !

— Imbécile ! cria lady Carlisle. Le prêtre a tout entendu !

— Bassompierre, répéta dans sa main le père Mikmaq d'un air songeur. En Angleterre.

— Maintenant, nous sommes obligés de le tuer, dit lady Carlisle.

— Nous n'allons tuer personne, répondit de Fontrailles. À part peut-être Cocodril.

— Mais, Monseigneur !…

— Tais-toi. En outre, j'ai une meilleure idée. Beaune, allongez le pauvre de Caus dans son alcôve – et enchaînez le prêtre à ses côtés.

— N… non ! bredouilla le jésuite en pulvérisant davantage de sang. Il pourrait s'écouler des jours avant qu'ils me trouvent ! Mon nez a besoin d'attention médicale immédiate !

— Beaune va nouer un torchon autour de votre tête pour que votre nez ne tombe pas. Même si vous mériteriez bien pire.

— Quel est ce bruit ? » demanda Parrott.

Ils entendirent des cris au loin, et le son d'une porte qui claqua quelque part dans le château.

« On a donné l'alarme. Quelqu'un aura remarqué quelque chose. Où en êtes-vous, Beaune ?

— J'ai terminé, Monseigneur.

— Alors allons-y.

— Je prends les devants, monsieur, dit Parrott en attrapant une lanterne. Donnez-moi le bras, madame. »

Les deux Anglais s'avancèrent dans l'obscurité.

« Sang du Christ ! Pas si vite, Parrott ! cria de Fontrailles en pataugeant à leur suite. Mes jambes ne sont pas aussi longues ! »

Il suivit la lueur vacillante de Parrott du mieux qu'il put, aidé par endroits par Beaune et Cocodril, mais, le temps qu'ils remontent les marches jusqu'au rez-de-chaussée, Parrott et lady Carlisle étaient hors de vue. Le couloir regorgeait de patients hystériques qui s'éloignaient de De Fontrailles et ses hommes en hurlant et en tirant sur leurs lourdes chaînes. De Fontrailles se mit à courir, glissant à cause de ses semelles recouvertes d'une substance gluante, en direction de la porte de derrière, qui était entrouverte. À l'extérieur, il trébucha sur les marches et tomba lourdement, mais Beaune et Cocodril le relevèrent, chacun une main sous ses bras, et le portèrent à travers le jardin mort jusqu'à la poterne ouverte. De grands cris provenaient du château derrière eux, mais ils ne savaient pas s'il s'agissait des gardes ou des détenus.

Une fois de l'autre côté de la muraille, de Fontrailles insista pour qu'on le repose, et il se rendit sur ses propres jambes jusqu'à la ruelle où Gitane gardait les chevaux. Dans leur dos, une cloche sonnait dans la tour de Bicêtre.

« La comtesse et Parrott ! dit de Fontrailles, pantelant. Les avez-vous vus ?

— Non, répondit Gitane. Ne sont-ils pas derrière vous ? Doit-on les attendre ?

— Ils étaient devant nous – donc non, nous n'allons pas les attendre. » De Fontrailles serra le poing et l'agita en vain. « J'ai bien peur, messieurs, qu'elle ne m'ait refait le coup. »

« Bassompierre, vous dites ? » Le cardinal de Richelieu croisa les mains. « Voilà qui est intéressant. C'est l'un des favoris de Sa Majesté, mais il agit souvent dans son seul intérêt. »

Le cardinal et l'enseigne de sa brigade politique se trouvaient dans le grand et sombre bureau de Son Éminence, seuls à l'exception de la présence de son insipide secrétaire personnel, Le Masle, en train d'écrire. De Fontrailles s'était arrêté à son logis le temps de se laver et s'habiller convenablement, puis il s'était rendu au Petit Luxembourg pour faire son rapport. Il n'aurait pas été prudent de garder pour lui les événements de la veille. Il avait tout raconté au cardinal, sauf l'implication d'Aramis… et bien sûr de la comtesse de Carlisle. Et le fait qu'elle était partie avec Parrott, donc que les Anglais en savaient autant que lui.

À bien y réfléchir, il avait omis de nombreux détails.

En essayant de ne pas penser aux potentielles conséquences, de Fontrailles dit prudemment : « Ce que je ne comprends pas, c'est le lien entre de Caus et le maréchal Bassompierre. »

Le cardinal haussa ses maigres épaules. « Ils se sont peut-être rencontrés à Londres : Bassompierre et de Caus ont tous deux passé beaucoup de temps là-bas. Il n'y a rien d'étrange à ce que le rosicrucien ait confié son secret au maréchal ; l'État lui a également confié des secrets. Nous venons de l'envoyer en mission diplomatique en Angleterre – malheureusement pour vous. »

De Fontrailles n'avait aucune envie de poser la question, mais il se dit qu'il ferait mieux de jouer le jeu.

« En quoi est-ce malheureux pour moi, Monseigneur ?

— Parce que vous devez à présent le suivre, et sans délai. De plus, les Jésuites risquent de se plaindre de votre incursion à Bicêtre auprès de Sa Majesté, et même s'ils ne sont pas en odeur de sainteté à la cour à cause de l'affaire

Santarelli, il vaudrait mieux que vous quittiez la ville un moment. Parlez-vous anglais ?

— Oui, Votre Éminence. Plus ou moins.

— Bien. Je viens d'envoyer Vitray, un autre de mes agents, à Londres pour une mission urgente. Si vous partez sur-le-champ et chevauchez rapidement, vous pouvez le rattraper avant qu'il parte de Boulogne. Ne prenez pas un poney, mais un cheval de grande personne. »

Ah, très drôle, se dit Louis, et il manqua de fusiller le cardinal du regard, mais il se souvint qu'il essayait de ne lui montrer que dévotion et déférence.

« Je pars dans l'heure, Votre Éminence, dit-il d'un ton ferme.

— Mais pas sans ceci », répondit le cardinal en tendant la main vers Le Masle.

Le secrétaire mit un point à la fin d'une phrase et transmit une lettre à son maître. Richelieu la signa, la scella et la fit glisser sur le bureau à l'intention de De Fontrailles.

« Ce mandat vous donne le pouvoir d'agir en mon nom – ce qui vous sera bien sûr d'une utilité limitée une fois de l'autre côté de la Manche, dit le cardinal. Il vous permettra aussi de vous présenter à Boisloré, mon agent à Londres, et lui demander de l'aide dès que vous en aurez besoin. Si c'est possible, vous pourrez me rendre une faveur : j'ai plusieurs affaires en cours dans la capitale anglaise, et votre esprit pourrait servir à ce que tout se passe bien.

— Je ferai tout ce qui est en mon pouvoir pour faire avancer nos intérêts, Votre Éminence.

— J'en suis certain, monsieur le vicomte », dit le cardinal. Il marqua une pause, fronça les sourcils et reprit : « Votre chapeau, monsieur – votre chapeau est très… grand.

— Les chapeaux à larges bords sont à la mode chez les cavaliers, comme le sait sans doute Monseigneur.

— Mais le vôtre est excessif – tout comme vos bottes et votre dentelle. Vous attirez l'attention. »

Peste ! *Vidou m'avait prévenu que cette tenue allait m'attirer des ennuis*, pensa Louis. « Ce sont mes habits de cour, Votre Éminence. Je m'habille bien plus sobrement quand je suis en mission d'État. » *Ou du moins je le ferai à partir de maintenant.*

« Veillez-y ; nos affaires ne sauraient être mises en péril par quelque fantaisie, dit sèchement le cardinal. Ce livre ne doit pas tomber entre les mains du duc de Buckingham. Si vous ne pouvez le rapporter en France, assurez-vous qu'il soit détruit. » Richelieu se pencha en avant et transperça de Fontrailles du regard. « Je compte sur vous, monsieur. »

XV

HOMMES D'ANGLETERRE ET HOMMES DE FRANCE

Un mousquetaire et un Anglais entrèrent dans une taverne.

« Bienvenue, messieurs, dit le tenancier. On ne voit pas beaucoup d'Anglais par ici.

— Arrête, Hubert, dit l'Anglais en souriant. Tu me fais la même blague chaque fois que je passe par Neufchâtel.

— Et c'est toujours un honneur de servir Votre Grâce à l'auberge de la Herse d'Or ! » Hubert s'inclina bien bas. « Comme d'habitude, Milord Buckingham ? J'ai sorti un fût spécial.

— Ne l'appelez pas si fort par son nom, mon cher hôte, dit Aramis.

— Monsieur Aramis, vous vous faites trop de souci, répondit le duc de Buckingham. Comme je vous l'ai déjà dit plusieurs fois. » Il commença à épousseter ses habits de cheval avec ses gants, puis il s'arrêta et toussa. « Mon Dieu, monsieur ! Que vos routes françaises sont poussiéreuses.

— Vous préférez la boue de vos routes anglaises, Milord ? » Aramis se saisit de la chope que Hubert avait posée devant lui. « Vous les retrouverez bien assez tôt – peut-être dès demain soir, si le vent le permet. Si l'on garde le rythme, nous pouvons encore arriver à Saint-Valéry et vous faire embarquer avant la nuit.

— Peut-être, mais j'ai envie de passer quelques heures ici à la Herse d'Or pour souffler un peu. Vous avez imposé une cadence effrénée depuis notre départ de Paris, et je sais que vous auriez aimé aller encore plus vite, mais vous devez bien reconnaître que nous n'avons vu aucun signe de poursuite. Nous sommes sur la route depuis un jour et demi, et nous avons presque traversé tout l'est de la Normandie. » Le duc leva sa propre chope, en avala la moitié et la reposa. « Ah ! De plus, un orage approche, et si nous continuons à chevaucher au vent nous allons froisser nos vêtements et finir décoiffés.

— Milord. »

Combien de fois devraient-ils avoir cette discussion ? Sa Grâce le duc de Buckingham était aussi têtu que trop gâté. Aramis soupira et reprit : « Le cardinal, Milord… »

Quelqu'un donna un grand coup dans la porte de la taverne, et elle s'ouvrit soudain. Aramis porta en un instant la main à la garde de son épée et avait presque dégainé avant de reconnaître les nouveaux arrivants.

« Eh bien ! dit-il en rangeant sa lame. Quelle bonne surprise.

— Que Dieu m'aveugle ! dit Buckingham en riant. Mais c'est madame la comtesse de Carlisle ! Et vous, Blakeney ?

Qu'avez-vous au visage ? Et qu'avez-vous fait pour rendre vos cheveux blonds si noirs ? »

Sir Percy Blakeney eut un sourire crispé et s'inclina devant le duc.

« Je m'étais déguisé, n'en déplaise à Votre Grâce. Je portais une fausse tache de naissance sur le côté gauche de mon visage. Madame la comtesse m'a convaincu d'utiliser de l'encre de chine, et j'ai eu un mal de chien à me nettoyer la peau.

— Ah, vraiment ? Quelle histoire amusante à raconter une fois de retour à la cour, dit le duc. Et qu'est-il donc arrivé à votre joli derrière, ma Lucy ? Je peux y faire quelque chose ? »

Bon Dieu ! Il croit sans doute que son regard lubrique est séduisant, se dit Aramis. Mais il ricana complaisamment comme si le duc avait dit quelque chose de spirituel.

Lady Carlisle grimaça en se frottant le postérieur.

« Merci pour votre proposition, Votre Grâce, mais c'est un problème à régler entre ma selle et moi. Nous chevauchons comme des fous depuis Paris pour vous rattraper, Milord. Fort heureusement, sir Percy connaît votre itinéraire habituel.

— Vous voyez, Votre Grâce ? dit Aramis. S'ils ont pu nous rattraper, les hommes du cardinal en sont aussi capables.

— Cessez, Aramis, pour l'amour du ciel, répondit Buckingham avant de reporter son sourire vers lady Carlisle. Alors, joli minois, pourquoi une telle hâte ? »

La comtesse baissa la voix.

« Parce que, Milord, nous avons découvert qui a *le livre*.

— Vraiment ? Alors ma petite excursion en France aura été doublement réussie ! De ce que le Dr Lambe m'a dit, il me faut absolument mettre la main sur le livre. Parlez, ma Lucy, parlez ! »

Elle raconta les derniers mots de Salomon de Caus dans le donjon de Bicêtre.

« Et le maréchal Bassompierre est parti pour Londres deux jours avant vous, mon cher duc, en passant par Boulogne. Si l'on se dirige vers le nord en suivant la côte, on peut le rattraper avant qu'il quitte le territoire.

— Et ensuite ? dit Aramis. Vous comptez piller les bagages d'un ambassadeur royal français sur son territoire ?

— De telles méthodes ne seront pas nécessaires, interrompit Blakeney. On raconte que Bassompierre a un faible pour les dames. »

Il fit un signe de tête en direction de la comtesse. Le duc secoua la tête.

« Aramis a raison, même s'il m'en coûte de l'admettre. Je n'ai pas de navire à Boulogne, et si le maréchal met les voiles avant que nous y arrivions, qui sait combien de temps cela prendra d'organiser une traversée ? Le *Sund* nous attend à Saint-Valéry ; c'est un petit sloop rapide qui pourrait nous mener en Angleterre avant Bassompierre. Non, je ne vais pas cavaler jusque dans le Pas-de-Calais. De plus, continua-t-il en passant le bras autour des épaules de lady Carlisle, nous avons beaucoup chevauché, et je crois que madame et moi aurions bien besoin d'une petite sieste. N'est-ce pas, ma jolie ? » La comtesse se força à sourire et baissa les yeux avec une feinte modestie, mais elle serra les poings.

Le chien ! Il n'y a pas trois jours, nous avons risqué nos vies, elle et moi, pour lui permettre de faire l'amour en secret à la reine Anne, se dit Aramis.

« Votre Grâce ! dit-il. Puis-je toucher un mot à lady Carlisle avant que vous, euh, n'alliez vous coucher ?

— Bien sûr, monsieur. Touchez-lui donc un mot ! Pourquoi pas deux, ou trois ! dit Buckingham, noblesse oblige. Blakeney, racontez-m'en plus sur votre amusant déguisement. »

Aramis conduisit Lucy près du feu et lui offrit un siège. « Bon Dieu non, Aramis, dit-elle. Demandez-moi n'importe quoi, mais pas de m'asseoir. »

Aramis lui fit un sourire en coin. « Eh bien nous resterons debout. Je crois que vous serez allongée sous peu, de toute façon. » Il fit un signe de tête en direction du duc, qui riait et trinquait avec Blakeney.

« Depuis quand êtes-vous aussi prude ? ricana-t-elle. De plus, que voudriez-vous que j'y fasse ? Toutes les femmes d'Angleterre sont ses jouets.

— Vraiment ? Et qu'en pense le comte de Carlisle ?

— Il regarde ailleurs. Comment croyez-vous qu'il soit devenu comte ? » De lassitude, elle ferma les yeux un court instant, puis elle les rouvrit et soupira. « C'est pour cela que vous m'avez prise à part ? Pour me réprimander ? Vraiment, Aramis, je pourrais vous gifler.

— Mes excuses, madame. Je m'oublie, dit-il d'un ton calme. Je voulais vous parler du vicomte de Fontrailles. Si vous êtes sortie en vie de Bicêtre, j'imagine que lui aussi, n'est-ce pas ?

— Je présume. Nous sommes partis avant lui.

— Que voulez-vous dire ?

— Je veux dire que Blakeney et moi avons couru et sommes sortis avant lui. Mais je suis sûre qu'il va bien.

— Vous n'en savez rien ? Bon Dieu ! Comment avez-vous pu partir en courant et l'abandonner de la sorte ?

— Si j'avais agi autrement, je serais sans doute dans une prison française à l'heure actuelle, dit-elle, exaspérée. Ne faites pas l'idiot, Aramis ! Vous pensiez vraiment faire de nous des alliés ? Vous l'aviez déjà trahi en lui confiant Blakeney.

— J'essayais de veiller sur lui ! »

Elle émit un rire bref. « Je parie que M. de Fontrailles ne le verra pas d'un tel œil. »

Que la peste m'emporte ! se dit Aramis. *Elle a raison. Que j'ai été sot.*

Il sentit une main sur son épaule et se retourna pour faire face à Buckingham. « Il n'y a que deux chambres dans cette auberge, Aramis, dit le duc. Vous en partagerez une avec Blakeney. »

Aramis secoua la tête.

« J'ai le regret de vous informer que je ne peux pas rester, Votre Grâce. Je dois retourner à Paris.

— Mais vous avez dit que vous m'accompagneriez jusqu'à la côte !

— Maintenant que vos fidèles serviteurs sont là, je suis sûr que vous pouvez vous passer de mes services, Milord, dit sèchement Aramis. Il se trouve que j'ai à faire ailleurs.

— Comment, monsieur ? répondit Buckingham d'un ton hautain. Est-ce ainsi qu'un noble de France s'acquitte de son devoir ?

— En réalité, j'ai aidé Votre Grâce à titre de faveur envers Mme de Chevreuse, pour qui j'ai grande estime, et pour contrarier monsieur le cardinal, que je compte parmi mes ennemis. Je ne suis pas sous votre commandement, Milord. »

Pendant un moment tendu, ils se fixèrent l'un l'autre, puis le duc se détendit, sourit légèrement et dit : « Eh bien tant pis pour moi, et tant mieux pour la France. Si vous devez partir, allez-y… et bonne route. »

La bouche d'Aramis tressauta, mais il s'inclina et répondit : « Alors je vais prendre congé de Votre Grâce. »

J'espère juste pouvoir trouver un cheval frais dans cette ville, pensa Aramis en avançant vers les écuries. *J'ai l'impression que mon ami d'Astarac va avoir besoin de mon aide, et sous peu.*

XVI

DANS LEQUEL D'ASTARAC, EN TANT QU'INTRIGANT, CHERCHE PLUS D'UNE FOIS UNE CORDE AVEC LAQUELLE SE PENDRE

Le vicomte de Fontrailles avait eu hâte de traverser la Manche depuis Boulogne, car il n'était jamais monté sur un vrai navire. Mais une fois que le petit lougre avait commencé à vaciller sur les vagues venues de la mer du Nord, le visage de De Fontrailles avait pris le même vert que celui des flots. Il fut saisi de nausées et commença à vomir pardessus bord, comme si lady Carlisle avait trouvé un moyen de l'empoisonner à distance.

Le mal de De Fontrailles était une source de satisfaction malsaine pour Vitray, l'autre agent de Richelieu, qui se tenait à côté de lui près du bastingage et crachait lui-même sa propre bile dans la mer de temps à autre. Vitray avait le mal de mer aussi, mais comme il avait pris de nombreux navires au service du cardinal, il n'était pas aussi malade que de Fontrailles, ce qui le consolait d'une certaine manière. C'était un éditeur parisien flegmatique et sans imagination que Richelieu appréciait pour sa fiabilité plutôt que pour son sens de l'initiative ; de Fontrailles et Cocodril l'avaient rejoint au bord de la mer à Boulogne au moment où il s'apprêtait à embarquer pour l'Angleterre et s'étaient rattachés à sa mission.

Cocodril remarqua à peine la détresse de son maître ; navigateur-né, il passait son temps perché sur le gréement ou à prendre les embruns sur le beaupré. La façon qu'il avait de grimper sur les échelles de corde ou de donner un coup de main à l'équipage prouvait qu'il avait passé du temps quelque part en mer, et qu'il était ravi d'y être à nouveau. Louis maudissait mentalement Cocodril et sa bonne humeur dès qu'il trouvait un moment entre deux vomissements.

De Fontrailles était seul à l'arrière-pont, fixant d'un air sombre la traînée laissée par le lougre durant ce qui lui semblait être la cinquante-deuxième heure consécutive à bord, et il se demandait s'ils n'avaient pas dérivé hors de la Manche pour traverser tout l'océan Atlantique lorsqu'un bruit sourd retentit sur le pont à côté de lui et que la voix joviale de Cocodril s'écria : « Ohé, Monseigneur ! »

De Fontrailles souffla comme un cheval de ferme écœuré, se saisit délicatement du garde-corps à deux mains et pivota lentement sa tête qui tournait vers son serviteur souriant. Son cerveau, qui pataugeait à l'intérieur de son crâne, réaligna progressivement son lobe frontal avec son visage, et ses yeux embués firent la mise au point sur les traits de Cocodril et d'un second, qu'il ne connaissait pas – et qui portait, à n'en point douter, un cache-œil noir. Louis grogna.

« Elle avance vite, n'est-ce pas, Monseigneur ? roucoula Cocodril. Nous avons fait un tiers de la traversée. Du haut du mât, on aperçoit déjà les falaises de Douvres ! »

De Fontrailles lança un regard noir à Cocodril et examina les options qui s'offraient à lui, mais il ne semblait y avoir aucun moyen pratique de le tuer.

« Tu es venu jusqu'ici pour m'apprendre cela, Cocodril ? Me dire que nous n'en sommes pas à la moitié de ce tourment ?

— Pas du tout, Votre Seigneurie ! Si j'avais su que vous souffriez du mal de mer, je vous aurais rejoint bien plus tôt, et je vous aurais apporté toute l'assistance et le réconfort possibles ! Non, Monseigneur, je voulais simplement vous présenter cette nouvelle connaissance, qui je pense pourrait nous être d'une aide inestimable. Voulez-vous que nous revenions plus tard, quand vous vous sentirez un peu mieux ?

— Plus tard, je serai peut-être mort, donc autant s'y mettre tout de suite, dit de Fontrailles. Qui est ton nouvel ami ? »

L'homme s'avança avec un bruit sourd, et Louis vit qu'en plus d'un œil il lui manquait une jambe, qui avait été remplacée au niveau du genou par quelque chose qui ressemblait à un morceau d'os effilé en spirale. C'était un vieux loup de mer aux cheveux gris ondulés et à la peau tannée qui se confondait presque avec le cuir de son justaucorps usé. Il sourit, révélant un total de trois dents, tira sur sa mèche décoiffée et dit :

« Je m'appelle Breedlove, Vot' Seigneurie, Sobriety Breedlove, et c'est un plaisir de faire votre connaissance.

— M. Breedlove est un marin anglais, Monseigneur, un "Jack Tar" comme on dit dans leur langue.

— Je n'aurais jamais deviné, marmonna de Fontrailles.

— J'suis un vieux loup de mer, quarante ans sur les vagues, depuis que je suis gamin – j'ai navigué avec Drake, pour vrai, contre les Dons, et on a incendié et coulé leur navire dans ces eaux-là.

— Mais c'est sa dernière traversée, Monseigneur, avant qu'il ne prenne sa retraite pour de bon – et où va-t-il, à votre avis ? dit Cocodril.

— Oh, dis-le-moi.

— À Londres ! Notre destination !

— Une ville que j'connais comme le fond d'ma poche, Vot' Seigneurie, comme le port d'ma ville natale de Plymouth.

— Je me suis dit qu'il pouvait nous servir de guide, reprit Cocodril, et comme il parle anglais il pourrait aussi faire l'interprète. Vous voyez, Monseigneur : une fois encore, je prends des initiatives ! Qu'en dites-vous ?

— Mais nous n'avons pas besoin d'un interprète, Cocodril. Je parle déjà anglais. Écoute : *Ow much eez ze room for one night een zis 'otel ? Ave you not got a room bettair ?*

— J'vous prie de m'excuser, Vot' Seigneurie, mais c'est pas du bon anglais. Voilà comment il faut le dire. » Haussant la voix, il prononça lentement et avec emphase : « *Don't tell me you 'aven't got no better room you lying dog.* »

Louis leva les yeux au ciel, ce qui vint perturber l'équilibre délicat à l'intérieur de son crâne, et il dut porter ses deux mains à sa tête pour l'empêcher de sonner comme une cloche. Le bateau fit une embardée en passant une vague, et il s'assit violemment sur le pont.

« Très bien, Cocodril. Nous l'embauchons. Qu'est-ce que cela pourrait bien changer ? Ma vie est terminée, de toute façon.

— Une sage décision, que Monseigneur ne regrettera pas ! » Cocodril s'agenouilla près de De Fontrailles avec un regard de déférence compatissante. « Puis-je faire quelque chose pour aider Monseigneur dans cette période difficile ?

— Aide-moi à me relever jusqu'au garde-corps. Je sens la nausée qui revient. Ensuite, tu iras voir si le charpentier du navire peut me confectionner un cercueil. »

Le jour suivant passa en une sorte de délire pour Louis d'Astarac. Le temps qu'il retrouve pleinement ses sens, Douvres était déjà derrière eux et ils se trouvaient sur la route de Londres, à mi-chemin entre deux villes portant les noms anglais ridicules de Canterbury et Chatham. Ils étaient à cheval, Vitray et Breedlove en tête, suivis de Cocodril qui menait la monture de De Fontrailles – le vicomte était attaché à la selle pour ne pas tomber s'il avait un vertige. Cocodril avait pensé que son maître serait plus à l'aise dans un carrosse, mais Vitray était bien trop pressé d'atteindre Londres, et il s'était opposé à cette idée. De Fontrailles, qui n'avait rien mangé depuis Boulogne – et il avait presque tout rendu dans la Manche –, avait juste assez d'énergie pour s'accrocher à son cheval et faire marcher ses poumons. Pour se rappeler pourquoi il s'imposait tout cela, il essaya de penser à sa chère Isabeau de Bonnefont, mais il n'arrêtait pas de la visualiser avec un cache-œil noir.

Ils chevauchèrent toute la nuit et arrivèrent aux abords de Londres à l'aube ; le soleil se leva derrière eux et révéla la capitale anglaise qui émergeait progressivement du brouillard comme un navire qui s'élève hors de la mer. Londres n'était pas aussi grande que Paris, plus grande ville d'Europe, et ses églises et les maisons de ses aristocrates ne pouvaient rivaliser en nombre et en taille avec la cathédrale et les hôtels particuliers parisiens. Mais Londres avait quelque chose qui manquait à Paris : une seconde ville constituée de bateaux, cinq cents navires amarrés sur la Tamise sous le pont de Londres, leurs mâts telle une forêt aux troncs nus, qui aurait poussé au milieu de la cité.

Au moment où ils purent apercevoir cette armada marchande, ils étaient arrivés dans la banlieue de Southwark et avaient dû ralentir leur cadence car les rues devenaient plus étroites et bondées. À l'approche du pont de Londres, ils passèrent autant de temps à l'arrêt qu'en marche, donc Sobriety Breedlove se fraya un chemin à travers la foule à force de jurons et de politesses jusqu'à ce que les quatre chevaux puissent passer.

Ils traversèrent le fleuve sur le grand pont et entrèrent dans la cité de Londres, où de Fontrailles, qui connaissait parfaitement les rues de Paris, fut complètement perdu en quelques minutes. Même Vitray paraissait déconcerté, mais Breedlove semblait savoir exactement où il allait et circulait dans les rues étroites comme un pilote de navire qui navigue dans les bas-fonds.

La première impression que de Fontrailles eut de Londres fut baignée de chaos et de confusion, mais il se dit que c'était sans doute dû en partie à la fatigue et aussi à la barrière du langage. Dans l'ensemble, les Londoniens paraissaient plus bruyants que les Parisiens et avaient la fâcheuse tendance à regarder tout le monde dans les yeux, même s'ils appartenaient clairement à une classe inférieure. Bien que la ville disposait d'un fleuve bien plus large pour emporter ses déchets, Londres puait presque autant que Paris.

Alors que le soleil de septembre commençait à poindre par-dessus les toits pentus des maisons à trois étages pour atteindre les rues, Breedlove les conduisit sur une petite place plaisante et pointa du doigt une grande maison de ville. « C'est l'adresse que vous m'avez donnée, cap'taine », dit-il à Vitray, qui acquiesça.

Un ravissant carrosse blanc était garé devant les marches de la maison, son attelage de chevaux gris piaffant impatiemment, la bride tenue par un palefrenier en livrée. Il lança aux voyageurs couverts de boue un regard hautain tandis qu'ils descendaient de cheval et renifla comme s'il sentait une mauvaise odeur.

De Fontrailles quitta sa selle et s'étira douloureusement, puis il suivit Vitray et contourna le carrosse jusqu'aux marches de la maison. En arrivant devant, une cloche de cuivre retentit et la porte s'ouvrit. De Fontrailles leva les yeux.

En haut des marches se trouvait un ange à la chevelure d'or vêtu de blanc.

De Fontrailles cligna des yeux et regarda à nouveau, mais elle était toujours là : un ange pâle aux traits délicats, aux lèvres comme des pétales de rose et à la glorieuse auréole de cheveux blonds, son corps divin enveloppé de satin blanc brillant et de dentelle. La vision inspecta de Fontrailles et ses compagnons, se tourna vers l'homme qui se tenait à côté d'elle (Louis ne l'avait pas encore remarqué) et dit, d'une voix argentine teintée de mépris : « Monsieur Boisloré, il semblerait qu'il y ait une troupe de charlatans sur votre perron. »

De Fontrailles ferma sa bouche qui béait et chercha une réponse – après tout, il était vicomte de France et ne pouvait laisser passer une telle offense, même de la part d'une vision angélique – mais Vitray le devança et choisit d'ignorer l'insulte. En français, il dit : « Excusez-moi, madame et monsieur, de me présenter ainsi sans être annoncé, mais nous arrivons de Paris en mission secrète de la plus haute importance. Je suis Antoine Vitray, et d'après votre description, madame, vous ne pouvez qu'être la comtesse de Winter ; si oui, c'est à vous que mon message est destiné. »

L'ange blond eut un sourire si doux que de Fontrailles pensa avoir mal entendu les mots qu'elle avait prononcés quelques instants plus tôt.

« Eh bien, monsieur Vitray, il vous faut entrer sans délai, dit-elle d'une voix musicale, dans un français aussi parfait que son anglais. Vos gens peuvent s'occuper de vos chevaux, et nous nous occuperons de vous.

— Je suis le vicomte de Fontrailles, madame et monsieur, dit Louis, de façon un peu insistante car il ne voulait pas qu'on le prenne pour un des "gens" de Vitray. Je viens également de Paris – même s'il n'osait mentionner Son Éminence dans la rue, ils comprendraient de qui il parlait – et j'ai des affaires pressantes à aborder avec M. Boisloré. »

Une certaine émotion passa sur le visage parfait de l'ange – de l'amusement ? de l'irritation ? –, puis elle tourna son sourire à couper le souffle vers de Fontrailles. « Alors joignez-vous à nous, monsieur le vicomte. Soyez le bienvenu ! »

C'était étrange : la plus belle créature qu'il ait jamais vue lui avait souri, et il se sentait... perplexe. Si Isabeau lui avait souri de cette manière, son cœur aurait bondi de joie dans sa poitrine – et si lady Carlisle avait fait de même il aurait fondu dans ses bottes. Mais lorsque la comtesse de Winter lui offrit un sourire semblable au premier soleil du printemps, il ne fut pas plus touché que cela. Bizarre.

Vitray, lui, n'eut pas les mêmes réserves : le visage rouge comme une tomate, souriant comme un benêt, il monta les marches comme un chien irait vers son maître et s'arrêta sur le palier pour s'incliner une nouvelle fois jusqu'au sol en proférant des politesses. Fasciné, de Fontrailles secoua la tête, puis il arrangea son col de travers et suivit Vitray dans la maison.

Dans le salon de Boisloré, ils réparèrent les manquements à l'étiquette qu'ils avaient commis dans la rue en se présentant formellement à nouveau. Une fois que tout le monde eut bien établi son statut social et que des rafraîchissements eurent été amenés par des serviteurs discrets, Vitray se retira dans un coin avec la dame. De Fontrailles et Boisloré se mirent dans le coin opposé, et les instructions du cardinal pour ses agents de Londres leur furent transmises à voix basse de part et d'autre de la pièce. Une fois la tâche accomplie, et les réponses aux questions qui s'ensuivirent obtenues, les quatre personnes se retrouvèrent au centre du salon.

Milady de Winter sortit un petit éventail à manche d'ivoire de sa manche et tapota le bras de Boisloré. « Monsieur, j'espère que vous n'avez rien de prévu aujourd'hui, car je vais avoir besoin de votre aide pour quelques affaires que j'ai en tête. »

De Fontrailles se redressa jusqu'à ce que ses yeux soient à hauteur du décolleté de Milady et annonça : « Je suis navré pour le dérangement, Milady, mais il me faut requérir l'assistance de M. Boisloré sur un autre sujet urgent. » Il lui fallait agir immédiatement : s'il devait fouiller les bagages de Bassompierre pour trouver *Les Trois Mystiques Clercs*, il fallait le faire tant que la maisonnée de l'ambassadeur était encore dérangée par son voyage.

Milady sourit gentiment à de Fontrailles et dit : « Oh, mais monsieur le vicomte laissera sûrement la priorité à une dame. »

De Fontrailles pencha la tête pour montrer poliment qu'il avait bien compris sa requête, mais il dit : « Monsieur le vicomte n'en serait que trop ravi, mais les instructions de monsieur le cardinal sont formelles, et je suis obligé d'en prendre compte en premier lieu. » Quelque chose chez cette femme glaçait Louis, et il n'avait aucune envie de lui accorder des faveurs.

Apparemment, elle partageait ce sentiment car elle répondit d'une voix plus que glaciale : « Mes instructions de la part du cardinal sont tout aussi explicites – et en tant qu'associée de Son Éminence depuis plus longtemps que vous, comtesse, et dame, je revendique la primauté. »

De Fontrailles était battu, et il ne put que s'avouer vaincu aussi gracieusement que possible. Il l'obligea avec une révérence courtoise et dit :

« En ce cas, Milady, je suis ravi de vous laisser la priorité.

— Vous ferez bien mieux que cela, monsieur le vicomte, dit-elle d'une voix de miel empoisonné. Il me vient à l'esprit que vous pourriez être utile à ma mission, vous aussi. Vous êtes entièrement dévoué au service du cardinal, n'est-ce pas ? »

Au pied du mur, Louis fit une grimace consternée et répondit :

« Bien sûr, Milady. Sa volonté est la mienne. » Il se racla la gorge et reprit : « Que devons-nous faire ?

— Oh, pas grand-chose – une simple tâche, à dire vrai, dit Milady avec un plaisir malveillant. Vous, monsieur le vicomte, allez m'aider à dérober les diamants de la reine de France autour du cou du Premier ministre d'Angleterre. »

XVII

DANS LA COMPAGNIE DE JÉSUS

M. Aramis aimait à penser que sa formation religieuse le plaçait au-dessus des autres mousquetaires du roi, car il avait des connaissances uniques sur l'âme et le cœur humains – notamment les siens. Ainsi, quand il arriva à la porte de Beauvais, en sueur, couvert de poussière et fatigué, il ne s'arrêta pas à la première taverne, mais il continua sa route à travers le marché aux chevaux, dépassa les hauts murs de la cathédrale Saint-Pierre et parcourut la grand-place avant d'entrer dans une taverne avec vue sur la porte de Paris. Il s'était dit qu'il aurait moins de mal à reprendre son chemin vers la capitale, une fois reposé, s'il n'avait devant lui que la route et non toutes les distractions que comprenait une ville.

La taverne était enfumée et dangereusement basse de plafond, mais au moins à l'intérieur il faisait frais, et Aramis choisit une table libre et appela l'hôte. Il était sur le point de porter un verre de vin bien mérité à ses lèvres, destinant un toast silencieux à ses amis absents, lorsqu'il entendit le nom de l'un d'eux mentionné dans son dos. « D'Astarac, ou de Fontrailles, dit une voix avec un fort accent germanique. Un petit homme bossu – vous ne pouvez pas vous tromper. »

Aramis finit sa gorgée de vin – qui n'était pas mauvais, car il avait commandé un vieux vin de Champagne plutôt que la piquette locale – avant de se tourner discrètement pour voir qui parlait de son ami Louis d'Astarac. Le tavernier secouait la tête et haussait les épaules d'un air confus face à un homme d'une petite trentaine d'années, à peine plus vieux qu'Aramis, avec des yeux marron et doux sous des sourcils froncés et un front livide sur un visage ovale et, d'apparence, inoffensif. Si l'homme portait des vêtements de voyage quelconques couverts de poussière, l'œil expert d'Aramis décela en lui quelque chose d'ecclésiastique.

L'étranger vit qu'Aramis le regardait, alors le mousquetaire leva son verre et dit :

« Bonjour, ami voyageur. Vous semblez aussi sale et assoiffé que moi. Voulez-vous vous joindre à moi pour boire un coup ?

— Avec plaisir, mais je dois admettre que je préfère la bière au vin.

— Oui, il me semblait bien reconnaître en vous un de nos voisins germains. » Aramis se leva et s'inclina. « Monsieur Aramis, de Paris.

— Athanasius Kircher, de Mayence, répondit l'Allemand, même si je suis moi aussi parisien, du moins pour le moment. »

Kircher : Aramis avait entendu parler de lui. C'était un érudit allemand, l'homme que les Jésuites avaient placé à la tête du château de Bicêtre quand la compagnie en avait pris le contrôle. S'il cherchait Louis d'Astarac à une journée de cheval au nord de Paris, alors son ami avait réussi à s'échapper de l'asile… mais pas sans être reconnu, car les Jésuites étaient à présent à sa poursuite.

Peut-être qu'il pouvait les envoyer sur une mauvaise piste, pensa Aramis.

« Vous ai-je bien entendu parler d'un bossu, un homme avec des airs de noblesse ?

— Oui, en effet ! répondit Kircher avec un peu trop d'impatience. Vous l'avez vu ? J'ai… un message pour lui.

— Hier matin, au port du Havre.

— *Donner !* Il va vite. C'est un homme de Richelieu, et il aura sans doute déjà embarqué pour Portsmouth avant que je puisse le rattraper. »

Les rides de son front se creusèrent.

« Ce doit être un message important que vous portez, *Herr* Kircher.

— Peut-être », répondit-il d'un ton méfiant.

Aramis ressentit l'attraction familière d'une intrigue, attraction à laquelle il avait déjà cédé plus d'une fois dans sa jeunesse. Allait-il oublier toute prudence et se laisser replonger ? Visiblement, oui ; il s'entendit demander en baissant la voix : « Notre rencontre, *Herr* Kircher, n'est pas un hasard. J'y vois la main de la providence. »

Kircher se montrait suspicieux.

« Comment cela, monsieur ?

— Je vous ai entendu parler de M. d'Astarac, le vicomte de Fontrailles. Je peux vous aider parce que je le connais. Je le connais très bien, même. »

Kircher regarda froidement Aramis, ce qui poussa le mousquetaire à revoir son approche : l'Allemand n'était peut-être pas aussi crédule et naïf qu'il paraissait.

« Et vous dites l'avoir vu au Havre ? demanda Kircher.

— Oui… »

De quelle ville avait-il parlé ? Portsmouth ?

« … Il embarquait pour l'Angleterre.

— Eh bien, pour le moment, il est hors de nos portées respectives.

— Mais de Fontrailles est un serviteur de monsieur le cardinal. Il rentrera à Paris dès qu'il aura fini sa mission, quelle qu'elle soit. Quand ce sera le cas, je le saurai.

— Ah oui ? Vous dites bien le connaître. Pourquoi me proposez-vous des renseignements sur lui ?

— Je n'ai aucune raison de ne pas le faire, si ? Après tout, vous avez simplement affirmé avoir un message pour lui, répondit Aramis. En outre, j'ai espoir que mon assistance me vaudra bien une récompense.

— L'ordre auquel j'appartiens n'est pas riche, monsieur Aramis. »

C'était un vilain mensonge, mais Aramis savait qu'il n'était pas censé le croire – il s'agissait simplement d'une phase d'approche aux négociations.

« Mais ce n'est pas de l'argent que je veux. Même si je fais actuellement partie des mousquetaires du roi, j'ai été formé à la prêtrise, et j'ambitionne de retourner à une carrière au sein de l'Église. Il se trouve que je sais que vous appartenez, *Herr* Kircher, à la Compagnie de Jésus, un ordre aux relations étendues et à l'influence très grande. Je pourrais m'avérer utile à votre compagnie, monsieur, si votre compagnie sait se montrer utile envers moi.

— Voilà un langage que mon ordre comprend très bien, des îles du Japon jusqu'aux jungles du Nouveau Monde. » Il recula dans son siège et évalua Aramis pendant un moment, puis il parut prendre une décision. « Eh bien, si le vicomte de Fontrailles est déjà en chemin pour l'Angleterre, je ferais mieux de rentrer à Paris et reprendre mes activités. Votre proposition est intéressante, mais il me faut réfléchir davantage avant de décider si elle vaut vraiment quelque chose. Chevaucherez-vous avec moi jusqu'à Paris, monsieur Aramis ?

— J'en serais honoré, *Herr* Kircher. Maintenant, buvons, répondit Aramis en levant son verre, à une association mutuellement profitable.

— Que Dieu nous bénisse », dit Kircher.

XVIII

MILADY ET MILORD

Il n'était jamais venu à l'esprit de Louis d'Astarac qu'il puisse craindre de se retrouver confiné dans un espace étroit, probablement parce que c'était la première fois qu'une telle chose lui arrivait. À bien y réfléchir, peut-être pas : il avait passé un an dans le corselet d'Ambroise Paré quand il était enfant, ce qui n'était pas très différent de se retrouver plié en deux dans le petit coffre sous le siège arrière du carrosse blanc et parfumé de Milady de Winter.

En plus d'être coincé, tordu comme un contorsionniste dans l'obscurité d'un petit cercueil recouvert d'un coussin au point d'être prêt à hurler, il avait dû écouter pendant près d'une heure les échanges écœurants entre la comtesse de Winter et le duc de Buckingham qui se séduisaient l'un l'autre. Les sous-entendus flagrants de Milady n'étaient surpassés que par les traits d'esprit graveleux et suffisants du duc, et de Fontrailles se sentit soulagé quand ils s'arrêtèrent enfin de parler pour se déshabiller mutuellement. Mais cet interlude trop bref fut suivi, à quelques centimètres des oreilles de Louis, par les coups rythmés, les cris passionnés et les gémissements théâtraux d'un rapport sexuel très athlétique. Il sembla durer éternellement, tant et si bien que Louis se demanda s'il arriverait encore à bouger quand le signal de jouer son rôle viendrait enfin.

Quand les trois coups secs retentirent enfin sur le couvercle de son cercueil, il faillit ne pas les entendre, croyant à un nouveau battement d'extase. Mais il comprit qu'on lui faisait signe, et il tâtonna sur la porte jusqu'à trouver le loquet qui la maintenait fermée.

Il n'avait pas spécialement peur que le duc l'entende, étant donné le bruit que le carrosse faisait en roulant sur les routes de terre de la banlieue londonienne (sans parler du bruit considérable que faisait le couple), mais il craignait que Buckingham baisse les yeux et le voie s'extirper de son siège-cachette. Après avoir ouvert la trappe, son premier geste fut de passer la tête à moitié pour voir où regardait le duc.

Bien sûr, il n'avait pas besoin de s'inquiéter : l'attention entière de Buckingham était tournée vers son propre plaisir, et il n'aurait probablement pas remarqué si une troupe de cavalerie légère avait traversé le carrosse d'une porte à l'autre. Son vigoureux accouplement avec Milady touchait à sa fin, et la vue de deux belles personnes en train de faire l'amour avec un abandon total aurait pu captiver l'attention de Louis, s'il ne s'était pas rendu compte qu'il ne sentait plus ses jambes et qu'il était peut-être paralysé en dessous de la ceinture.

Dans un moment de terreur à l'idée d'être infirme de façon permanente, Louis sortit de sa manche une paire de ciseaux de broderie et se la planta violemment dans la cuisse. Dieu merci, il sentit le coup !… À tel point qu'il cria sans le vouloir, tenta de se redresser, et se cogna la tête contre la porte du coffre.

Il resta allongé un moment, la vision trouble, puis il réalisa que la hauteur des cris et des gémissements du ballet charnel sur le siège au-dessus de lui commençait à monter crescendo et qu'il n'avait que quelques secondes pour agir. Il se saisit à nouveau des ciseaux de broderie et chercha frénétiquement des yeux son objectif.

(Maudits ciseaux de broderie : outil que Milady lui avait donné, il en était convaincu, pour ajouter à son humiliation, car ils étaient taillés en forme de gracieux héron de métal, les petites lames formant son fin bec. N'aurait-elle pas pu lui remettre de courtes cisailles puissantes, ou disons un petit poignard aiguisé ? Non : il avait fallu qu'elle lui donne de minuscules ciseaux en forme d'oiseau.)

Il vit son but : un large ruban de soie bleu roi, orné d'une dizaine de ferrets de diamants assortis, qui dépassait d'un pourpoint posé à portée de main. De Fontrailles sortit la partie supérieure de son corps du coffre, se saisit du ruban à deux doigts et le tira vers lui, ignorant la douleur qui le lançait le long de sa colonne vertébrale, ainsi que les halètements et la soudaine pluie de minuscules gouttes nacrées au-dessus de lui. Il avait les ciseaux dans l'autre main ; en deux coups rapides, il détacha deux des ferrets de diamants, les glissa dans une bourse et remit le ruban sous le pourpoint. Ensuite, il s'enfonça à nouveau dans le coffre qu'il haïssait tant et referma la porte derrière lui, au moment où Milord et Milady laissaient échapper un grognement final et s'effondraient lourdement sur le sol devant sa cachette.

Merdieu ! pensa Louis. *Je n'ai même pas eu le temps de vérifier si Milady était une vraie blonde.*

XIX

ÉCLABOUSSURES DE CHAMPAGNE

Louis d'Astarac voyait des images mentales floues et superposées d'Isabeau de Bonnefont et de Lucy Hay, ce qui l'inquiéta, et il décida de bien approfondir la question. Plus il y pensait, plus les choses empiraient. Ses souvenirs chéris des agréables après-midi en Armagnac passés avec Isabeau empruntaient de drôles de chemins mentaux tandis qu'il essayait d'imaginer lady Carlisle à la place de la demoiselle de Bonnefont, allongée dans un boudoir rempli de plantes à discuter de la vie, de la nature et de l'art. Et quand il se rappelait comme souvent sa première rencontre avec la comtesse de Carlisle complètement nue dans la chambre du notaire, la scène se changeait en un fantasme où il trouvait Isabeau dans la même situation, qui l'invitait au lit.

Qu'est-ce qui se cachait derrière la confusion entre les deux femmes ? Était-ce leur ressemblance superficielle, ou bien était-il sujet au désir universel masculin de coucher avec toutes les femmes qu'il rencontrait ? Si oui, qu'est-ce que cela disait de son amour véritable pour Isabeau ? Il essaya d'imaginer Isabeau assez forte pour braver les donjons de Bicêtre à la poursuite d'un but, ou capable d'empoisonner un rival, mais il n'y arriva pas. D'un autre côté, comment pouvait-il admirer le caractère de lady Carlisle alors qu'elle était tant endurcie qu'elle était capable d'assassiner quelqu'un qui ne lui avait jamais causé aucun tort ?

Isabeau avait passé toute sa vie dans les collines d'Armagnac. Si elle avait été élevée en créature des cours royales de France et d'Angleterre comme Lucy Hay, aurait-elle été plus urbaine et mondaine, ou simplement plus cynique et cruelle ? Si lady Carlisle avait grandi dans un refuge reculé comme l'Armagnac, serait-elle une créature d'innocence et de charmante naïveté ?

Non, cela semblait peu probable.

Il soupira car ses rêveries arrivaient toujours à la même conclusion : en tous les cas, aucune des deux femmes (pas plus que n'importe quelle autre) n'allait le regarder sérieusement tant que son dos serait bossu et ses membres tordus.

« Pssst ! siffla Cocodril. Si Monseigneur veut bien se donner la peine d'interrompre ses contemplations sans doute profondes, il constatera que le vénéré maréchal Bassompierre ronfle si fort qu'on l'entend d'ici. »

Revenant, avec soulagement, à l'affaire en cours, Louis vit que Cocodril avait raison. La résidence londonienne de Bassompierre était une maison sur Leadenhall Street avec un petit jardin à l'arrière. De Fontrailles et Cocodril se trouvaient dans ledit jardin, accroupis derrière une fenêtre, tandis qu'à l'intérieur le maréchal ronflait comme un buffle asthmatique.

Lentement, de Fontrailles se redressa jusqu'à ce que ses yeux atteignent le rebord de la fenêtre afin de regarder dans la chambre de l'ambassadeur. Le vieux roué, allongé sur le dos dans son lit, le visage détendu par le sommeil, était éclairé par deux chandelles de cire qui vacillaient. La jeune femme éveillée à ses côtés repéra de Fontrailles qui observait par la fenêtre, se redressa et lui fit gaiement un signe.

« Ha ! dit une voix près du coude de De Fontrailles. C'est un joli p'tit lot, pour sûr !

— Breedlove ! s'exclama de Fontrailles en posant une main sur son torse. Vous avez failli me causer une crise cardiaque ! Que faites-vous ici ? Vous êtes supposé rester près des chevaux pour que nous puissions filer en vitesse.

— Je n'voulais rien rater, Vot' Seigneurie, dit Breedlove, son seul œil luisant dans la pénombre. J'ai presque tout fait dans ma vie, mais j'ai jamais été espion. Les chevaux vont bien – j'les ai attachés avec des nœuds que seuls les marins connaissent.

— Et qui peuvent être coupés à l'aide d'un couteau comme tous les voleurs en portent, donc retournez-y et faites ce qu'on vous dit. Merdieu ! Vous êtes encore à l'essai, vous savez, et je peux vous renvoyer sans raison à n'importe quel moment durant les quatre-vingt-dix prochains jours.

— À vos ordres, c'est vous le cap'taine, répondit Breedlove en boudant. Mais s'il se passe quelque chose d'excitant, sifflez, d'accord ? »

De Fontrailles le regarda s'éloigner et songea avec regret aux failles de ses méthodes de recrutement, puis il se tourna vers Cocodril et lui dit :

« Bien, entrons. Mais sans faire de bruit, compris ?

— Je serai telle la plume dans le zéphyr estival, Monseigneur !

— Oui, je crois que cela devrait suffire. »

De Fontrailles ouvrit délicatement la porte, que la jeune femme qu'il avait engagée avait déverrouillée, et pénétra dans la chambre à coucher de Bassompierre. Les chandelles vacillèrent au moment où la brise nocturne entra dans la pièce, avant que Cocodril, derrière de Fontrailles, referme la porte. Les flammes dansantes se reflétaient dans les yeux brillants de la jeune femme sur le lit, laquelle était assise le drap remonté sur la poitrine et les regardait avec curiosité. Cocodril ôta son chapeau pointu et s'inclina galamment devant elle ; elle sourit et lui adressa un clin d'œil.

De Fontrailles claqua silencieusement des doigts devant le visage souriant de Cocodril et murmura :

« Reste concentré sur notre affaire. Nous sommes là pour trouver un livre, tu te rappelles ?

— Bien sûr, Monseigneur. Vous pouvez compter sur moi, chuchota-t-il, encore souriant. Mais la galanterie ne prend jamais de vacances ! »

De Fontrailles le fusilla du regard et lui fit signe de se taire, puis il se retourna pour inspecter la pièce. C'était un enchevêtrement de grandes valises, de caisses et de malles à moitié défaites. S'ils devaient tout fouiller, ils allaient y passer la nuit – fort heureusement, ils savaient où chercher. À la demande de De Fontrailles, Boisloré avait suborné le valet de chambre du maréchal avec une belle quantité d'or du cardinal. Après une brève négociation et le transfert d'un acompte, l'homme avait décrit l'aspect et la localisation de la boîte qui contenait les livres de Bassompierre, et avait accepté de présenter une jeune courtisane (également à la solde de Boisloré) au maréchal un soir où il n'avait pas d'autre engagement féminin.

Milady de Winter, qui avait insisté pour qu'on la mette au courant des plans de De Fontrailles, avait trouvé l'arrangement trop complexe.

« Pourquoi ne pas simplement assassiner cet homme dans son lit et lui dérober le livre ensuite ?

— Assassiner l'ambassadeur Bassompierre ? avait bredouillé de Fontrailles. J'arrive à peine à dire le mot, donc je ne saurais passer à l'acte. Et je ne crois pas que le cardinal approuverait. Mieux vaut que nous fouillions les bagages de Bassompierre ; j'arrive à peine à envisager cette idée. »

Milady offrit ensuite à de Fontrailles de lui prêter son singe fétiche pour s'occuper du larcin. « Il y arriverait sans problème, dit-elle. Il est rapide, discret et agile, et il obéit mieux aux ordres que les rustres qui vous assistent en ce moment. »

De Fontrailles, qui aurait préféré que Milady s'occupe de ses propres affaires, répondit :

« Si votre singe est aussi fort que vous le dites, pourquoi ne pas l'avoir caché sous le siège de votre carrosse pour voler les diamants ?

— Oh, je ne confierais pas une mission importante à un singe ! dit-elle d'un ton espiègle.

— Au fait, pourquoi ne vouliez-vous que deux diamants ? Pourquoi ne pas les prendre tous ?

— Ce sont les affaires du cardinal, répondit-elle. Si j'étais vous, je m'intéresserais davantage à ses préoccupations les moins importantes, comme votre mission. Il peut être dangereux de se laisser dépasser. »

Quel ange, pensa Louis. C'était énervant de devoir déférer à cette femme, mais elle occupait un poste plus important et n'était pas près de lui laisser l'oublier. Il ravala son irritation et dit :

« Je vous remercie pour ces conseils, Milady de Winter.

— Si vous comptez employer les titres honorifiques anglais, essayez de le faire correctement, monsieur. C'est simplement Milady Winter, dit la beauté blonde, froide comme la pierre. Où avez-vous appris l'anglais ? »

Au moins cette fois il n'avait pas besoin de composer avec une petite paire de ciseaux de broderie ridicule – uniquement avec un assistant souriant qui ne pouvait pas s'empêcher d'échanger des regards avec la femme dans le lit de l'ambassadeur. « Viens, Cocodril, murmura de Fontrailles en tirant la manche de son serviteur. C'est dans ce coin-là. Aide-moi à déplacer cette malle. »

Ils soulevèrent la grande malle en bois et cuir et la mirent délicatement de côté. Dans l'ombre derrière se trouvait le coffre à livres en chêne que le valet de Bassompierre avait décrit. De Fontrailles s'agenouilla devant et glissa les doigts sur le dessus et les côtés, mais il ne trouva pas comment l'ouvrir dans l'obscurité. Il murmura à Cocodril : « Va chercher une de ces chandelles que je puisse voir ce que je fais. »

Les chandelles se trouvaient près du lit – où la femme était allongée. « À bien y réfléchir, je vais la chercher moi-même. Reste là. »

L'ambassadeur spécial ronflait toujours, mais il avait changé de position. Grisonnant et en léger surpoids, Bassompierre était toujours un bel homme, qui avait eu la réputation d'être l'un des plus grands débauchés de France en son temps. Il renifla et sourit un peu dans son sommeil... peut-être, pensa Louis, rêvait-il de la jolie jeune femme bien en chair qui réchauffait l'autre côté de son lit. Un demi-sourire sur son visage rosi, elle inspectait toujours attentivement tout ce qui se passait, comme une spectatrice d'un de ces théâtres de l'autre côté du fleuve à Southwark. De Fontrailles lui fit un signe de tête en attrapant une des chandelles, et elle lui répondit en souriant.

Une fois la caisse illuminée par la bougie, la raison pour laquelle il n'avait pas pu l'ouvrir devint évidente : le maudit contenant était verrouillé. Le valet, maudit soit-il également, n'avait rien mentionné à ce sujet.

« J'aurais aimé que Beaune soit là, marmonna de Fontrailles.

— Que faisons-nous à présent, Monseigneur ? demanda Cocodril.

— Nous ne pouvons la forcer ici sans risquer de réveiller le maréchal, dit de Fontrailles. Nous allons devoir la transporter dans le jardin. »

Elle était lourde, mais suffisamment légère pour être soulevée à deux, même si l'un des porteurs était bossu. De Fontrailles prit les devants, reculant soigneusement vers la porte du jardin, en vérifiant par-dessus son épaule qu'il ne trébuchait sur rien.

Pendant ce temps, Cocodril faisait les yeux doux à la fille sur le lit, laquelle plissa les lèvres pour lui envoyer un baiser puis descendit le drap afin de lui montrer un de ses seins ronds. Cocodril lui adressa un grand sourire et, tout en tenant toujours le coffre à livres, exécuta une jolie révérence. Louis regarda avec horreur son fourreau s'élever en l'air dans son dos et venir renverser une carafe vénitienne à moitié pleine sur la table.

Louis pensa que le bruit de la carafe se brisant au sol était le plus fort qu'il avait jamais entendu de sa vie – jusqu'à ce que Cocodril, aspergé par un jet de champagne, lâche l'extrémité de la boîte et la laisse tomber au sol avec fracas.

L'ambassadeur s'arrêta immédiatement de ronfler et bredouilla : « Hein ? Hein ? Questcequecest ? »

Les yeux écarquillés, de Fontrailles regarda la jeune femme assise près de Bassompierre, tandis que celui-ci peinait à sortir des profondeurs du sommeil, mais elle continuait d'observer la scène avec plaisir et ne montrait aucune envie d'intervenir. En panique, le vicomte fonça jusqu'au lit, saisit la fille surprise par les épaules, la tourna vers Bassompierre et l'envoya, les seins en avant, contre le visage du maréchal. Celui-ci renâcla à nouveau, puis il émit un son joyeux, passa un bras autour de la femme et se rendormit.

Louis laissa échapper un soupir qu'il ignorait contenir. La jeune femme eut tardivement l'idée de chanter une douce berceuse à l'oreille de l'ambassadeur. De Fontrailles lança un regard noir à Cocodril, mais son serviteur ne semblait pas embarrassé le moins du monde. Puis il entendit un léger craquement venu des portes intérieures derrière lui, et il se tourna pour les voir s'entrouvrir à peine et laisser apparaître la grosse tête du valet de Bassompierre, qui déglutit nerveusement et fit trembler son triple menton.

De Fontrailles lui adressa un sourire consterné et d'un doigt lui fit signe d'approcher. L'homme regarda anxieusement vers le lit du maréchal, mais il n'entendit que les ronflements de son maître, alors il soupira, hocha la tête et entra dans la chambre, refermant délicatement la porte derrière lui.

De Fontrailles mena le gros valet jusqu'au coffre à livres, le pointa du doigt et mima l'insertion d'une clé dans une serrure. Le domestique haussa les épaules, ce qui fit à nouveau tressauter son menton, et sourit platement. Cocodril s'avança d'un air menaçant derrière lui et porta la main à son épée, tandis que le vicomte indiquait le valet et mimait une décapitation. Celui-ci grogna en silence, pointa de Fontrailles du doigt et fit semblant de se passer une corde au cou et de tirer dessus.

De Fontrailles lui lança un regard noir, puis il utilisa le geste universel synonyme d'argent. Le valet sourit et acquiesça lentement. De Fontrailles sortit sa bourse et compta dix pistoles espagnoles dans la main ouverte du domestique. Quand il s'arrêta, ce dernier fit une moue dédaigneuse en regardant les pièces et prétendit les rendre avec dégoût. Louis l'en empêcha d'une main ouverte, puis il sortit dix pistoles de plus. L'autre eut l'air satisfait, glissa les pièces discrètement dans sa bourse, tapota ses vêtements et sortit une clé d'une poche intérieure avec une expression de surprise feinte. Le vicomte prit la clé, s'assura qu'elle rentrait dans la serrure, puis il pointa la porte intérieure du doigt et renvoya le valet d'un geste.

Une fois que le domestique eut quitté la pièce et fermé la porte derrière lui, Cocodril murmura :

« Et maintenant, Monseigneur ? On l'ouvre ici ?

— Non, répondit de Fontrailles. Je crois qu'il vaut mieux l'emporter dans le jardin. Ramassons-la – mais cette fois ne la lâche pas ! »

Cocodril parut blessé, mais il tint fermement le coffre et ils réussirent à l'apporter au milieu du jardin avant de le poser sur un banc de marbre. Il s'ouvrit facilement à l'aide de la clé, et la partie supérieure se souleva en un craquement pour révéler la bibliothèque de voyage personnelle de Bassompierre. Il y avait environ deux dizaines de livres, neufs et anciens, petits et grands – mais Louis se rendit rapidement compte qu'aucun d'entre eux n'était *Les Trois Mystiques Clercs de Christian Rosenkreutz*. Il les parcourut une seconde fois, presque frénétiquement, quand il remarqua un morceau de papier plié et glissé dans un exemplaire du *Recueil des Dames* de Brantôme. Il le sortit et lut :

J'étais là la première. Ne restez pas là bouche bée comme un garçon de ferme.

Le mot n'était pas signé. Mais Louis savait très bien qui l'avait rédigé.

XX

LA TRAÎTRISE

Le vicomte de Fontrailles était agacé. Il lui semblait que, depuis qu'il avait rencontré la comtesse de Carlisle, il se trouvait dans un état d'exaspération permanent. Il se demanda s'il serait moins irrité s'il se faisait damer le pion sans arrêt par un homme plutôt que par une femme. En tant que noble de France, il avait toujours pris pour article de foi qu'il était supérieur à toutes les femmes, même s'il n'était qu'un bossu. Dans les salons parisiens, il avait entendu l'idée selon laquelle les femmes pouvaient être, à leur délicate manière, égales voire supérieures aux hommes dans certains domaines précis, mais il ne lui était jamais venu à l'esprit de prendre cette idée au sérieux. Pourtant cette Lucy Hay semblait avoir le dessus quand il s'agissait de jouer au plus fin, domaine où il se considérait comme plus fort que la plupart des hommes.

De Fontrailles éternua et blasphéma affreusement. En plus du reste, la météo anglaise commençait à l'énerver. Ils rentraient à l'auberge où ils étaient logés par une nuit « aussi sombre que le cœur d'un Hollandais », d'après Breedlove, à respirer un air qui semblait composé à parts égales de brouillard et de pluie. L'eau gouttait sur le nez de De Fontrailles, coulait dans son cou et s'insinuait entre ses orteils. S'il avait eu un chien, il lui aurait donné un coup de pied, mais il n'en avait pas, donc il passa sa mauvaise humeur sur son serviteur.

« Cocodril, tu as bien failli faire rater tout le cambriolage avec tes galanteries ridicules envers la fille du lit de Bassompierre. Peux-tu m'expliquer ? As-tu été engagé par mes ennemis ?

— Monseigneur me blesse jusqu'au cœur ! » Cocodril se frappa la poitrine d'un geste théâtral. « Comment pouvez-vous douter de ma loyauté après ce que nous avons vécu ensemble ? De plus, vos ennemis ne semblent pas estimer Votre Seigneurie à sa juste valeur, car les sommes qu'on m'a proposées pour vous trahir étaient bien maigres et ne méritaient aucune considération.

— Ah, très drôle, Cocodril – il faut croire que je l'ai bien mérité. Écoute, je ne remets pas vraiment en question ta loyauté, mais simplement ton jugement.

— Et dans le but d'améliorer mon jugement, Monseigneur, j'étudie vos méthodes de près, et j'espère obtenir un succès duquel je pourrai tirer une leçon bénéfique.

— Aïe. Changeons de sujet. Breedlove, sommes-nous bientôt arrivés ? Peut-être arriverions-nous plus vite si nous essayions de nager au lieu de marcher ?

— Nous y sommes, Vot' Seigneurie : Le Chat et l'Infidèle. »

Breedlove leva sa lanterne pour montrer l'enseigne au-dessus de la porte qui représentait un Turc pittoresque avec un félin tigré. Le vieux marin s'ébroua comme un chien, aspergeant les deux autres, et dit :

« Je m'occupe du feu et de trouver une tasse de vin chaud !

— Un excellent plan, dit de Fontrailles en passant la porte pour pénétrer dans la chaleur enfumée de l'auberge. Peut-être que ce sont les méthodes de Breedlove que nous devrions étudier, Cocodril. »

Le tavernier arriva à la hâte avec une lettre pour le vicomte, qu'il avait été chargé de remettre à Milord Fontrailles dès son retour. Louis vit qu'elle était écrite par la même main qui lui avait laissé la note trouvée dans le coffre à livres de Bassompierre. Il brisa le sceau et la déplia :

Mon cher Louis,
Si vous n'avez pas encore essayé d'obtenir ce que vous cherchez auprès de Son Excellence l'ambassadeur, ne vous donnez pas cette peine : j'ai déjà le livre. Cependant, je crois que nous pourrions encore avoir besoin l'un de l'autre, et j'ai une proposition à vous faire qui, je pense, vous paraîtra intéressante. Retrouvez-moi dès que vous le pouvez sur la barge la plus éloignée amarrée à Buttolph Wharf.
« Camille »

« Une autre lettre de l'amie de Monseigneur ? demanda Cocodril d'un ton léger en essayant de la lire sans qu'on le voie.

— En effet, répondit de Fontrailles en la repliant. Et elle veut me voir immédiatement. Breedlove, connaissez-vous Buttolph Wharf ?

— Comme ma poche ! Bien des fois, j'ai…

— Cela suffira. Veuillez avoir l'amabilité de nous y conduire.

— Comment ? Monseigneur a l'intention de ressortir ce soir ? »

Cocodril était atterré.

« Il pleut trop pour toi, Cocodril ? Tu préfères peut-être rester en retrait ?

— Nullement ! Je m'inquiète simplement pour la santé de Votre Seigneurie.

— Je suis très touché. Crois-moi, je n'ai pas plus envie de ressortir cette nuit sous la pluie battante que toi, mais si j'ai une chance de sauver la mission, je vais la saisir. Merdieu ! » Il cogna du poing sur la table la plus proche. « J'en ai assez d'en avoir assez, et je ne suis pas d'humeur à ce qu'on me prenne encore pour un imbécile ! Nous partons dans un quart d'heure, ce qui devrait laisser suffisamment de temps pour enfiler des vêtements secs. Des questions ? » Cocodril et Breedlove regardèrent de Fontrailles les yeux écarquillés et secouèrent la tête. « Bien. C'est ce qui me semblait. »

Il avala sa tasse de vin chaud et se dirigea vers l'escalier qui menait à sa chambre.

De manière inexplicable, il faisait encore plus sombre à Buttolph Wharf que dans les ruelles étroites empruntées pour s'y rendre. De Fontrailles demanda à voix basse :

« C'est là, le petit bateau au bout du quai ?

— Oui, cap'taine – mais ce n'est pas un simple bateau. » La réponse de Breedlove fut presque avalée par le brouillard. « C'est une barge à livarde, comme vous n'en verrez que sur les fleuves de la Manche. Je monte à bord, Vot' Seigneurie ?

— Non, j'y vais en premier. Mais tenez la lampe afin que je puisse voir la planche – je n'ai pas envie de faire un plongeon dans la Tamise ce soir. »

De Fontrailles ajusta son col de dentelle et tenta de redresser la plume de son chapeau, mais elle était trempée et refusa de faire autre chose que pendre tristement sur son épaule tordue. À l'auberge, en cherchant des vêtements secs dans ses bagages, il avait sorti sa meilleure tenue ; une fois qu'il eut compris ce qu'il était en train d'enfiler, il s'était dit qu'il était trop tard pour sortir d'autres habits, surtout après avoir fait un discours à ses loyaux serviteurs sur la nécessité d'agir sans délai. Même s'il était à nouveau trempé jusqu'à l'os, au moins les vêtements mouillés qu'il portait étaient élégants. Il redressa les épaules, autant que possible, et s'avança délicatement sur la planche de la barge.

Cocodril et Breedlove suivirent. Il était assez évident de savoir où ils devaient aller : la barge ne contenait qu'une seule cabine à la poupe, et un mince rayon de lumière filtrait sous son unique porte. De Fontrailles avança jusqu'à la cabine et toqua, et une voix familière lui répondit :

« Entrez.

— Attendez-moi dehors, dit le vicomte à ses hommes.

— Comment, sous la pluie ? demanda Cocodril.

— Serez-vous en sécurité ? ajouta Breedlove.

— Je vais m'en sortir. J'ai mon pistolet », répondit de Fontrailles.

Pourtant, il n'était pas sûr de pouvoir compter sur l'arme, même si elle était emballée dans un morceau de toile cirée pour la maintenir à l'abri de l'humidité anglaise. Il n'y avait aucun moyen de vérifier la poudre et l'amorce à l'extérieur sans les exposer à la pluie tant redoutée. *Ah, tant pis. Allons-y tout de même*, pensa-t-il avant d'ouvrir la porte.

Lady Carlisle était assise sur une malle près d'un petit poêle luisant, complètement enveloppée d'une riche cape de laine, visiblement seule dans l'unique pièce de la cabine. *Cela ne veut pas dire qu'elle n'a pas de complices à portée de main*, se dit Louis. Il retira son chapeau trempé et salua.

Lucy Hay sourit et imita la révérence sans se lever.

« Bonsoir, monsieur le vicomte, dit-elle d'un ton léger. Vous êtes prompt – c'est une chose que j'apprécie chez mes hommes.

— Je ne suis pas encore votre homme, madame », répondit de Fontrailles, encore debout au niveau de la porte.

Il jeta un œil dans la cabine ; une lampe brûlait sur une petite table, éclairant la pièce comme il fallait. Ils semblaient seuls.

« Vous m'excuserez de me montrer un peu méfiant, mais nos rencontres précédentes m'ont poussé à la prudence.

— Oh, vraiment, Louis – la prudence est une qualité inconvenante pour un cavalier. Après tout, de quoi vous plaignez-vous ? Vous désirez le seul exemplaire des *Trois Mystiques Clercs*, n'est-ce pas ? Eh bien, je l'ai… et je suis disposée à le partager avec vous. »

Elle croisa les mains sur ses genoux et sourit à nouveau. Elle était bien trop gentille.

De Fontrailles pencha la tête d'un air sceptique et dit :

« Vous voulez le livre pour Buckingham et moi pour Richelieu. Comment pourrions-nous le partager ?

— Je ne suis pas partie en quête du livre pour le remettre au duc. Je le voulais pour moi, parce que je veux m'en servir. Et j'imagine que vous avez la même motivation. N'est-ce pas ? »

Elle haussa un fin sourcil.

Ce n'était pas ce à quoi Louis s'attendait.

« Vous en servir ? Comment ? Et pourquoi ?

— Je vais commencer par "pourquoi", si vous voulez bien vous approcher du poêle pour vous sécher. » Elle fit un geste vers un tabouret libre près de sa malle. « Vraiment, j'ai froid rien qu'à vous regarder. »

Prépare-toi, Louis, à entendre une histoire pathétique. Il s'avança vers elle, s'inclina une nouvelle fois et prit place sur le tabouret. Il faisait bien meilleur près du feu. « Très bien, madame. Je vous écoute. »

Elle enleva le capuchon de sa cape, libérant ses cheveux noirs.

« J'aime les hommes qui écoutent, dit-elle, le regard souriant. Il y en a si peu. Comme vous le savez sans doute, je suis une Percy ; je m'appelais Lucy Percy avant d'épouser James Hay. Mon père est le neuvième comte de Northumberland. C'est un homme sage et instruit, mon père. Il a été le conseiller de la reine Elizabeth et un bon ami de sir Walter Raleigh, mais il a perdu les grâces de la couronne sous Jacques Ier. Avez-vous entendu parler, dans votre coin reculé de France, de la conspiration des Poudres ?

— Un complot ourdi par des catholiques radicaux pour faire sauter le Parlement, n'est-ce pas ? Il y a une vingtaine d'années, il me semble.

— Oui, en 1605. L'un des cousins de mon père était impliqué, et ce cousin avait dîné avec lui la veille des arrestations, donc mon père s'est retrouvé mêlé à l'affaire. Il n'avait aucun lien avec la conspiration, mais la Chambre étoilée l'a condamné à l'emprisonnement à la tour de Londres. Pendant quinze ans, je n'ai pu voir mon père qu'en lui rendant visite en prison.

— Mais il n'y est plus ?

— Mon mari a été l'un des premiers favoris du roi Jacques, et il s'est servi de son influence auprès de Sa Majesté pour faire sortir mon père il y a cinq ans. Mais il est toujours officiellement en disgrâce, exilé dans son domaine de Petworth. Le nouveau roi, Charles, n'a rien contre lui mais… – son expression s'endurcit –… Buckingham fait tout pour que mon père ne retrouve pas son statut. C'est lui le favori et le Premier ministre, et il ne veut voir auprès du roi personne dont la stature et l'intégrité pourraient le discréditer.

— Je crois comprendre, intervint de Fontrailles, intrigué malgré lui. Au nom de votre père, vous pensez ne devoir aucune faveur à Buckingham.

— En mon nom aussi. » Elle leva le menton légèrement et ses yeux brillèrent. « Il s'est servi de moi pour accéder au pouvoir, a abusé de ma confiance et… de mes sentiments. Maintenant qu'il est quasiment assis sur le trône, il continue de m'utiliser. » Elle serra les deux poings, se pencha en avant et dit à travers ses dents : « Je vais m'assurer qu'il tombe. »

De Fontrailles recula inconsciemment sur son siège face à une telle intensité.

« Très bien, répondit-il lentement. Je comprends votre point de vue. Mais comment *Les Trois Mystiques Clercs* pourraient vous aider à faire tomber le duc et remettre votre père à sa juste place ? Et qu'ai-je à voir là-dedans ?

— J'ai des raisons de croire que ce livre renferme un pouvoir contre lequel Buckingham ne pourra pas se défendre ! Mon père a passé sa vie à étudier les mathématiques, l'astrologie et l'alchimie ; durant le règne de la reine, on l'appelait même le “Comte Sorcier”. Mon père a étudié les travaux de Bruno, et il a été mécène du Dr Dee et de Thomas Harriot. Même dans la tour, il passait son temps entre lectures et expériences ésotériques. Depuis qu'il a entendu parler du livre, il meurt d'envie de l'avoir, car on raconte qu'il contient toute la sagesse des rosicruciens en formules applicables permettant de déverrouiller les secrets de la création. Mon père sait plus de choses à ce sujet que n'importe qui en Europe – et il y croit, donc moi aussi.

— Pourquoi ne pas lui amener le livre, alors ? On dirait bien qu'il saurait quoi en faire.

— Cela ne fonctionnerait pas. Peu importe à quel point il a été malmené, à quel point il a été traité de façon injuste, mon père n'utiliserait jamais les pouvoirs de la cabale chrétienne pour son propre avancement ou pour faire du mal aux autres. Il croit qu'il serait dangereux d'utiliser l'alchimie spirituelle pour autre chose que le bien. » Elle secoua la tête. « Non, il croirait qu'il irait de son devoir d'offrir le pouvoir du livre au roi, qui à son tour le confierait à Buckingham, lequel renverrait mon père dans les ténèbres.

— Hmm. De ce que je sais des rosicruciens, madame, dit de Fontrailles pensivement, votre père a raison. Les formules décrites par Andreaeus servent surtout à soigner et à comprendre.

— Je n'y crois pas, et je suis surprise que vous puissiez être aussi naïf, Louis. Le pouvoir, c'est le pouvoir, peu importe comment on l'utilise. Un scalpel peut servir à soigner ou tuer. De Buckingham a le pouvoir de tout un royaume à ses ordres ; il n'y a aucune chance de l'atteindre à part peut-être l'attentat suicide. Mais je suis convaincue que le moyen de le faire tomber se cache quelque part dans ce livre ! Malheureusement… – elle soupira –… c'est un pouvoir que je ne peux révéler. Je n'en ai pas les capacités. Je ne sais même pas lire le latin ; mon père pensait que cet enseignement ne seyait pas aux filles ! Je suis intelligente, bien sûr, mais je n'ai jamais été savante, sauf si l'on compte l'étude des intrigues de cour.

— Et c'est là que j'entre en jeu.

— C'est là que vous entrez en jeu ! Vous êtes un homme instruit, étudiant les mystères rosicruciens, vous êtes rusé et Dieu sait que vous êtes têtu. Vous pouvez m'aider à utiliser le livre pour atteindre mon but, et l'utiliser pour vos propres fins, même si j'ignore ce qu'elles sont. »

Lucy Hay, le visage et la voix teintés de passion, irradiait un charme qui aurait ému n'importe quel homme. Mais la mention de « ses propres fins » apporta soudain un goût amer dans la bouche de Louis. Il se leva sur ses jambes arquées et ouvrit ses bras tordus.

« N'avez-vous vraiment aucune idée de pourquoi je me servirais de ce livre ? Êtes-vous donc tant hypocrite ? Regardez-moi, lady Carlisle.

— Mais… » Elle sembla surprise un moment, puis elle sourit et dit : « Allons, je vous ai vu dans votre plus simple appareil, souvenez-vous. Vous n'êtes pas si affreux que cela, vous savez ? J'ai rencontré un certain nombre d'hommes qui étaient plus laids de l'intérieur que vous ne l'êtes de l'extérieur. Est-ce pour changer cela que vous êtes prêt à risquer votre vie ?

— Qu'en savez-vous ? répondit-il avec plus d'amertume qu'il n'aurait souhaité. Vous, l'une des plus belles femmes de la création divine. Vous n'avez jamais… oh, que la peste m'emporte. » Il s'assit brusquement. « La femme que j'aime – elle m'a éconduit.

— Ah. Une femme. » Lady Carlisle hocha la tête. « Évidemment qu'il y en a une. Et elle vous a repoussé ? Alors c'est une idiote. Ne pensez plus à elle.

— Une de perdue, dix de retrouvées, c'est bien cela ? Eh bien pas pour moi. Je l'aime. De plus, si j'abandonne l'idée de la séduire, quelle raison aurais-je de vous aider ? Saper le pouvoir du Premier ministre d'Angleterre à l'aide de la magie noire n'est pas une tâche aisée.

— Alors vous le ferez ? Oh, Louis ! Je pourrais vous embrasser !... Mais vous êtes amoureux d'une autre.

— Eh bien, je ne suis pas encore marié avec elle, répondit de Fontrailles en rougissant malgré lui. Alors, où est le livre ? J'imagine que vous ne l'avez pas avec vous en ce moment ?

— Et pourquoi pas ? Je sais que vous êtes bien trop scrupuleux pour le prendre de force à une dame seule. Il est dans la malle sur laquelle je suis assise.

— Vraiment ? » De Fontrailles se releva d'un bond. « Puis-je... puis-je le voir ?

— Bien sûr, mon garçon. Laissez-moi juste le temps de rajuster mon jupon. »

Moins d'une minute plus tard, il le tenait entre ses mains éhontément tremblantes : *Les Trois Mystiques Clercs de Christian Rosenkreutz*. C'était un livre lourd, relié de cuir épais et rigide estampillé de lettres d'or, dont le titre au dos avait été arraché et dont le moraillon du cadenas de bronze avait été forcé. De Fontrailles leva la languette cassée et demanda :

« Il était dans cet état quand vous l'avez trouvé dans le coffre de Bassompierre ?

— Eh bien... non. J'ai bien peur de l'avoir endommagé moi-même. J'avais soudoyé le valet pour qu'il m'ouvre la boîte, mais apparemment je ne l'ai pas payé assez pour qu'il me fournisse la clé du livre.

— On dirait bien que c'est la procédure, avec lui. Eh bien, j'ai beaucoup souffert pour arriver jusqu'à cet ouvrage, dit de Fontrailles en prenant une grande inspiration. Regardons à l'intérieur. »

Il y eut soudain une série de bruits sourds sur le pont à l'extérieur, ainsi qu'une sorte de cri étouffé. « Que le diable m'emporte ! Tenez, cachez-le, vite. »

Elle se saisit du livre.

« Qu'allez-vous faire ?

— Attraper mon pistolet et voir ce qui se passe. »

Il eut juste le temps de sortir son arme et vérifier qu'elle était bien chargée avant que la porte de la cabine s'ouvre à la volée. C'était Cocodril. « Attention, Monseigneur ! cria-t-il. Lancez-moi votre pistolet ! Vite ! »

De Fontrailles le lui envoya par en dessous. Cocodril l'attrapa aisément, fit tourner la crosse dans sa main, puis il actionna le rouet et pointa le canon vers son maître.

« Je suis désolé, Votre Seigneurie. » Il sourit et haussa les épaules. « Ne bougez pas, ou je serai obligé de vous tirer dessus.

— Cocodril ! cria de Fontrailles. Qu'est-ce que cela signifie ? Baissez ce pistolet ! »

Cocodril ne répondit pas et continua de le tenir en joue en s'éloignant de la porte.

Dans la cabine entra Milady Winter.

Elle portait une cape blanche exquise traitée de manière à repousser l'eau, de sorte que les gouttes perlaient à la surface, luisantes comme des milliers de perles, et malgré la météo son visage et ses cheveux semblaient aussi impeccables que si elle sortait de son boudoir. Mais ce qui attira l'attention de Louis fut le petit pistolet gravé d'or qu'elle tenait d'une main ferme et élégante.

« Vous pactisez avec l'ennemi, monsieur le vicomte ? dit-elle doucement. Honte à vous. Monsieur le cardinal sera si déçu.

— Vous avez déjà vos diamants, répondit de Fontrailles. Que venez-vous faire ici ?

— La volonté du cardinal est la mienne, comme vous l'avez si joliment formulé. Il vous a envoyé à Londres pour récupérer un certain objet. Je veux juste m'assurer qu'il l'obtienne.

— Je ne l'ai pas encore trouvé, mais j'ai convaincu la dame ici présente de m'aider. Si tout va bien, je devrais l'avoir d'ici demain soir.

— D'ordinaire, je vous croirais sur parole, dévoué au cardinal comme vous l'êtes, mais j'ai plus de jugeote que cela. » Milady fit un signe de tête à l'intention de Cocodril. « Qu'essayez-vous de cacher dans vos jupons, lady Carlisle ? Vous n'êtes pas très douée. Bien sûr, vous vous en sortiriez sûrement mieux si vous aviez plus l'habitude de garder les cuisses serrées, ajouta-t-elle avec méchanceté.

— Ce n'est clairement pas un sujet sur lequel vous pouvez vous permettre de donner des leçons ! rétorqua lady Carlisle.

— C'est assez ! cria Milady d'un ton sec. La seule chose qui m'empêche de vous abattre, c'est que je n'ai pas très envie d'attirer l'attention. Cocodril, il doit bien y avoir de la corde quelque part. Attache-les, et apporte-moi le livre.

— Tout de suite, Milady ! À votre service !

— Comment as-tu pu me faire cela, Cocodril ? dit de Fontrailles tandis que son ancien serviteur passait une corde autour de lui. Après tout ce que nous avons traversé !

— Il est vrai que je dois à Monseigneur un minimum de loyauté en échange d'un modeste salaire, mais Milady a accepté de me rémunérer d'une façon qui correspond bien plus à la valeur que je me donne. » Cocodril serra les liens. « Aussi, vous vous souvenez sans doute qu'après un fâcheux malentendu, Sa Seigneurie m'a réprimandé non pas via un discours raisonné, mais en tirant au pistolet juste devant mon visage. C'est un geste que l'on n'oublie pas facilement.

— Qu'avez-vous fait de Breedlove ? » demanda de Fontrailles en se débattant furtivement contre la corde.

Il n'y avait aucun jeu.

« Il fait une petite sieste sur le pont. Les marins peuvent dormir par n'importe quel temps, vous savez ?

— Assez bavardé, dit Milady Winter dans l'encadrement de la porte, où elle se tenait comme une statue avec son pistolet dans une main et celui de De Fontrailles dans l'autre. Tu as fini, Cocodril ? Le jour va se lever et mon navire part pour la France à la première marée du matin. Apporte-moi le livre.

— Le voilà, Milady !

— Emballe-le dans cette toile cirée et pose-le délicatement dehors.

— Louis, murmura Lucy. Je crois que vous feriez mieux de faire quelque chose.

— Je suis bien d'accord », répondit de Fontrailles. Il essaya de se tordre les mains pour se saisir des cordes qui l'entouraient, mais il n'arriva pas à les atteindre. « Des suggestions ? »

« C'est fait, Milady ! dit Cocodril. Ensuite ?

— Ensuite, tu vas renverser le poêle et jeter l'huile de la lampe sur les charbons pour que le bateau prenne feu, et on s'en va.

— Ah. Vous êtes sûre ? »

Milady pointa l'un des pistolets sur Cocodril et dit d'une voix morne :

« Je suis sûre.

— Alors votre volonté est la mienne ! » répondit Cocodril.

Il se précipita agilement vers le poêle, le renversa – à l'opposé des prisonniers, nota Louis avec une once de soulagement – et brisa la lampe sur les braises éparpillées. Les flammes s'élevèrent. Cocodril se hâta de retourner à la porte et de sortir sur le pont.

Lady Carlisle était la plus près des flammes. « *Louis !* » cria-t-elle.

Les bras de De Fontrailles étaient entravés contre son corps, mais il avait les pieds libres. En poussant un grognement guttural, il chancela et chargea Milady Winter.

Elle lui tira dessus avec son propre pistolet, il tomba au sol, et son sang coula sur le pont.

Milady lâcha le pistolet déchargé sur lui avec dédain et, ignorant les hurlements de Lucy Hay, sortit de la cabine avant de refermer la porte derrière elle.

XXI

SIR PERCY BLAKENEY

De Fontrailles attendit que la porte de la cabine se referme derrière Milady, puis il leva la tête et la secoua pour enlever le sang qui coulait sur ses yeux. Il était tombé lourdement sur le nez au moment où elle lui avait tiré dessus, et le sang en coulait comme d'une fontaine. Lucy criait ; les flammes crépitaient ; quelque chose explosa comme un coup de feu derrière lui ; Lucy cria encore plus fort.

De Fontrailles glissa un genou sous lui – Dieu que sa poitrine lui faisait mal ! –, puis l'autre. Il appuya sa tête contre la porte et se glissa vers le haut jusqu'à arriver sur ses deux pieds ; il laissa au passage une tache de sang d'un mètre sur le panneau de bois et s'accrocha une écharde dans le front.

Il essaya de pousser la porte, une fois, puis deux, mais elle ne bougea pas – Milady Winter l'avait-elle barrée de l'extérieur ? Non, il avait oublié : elle s'ouvrait vers l'intérieur. Toussant de la fumée, il secoua à nouveau la tête, principalement pour reprendre ses esprits, puis il passa un coude encore ligoté derrière la poignée de bois et la fit pivoter.

La porte s'ouvrit. L'air frais pénétra dans la cabine et le feu rugit d'approbation. De Fontrailles chancela sur le pont et Lucy hurla : « Louis ! Ne me laissez pas brûler ici ! »

Il glissa sur le pont trempé par la pluie et tomba la tête la première. Il mit du sang partout et sentit une douleur si vive dans sa poitrine qu'elle lui coupa le souffle. Pendant un moment, il ne vit rien d'autre que des feux d'artifice. Il tourna son visage face à la pluie et se remit à nouveau sur ses pieds tant bien que mal.

Il trouva Breedlove en boule sur le pont, dans l'ombre projetée par le mât dans la lumière des flammes qui s'élevaient à l'arrière. Louis lui donna des coups de pied et cria, en espérant qu'il n'était pas en train de s'acharner sur un cadavre. Mais au bout d'un moment, Breedlove bredouilla, leva une main et dit :

« Arrêtez, cap'taine !

— Levez-vous immédiatement et sortez la dame de cette cabine ! » hurla de Fontrailles désespérément.

Il essaya de soulever Breedlove avec la pointe de sa botte mais ne réussit qu'à trébucher en arrière. Il glissa à nouveau, tomba sur le dos et revit les feux d'artifice.

Quand le monde revint clairement dans son champ de vision, il aperçut Breedlove qui sortait de la fumée avec lady Carlisle sur l'épaule comme un sac de marin. Son étrange jambe de bois en spirale semblait lui apporter un certain équilibre sur le pont glissant, mais quand il arriva à côté de De Fontrailles, elle se déroba sous lui et il tomba violemment sur son séant, sans pour autant lâcher son fardeau.

« Elle s'est évanouie, mais je crois qu'elle n'est pas morte, dit Breedlove en s'arrêtant pour tousser. Elle a avalé beaucoup d'fumée. Qu'est-ce qui s'est passé ?

— Cocodril nous a trahis au profit de Milady de Winter. »

Breedlove cracha.

« J'suis pas surpris. Il faut jamais faire confiance à quelqu'un qui cause étrangement comme lui. Vous allez bien, Vot' Seigneurie ?

— Un simple saignement de nez, dit de Fontrailles. Je me suis fait tirer dessus, mais je n'ai pas été touché. » Ils entendirent des cris sur le quai et le martellement d'une cavalcade. « Le feu a attiré l'attention. Viennent-ils nous aider ?

— Non, c'est déjà trop tard. Ils veulent juste empêcher les flammes de se propager aux autres bateaux alentour.

— Alors nous ferions mieux de rejoindre le quai avant que cette embarcation ne se consume jusqu'à la surface de l'eau, dit de Fontrailles. Enlevez-nous ces cordes – la dame d'abord, afin qu'elle puisse respirer. »

Quelques minutes plus tard, de Fontrailles et Breedlove étaient assis sur un tas de cordes sur le quai, derrière une foule de pompiers et de citoyens qui observaient la barge brûler et éteignaient les moindres braises qui s'en échappaient. Lady Carlisle était toujours inconsciente, mais elle respirait à un rythme régulier, quoiqu'un peu faible.

« Et maintenant, cap'taine ? demanda Breedlove.

— Maintenant on emmène la dame en sécurité où elle pourra se reposer, pendant que je détermine les options qui nous restent. Il faut que nous l'amenions au Chat et l'Infidèle.

— On ne risque pas de croiser ce Cocodril ?

— Je ne crois pas. Milady de Winter semblait pressée d'embarquer pour la France – et vu le penchant de Cocodril pour la traîtrise, elle ne risque pas de le quitter des yeux. Je crois que nous serons en sécurité à l'auberge. »

En bordure de la foule, ils tombèrent sur une chaise à deux porteurs, lesquels venaient de déposer un baronnet chez lui après une longue soirée de jeu et s'étaient arrêtés sur le quai pour voir ce qui se passait. De Fontrailles les engagea sur-le-champ. Ils hissèrent lady Carlisle à l'intérieur, les hommes soulevèrent la chaise par les pieds, et ils avancèrent tous les quatre dans les rues boueuses jusqu'à l'auberge.

Ils étaient presque arrivés, et le ciel commençait à s'allumer à l'est, lorsque de Fontrailles entendit une toux à l'intérieur de la chaise à porteurs, suivit d'un juron disgracieux. Il demanda aux hommes de s'arrêter et ouvrit la porte pour prendre des nouvelles de madame.

Elle était dans un sale état, mais au moins elle revenait à elle.

« Louis ! dit-elle d'une voix rauque. J'ai cru que vous alliez me laisser périr dans les flammes.

— Non, j'étais simplement sorti prendre un verre et un petit déjeuner. Heureusement, le temps que je revienne, une horde de rats fuyant la barge qui coulait vous transportaient sur leur dos.

— Goujat. Où sommes-nous ?

— Presque à mon logis. Comment vous sentez-vous ?

— Je suis trempée, mes cheveux sentent mauvais, et j'ai l'impression d'être à l'article de la mort. Vous avez d'autres questions stupides ?

— Non, je crois que j'ai tout compris : trempée, odorante, morte. Une fois à l'intérieur, nous allons voir ce qu'on peut faire pour vous. »

Le vicomte de Fontrailles avait la meilleure chambre au Chat et l'Infidèle, la seule disposant de sa propre cheminée.

Il demanda à Breedlove d'allumer un feu, puis le renvoya dans la salle commune avec l'ordre de faire monter du vin chaud et de la nourriture. Lady Carlisle s'assit sur le lit de De Fontrailles et se regarda d'un air morose dans son miroir de voyage, un ovale de métal argenté avec une poignée en chêne sombre.

« Louis, regardez mes cheveux. Ne vous paraissent-ils pas gris ?

— Ce sont les cendres. Oh, je vous proposerais bien des vêtements secs, mais je n'ai rien qui vous irait.

— Ne vous inquiétez pas. Installez simplement ce fauteuil près du feu. » Elle se leva et se déshabilla jusqu'à ne plus porter qu'une fine couche de lin, puis elle étendit ses affaires sur la chaise près du foyer. « Vous me fixez, Louis. Rangez vos yeux dans vos orbites. Ce n'est pas comme si vous ne m'aviez jamais vue nue.

— Peut-être, mais je ne m'en lasserai pas de sitôt… madame. Je vous demande pardon.

— Taisez-vous et enlevez vos habits trempés. Au moins, vous avez des vêtements secs à enfiler. Et non, je ne tournerai pas la tête.

— C'est vrai, vous m'avez déjà vu nu aussi, n'est-ce pas ? »

Il commença à se déboutonner.

Elle se rallongea sur le lit de Louis et étala sa chevelure pour qu'elle sèche plus vite.

« Et comment n'êtes-vous pas mort, Louis ? J'ai vu cette chienne vous tirer dessus avec votre propre pistolet.

— J'ai eu de la chance. J'étais en train de tomber à ce moment-là, et la balle a touché une des épaisses longueurs de corde autour de mon torse.

— Mais je ne crois pas qu'une corde suffise à arrêter une lourde balle à bout portant.

— En effet, et je suis impressionné que vous le sachiez. Voilà ce qui a arrêté la balle. »

Il enleva son justaucorps par-dessus sa tête pour révéler une fine chemise de mailles en dessous.

Elle se redressa, jura « Bon Dieu ! », et se mit à rire. Il passa un doigt sur les anneaux de métal bosselés à environ cinq centimètres sous son cœur, frissonna et retira laborieusement le vêtement de métal.

« *Jesu Maria*, que cela fait mal. Je crois que la balle m'a fêlé une côte.

— Mais pourquoi, au nom du ciel, portiez-vous une chemise de mailles ?

— Eh bien, je me rendais à un rendez-vous avec vous, lady Carlisle. Cela me semblait être une précaution élémentaire. »

Elle rit gaiement et dit :

« Approchez. Je vais regarder cette côte. Dites, c'est douloureux ?

— Aïe ! Oui, malédiction ! C'est très douloureux.

— Oh, ne bougez pas. Si je dois vous bander, il faut que je sache où se situe le problème. »

Elle posa une main sur son épaule, se pencha sur son torse et passa les doigts sur ses côtes. Il sentait son haleine chargée de fumée.

À ce moment-là, la porte s'ouvrit et une voix anglaise distinguée s'exclama : « Grands dieux ! Vous savez, quand je me couche à moitié nu avec une fille dans ma chambre, je ferme la porte à clé d'abord. »

Louis fixa le grand homme blond dans l'encadrement de la porte, et il se sentit parcourut d'une volée d'émotions, y compris (sans s'y limiter) la gêne, la surprise, l'irritation, la confusion et la frustration sexuelle. « Nom d'un stigmate,

Parrott, que faites-vous ici ? Et qu'est-il arrivé à votre tache de naissance ? »

Lady Carlisle se leva, regarda l'intrus dans les yeux et dit : « Monsieur le vicomte, permettez-moi de vous présenter sir Percy Blakeney, l'un des associés de confiance de Milord Buckingham. » Elle semblait sereine et en pleine possession de ses moyens, comme si elle n'était pas uniquement vêtue d'une fine couche de lin qui laissait apparaître les moindres détails de sa silhouette.

« N'oubliez pas de préciser que je suis intelligent. Et beau, renchérit Blakeney en s'inclinant. Sans vous manquer de respect, monsieur le vicomte.

— Que le diable m'emporte, Lucy, vous ne m'aviez jamais dit que Parrott était un maudit chevalier anglais !... Sans vous manquer de respect, sir Percy, répondit de Fontrailles en lui rendant sa révérence.

— Nous n'avons pas vraiment eu le temps d'aborder la question, dit lady Carlisle en se tournant pour attraper ses habits qui séchaient sur la chaise près du feu. J'aurais fini par y venir.

— Eh bien, je dois admettre que c'est parfait, dit Blakeney. Je ne m'attendais à trouver que M. de Fontrailles ici, mais je vous cherchais tous les deux, et vous voilà ! Continuez ce que vous étiez en train de faire, ne vous interrompez pas pour moi.

— Nous étions sur le point de nous vêtir, dit de Fontrailles. Nous avons été sous la pluie et avons dû nous sécher.

— J'ai pris la pluie moi aussi, et si vous en avez fini avec ce fauteuil, je veux bien vous l'emprunter. J'aurais bien besoin de me sécher moi aussi. » Blakeney s'assit près du foyer et arrangea soigneusement sa tenue à la mode. « Mais dites, quelle est cette odeur ?

— C'est la nôtre. Nous étions pris dans un incendie, répondit lady Carlisle en se reboutonnant. Pourquoi nous cherchiez-vous, Percy ?

— Vous ne tournez pas autour du pot, à ce que je vois, Lucy. Quand vous savez ce que vous voulez, vous y allez à fond. »

Il fit un signe de tête en direction de Louis. De Fontrailles le fusilla du regard.

« Mais dites donc, espèce de…

— Arrêtez, Louis. Il nous taquine », dit Lucy.

Elle posa une main sur l'épaule de Louis. Cela lui fit du bien à cet endroit.

« Ah, bien. Passons aux affaires, en ce cas, reprit Blakeney en souriant négligemment. Comment se passe la recherche de votre livre, le… comment s'appelle-t-il ?

— Je n'ai aucune idée de ce dont vous parlez, répondit de Fontrailles.

— C'est bon, Louis. J'ai dit que j'allais vous expliquer en temps et en heure. » Elle serra doucement son épaule, puis elle retira sa main. « M. de Fontrailles a accepté de se ranger de notre côté, Percy, et de travailler pour Milord Buckingham. »

Louis prit une grande inspiration et dit : « C'est vrai. Il semblerait que nous soyons alliés, sir Percy, autant se montrer courtois l'un envers l'autre. »

Blakeney, toujours souriant, dit :

« Eh bien, voilà qui est rassurant, je dois bien l'admettre. Quand on vous a perdue de vue, Lucy, nous avons commencé à nous inquiéter. Mais je vois que vous avez la situation sous contrôle. » Il inspecta la chambre autour de lui. « Charmant endroit. Avez-vous obtenu le livre de Bassompierre ? Où est-il ?

— Nous avons essayé, mais il n'est pas en notre possession, dit-elle.

— Il… semblerait qu'il soit toujours en France, improvisa de Fontrailles. Il a été volé à Bassompierre avant même que nous quittions Paris, par quelqu'un qui se fait appeler le Pèlerin.

— Ah, vraiment ? dit Blakeney. Eh bien, vous n'avez pas perdu de temps.

— Il nous faut donc retourner à Paris, renchérit lady Carlisle. Sur-le-champ.

— J'ai bien peur de vous décevoir, mais vous ne pouvez pas, très chère. Buckingham a fermé tous les ports.

— Fermé les ports ? Pourquoi ?

— Un objet important a disparu – je suis navré, je ne peux entrer dans les détails –, alors il a déclaré un embargo sur toutes les expéditions le temps que le problème soit réglé.

— Mais nous devons rentrer en France ! s'écria de Fontrailles.

— Pas cette semaine. » Blakeney haussa les épaules d'un air désolé. « Mais attendez un instant : il me vient une idée. Après-demain, nous envoyons un Français, un certain d'Artagnan, à bord du *Sund* pour une mission en rapport avec, euh, l'objet manquant. Vous pourrez partir avec lui – à condition de ne pas entraver les affaires de d'Artagnan et ne pas lui faire savoir que vous êtes à bord. Après tout, il a de fortes chances d'être confronté aux brutes du cardinal à un moment donné, et moins il en sait, moins il peut en dire. Voilà ! Je vous avais bien dit que j'étais intelligent.

— Personne n'en doutait, cher Percy, dit lady Carlisle. Mais ne restez pas assis aussi près du feu ; votre dentelle fume.

— Mon Dieu, c'est vrai ! cria-t-il en se levant d'un bond. Quel désastre ! »

Quelqu'un toqua à la porte.

« Voilà le petit déjeuner, dit de Fontrailles.

— Je vais vous laisser, alors, dit Blakeney. Hâtez-vous de trouver ce livre, voulez-vous, Lucy ? La cour n'est plus la même sans le joyau central que vous êtes. Et monsieur le duc s'impatiente. On raconte qu'il serait prêt à vous jeter à la tour de Londres si vous le trahissiez dans cette affaire.

— Ne vous inquiétez pas, Percy. Nous allons trouver ce Pèlerin et récupérer le livre pour Buckingham.

— Je vous conseille fortement d'en faire ainsi. Car si vous n'arrivez pas à le localiser, je crois avoir prouvé que, moi, je saurais vous retrouver. »

XXII

PAS DE DEUX AVEC CHŒUR SILENCIEUX

C'était supposé être le soir de son triomphe, un de ces moments pour lesquels il vivait, quand les rouages du monde entier semblaient tourner en réponse à son génie et le récompenser d'un prix qui confirmait sa supériorité sur les autres hommes. Quand la reine était apparue au bal sans ses diamants, il savait qu'il avait gagné, qu'il avait bâti un nouveau contrefort dans l'édifice de sa grandeur. Puis, quand Anne d'Autriche réapparut avec douze ferrets sur son ruban au lieu de dix, sa machination géniale s'effondra et les doux fruits de la victoire prirent un goût amer.

Même dans la défaite, Armand Jean du Plessis restait le cardinal de Richelieu, Premier ministre de la France, et il avait réussi à garder son calme quand le roi l'avait appelé pour rendre des comptes en présence de la reine. À présent, presque seul dans la chambre de l'Hôtel de Ville qui lui était réservée durant le bal, il se sentait encerclé par les démons moqueurs de l'échec, qui le tentaient à plonger dans le désespoir qu'était son vice secret. Le nuage noir passait à nouveau sur lui : il le sentait, qui assombrissait son esprit, émoussait ses pensées et noyait sa raison.

La pièce était vide à l'exception de deux serviteurs en livrée de la ville de Paris qui éteignaient les bougies et rassemblaient les bouts qui ne s'étaient pas consumés. L'échevin municipal avait acheté des milliers de cierges pour la fête organisée en l'honneur de Leurs Majestés, une dépense incroyable qui ne saurait être épongée qu'en récupérant les restes. D'ordinaire, le cardinal faisait attention à ne pas baisser son masque de fer même en présence des serviteurs, mais cette défaite, si soudaine, si inattendue, était trop grosse pour lui. Il s'enfonça dans un fauteuil, s'avachit lentement en avant et se prit le visage dans les mains avant de s'abandonner à l'obscurité.

Ses échecs et ses fautes défilaient devant lui sous la forme de femmes méprisantes ; il grimaça tandis qu'elles lui crachaient dessus et se moquaient de lui avec dédain. Il essaya de les maîtriser en les divisant par groupes, les classant par catégories de faiblesses, mais elles le raillaient, lui faisaient la nique et ne restaient pas en place. Elles représentaient ses défauts à lui, et elles refusaient de lui obéir.

Il sentit une tape délicate sur son épaule. Il connaissait cette main, et son toucher condensa tout son désespoir en une bulle noire qui éclata en un unique sanglot. Il soupira profondément, puis il écarta les doigts et ouvrit les yeux pour voir le visage laid et aimant de son seul ami. Le père Joseph.

« Qu'est-ce qui vous pèse, mon fils ? N'ayez crainte, car Dieu est avec vous. Comme toujours. »

Richelieu se redressa et regarda autour de lui, clignant des yeux pour faire disparaître ses visions. La plupart des bougies n'étaient plus là, mais les chandelles brûlaient encore dans le lustre au-dessus de sa tête, et les deux serviteurs s'affairaient dans un coin, car ils rencontraient des difficultés avec le mécanisme qui permettait de le faire descendre. Le père Joseph sourit, et les poils aux coins de sa bouche frétillèrent comme les aiguilles d'un porc-épic.

« Ah, vous êtes peiné par l'affaire des diamants, n'est-ce pas ?

— J'étais si près du but, Joseph, dit Richelieu d'une voix anormalement faible. Mais cela a échoué. » Il serra les poings sur ses genoux. « J'ai échoué.

— Ce n'est que de la vanité, mon fils. Vous avez conçu un plan, et le plan était bon – ce n'est pas vous qui avez échoué. Quelqu'un d'autre a échoué dans l'exécution, et il sera puni pour cela, ou bien un ennemi a réussi, et nous le coopterons pour qu'il serve nos propres intérêts. N'est-ce pas toujours ainsi que vous procédez ? N'est-ce pas là la source de votre grandeur ? Qu'est-ce que l'échec sinon une leçon de Notre-Seigneur, et une opportunité d'apprendre et de se rapprocher de lui ?

— Peut-être, Joseph, mais de telles opportunités ne se présentent pas tous les jours.

— En êtes-vous sûr, mon fils ? »

Des rides se formèrent autour des yeux enfoncés de Joseph.

Richelieu devint soudain alerte. « Vous avez des nouvelles, Joseph ? »

Le moine acquiesça, ce qui fit bouger son capuchon pointu.

« Un mot – de la part de notre espion bossu, le petit de Fontrailles.

— Il a le livre !

— C'est ce qu'il affirme…

— Ah ! Mais il ne nous l'apporte pas ?

— Il souhaiterait marchander avec nous. »

Richelieu sourit.

« C'est pour cela que vous êtes ravi. Je connais votre façon de penser, Joseph : vous n'aimez pas ce de Fontrailles, et vous croyez que nous allons obtenir à la fois le livre et une bonne raison de le remettre à sa place.

— Si Dieu le veut, répondit humblement le père Joseph.

— Alors venez, dit le cardinal en se levant soudain. C'est une belle opportunité. Nous avons du travail, et des plans à échafauder. »

Il s'avança vers la porte, suivi de près par le capucin, et passa devant les serviteurs qui peinaient toujours à descendre le chandelier. Il les regarda d'un air absent, car ils formaient un duo mal assorti : l'un était si large qu'il mettait à mal les coutures de sa livrée, et l'autre portait un cache-œil. Mais toute son attention se portait sur les possibilités futures ; il laissa la chambre derrière lui et ne pensa plus à eux.

XXIII

L'ENTRACTE

De Fontrailles observa depuis le coin de l'étable tandis que le jeune chevalier d'Artagnan montait sur le cheval magnifique qui l'attendait, donnait un coup d'éperons et se mettait au galop sur la route de Paris. « Bien. Au moins, il est parti. »

Lady Carlisle dit :

« Enfin, merci mon Dieu. » Elle enleva sa capuche de sa tête, secoua ses cheveux et se coiffa d'un chapeau à plume de héron que lui tendait son serviteur. «J'en ai assez de traîner dans des recoins et de me cacher dans des remises dès que ce rustre de Gascon se trouve sur ma route.

— J'espère simplement que d'Artagnan n'a pas pris le seul cheval de cette ville, dit de Fontrailles. Nous allons devoir chevaucher comme des diables si nous voulons être sûrs d'arriver à Paris avant Milady de Winter.

— Chevaucher, mon œil, dit-elle en reniflant. Nous allons trouver un carrosse. J'ai des bagages et une fille de chambre.

— Ma chère lady Carlisle – ou plutôt devrais-je dire madame de Bois-Tracy, maintenant que nous sommes de retour en France, dit de Fontrailles avec une certaine rudesse, cette petite ville portuaire où l'on ne trouve qu'une seule auberge ne dispose probablement pas d'une écurie contenant des carrosses. J'ai bien peur que nos options se limitent à aller à pied ou à cheval.

— Ainsi il vaut mieux y aller à cheval, à votre avis. Et pour aller plus vite, j'imagine que vous voudriez que j'oublie l'amazone et que je monte à califourchon. Vous aimeriez bien me voir en culotte, n'est-ce pas ? »

De Fontrailles rougit, mais rétorqua :

« Comme madame l'a si bien rappelé, je l'ai déjà vue nue.

— Et vous aimeriez sans doute me revoir ainsi ? »

Lady Carlisle jeta un œil aux alentours et ne vit personne d'autre que sa servante. D'un geste badin, elle souleva sa jupe au-dessus de sa cheville, puis de son mollet. « C'est cela que vous vouliez voir, Louis ? » plaisanta-t-elle en levant l'ourlet pour révéler son genou, puis quelques centimètres de sa cuisse magnifique. Sa servante, les yeux écarquillés, détourna son visage rougissant pendant que Lucy tournait la jambe avant de laisser retomber sa jupe. « Voilà ! Vous vous êtes bien rincé l'œil. Maintenant, trouvez-moi un carrosse. »

Louis, qui l'avait bien observée malgré lui, regarda ailleurs et laissa échapper un « Hmmmf ! » Il plaqua son chapeau sur sa tête et dit : « Je ne crois pas que nous réussissions à faire apparaître un carrosse à Saint-Valéry, peu importe à quel point vous montrez vos jambes. »

Mais il se trompait. Dans l'étable derrière l'auberge, ils trouvèrent le carrosse dans lequel lady Carlisle avait voyagé depuis Neufchâtel la semaine précédente. L'aubergiste était à la solde de Buckingham et l'avait gardé pour elle, avec son attelage. Ils eurent besoin d'engager un cocher – Sobriety Breedlove, fidèle à sa décision de ne plus reprendre la mer, était resté à Londres –, mais heureusement le solide fils du tavernier s'empressa d'accepter le poste.

« Vous saviez qu'il était là depuis le début, n'est-ce pas ? dit de Fontrailles tandis qu'on chargeait les bagages de lady Carlisle à l'arrière du carrosse. Vous vous jouiez encore de moi.

— Oh, ne faites pas semblant d'être aigri, Louis, répondit-elle en tendant son nécessaire à maquillage à sa servante. Vous allez voyager à Paris avec panache en compagnie de deux femmes charmantes dans un carrosse fermé, et vous ne pourriez pas être plus heureux. »

Elle avait raison. Il souriait comme un idiot du village. « Vous savez, deux femmes, c'est parfois une de trop. »

Lucy Hay rit aux éclats.

« Dois-je demander à la servante de s'installer dehors avec le cocher ? Vous en rêvez ! Appréciez votre chance, Louis, et gardez la tête sur les épaules.

— Il le faudra bien, dit-il en lui offrant sa main tandis qu'elle grimpait dans le carrosse. Nous devons profiter du trajet pour déterminer comment nous allons récupérer le livre d'entre les mains de Milady de Winter, et trouver un moyen de faire croire que c'est l'œuvre d'un certain Pèlerin.

— Je vous laisse cette dernière partie, dit-elle en arrangeant sa jupe sur le siège. C'est vous qui avez eu l'idée du “Pèlerin”.

— Une idée qui me semblait bonne à l'époque, dit-il en s'asseyant en face d'elle. Elle nous a permis d'éviter la potence.

— Oh, Buckingham n'irait pas aussi loin. Il se contenterait de m'enfermer quelque temps dans la tour de Londres.

— Je doute qu'il me traite avec autant de faveur, rétorqua sombrement de Fontrailles, qui perdit l'équilibre et tomba de son siège au moment où le carrosse s'élançait sur la route.

— Attention, Louis ! dit lady Carlisle. Vous ne voudriez pas finir sur mes genoux ! »

Le trajet fut mouvementé. Le fils de l'aubergiste, encouragé par la promesse d'une prime s'il arrivait rapidement et par le regard de la servante de lady Carlisle, conduisit à une allure folle. Ils s'arrêtèrent pour faire reposer les chevaux à Neufchâtel, puis à Beauvais, mais le temps qu'ils arrivent à Chantilly, l'attelage était prêt à s'effondrer. Le cocher lui-même titubait de fatigue, et les passagers, meurtris et secoués, avaient bien besoin d'une pause aussi, alors ils firent halte à l'auberge du Grand Saint-Martin pour se détendre pendant que les chevaux récupéraient. « Nous avons le temps, raisonna de Fontrailles. Avec le navire de Milady de Winter retardé par l'embargo, nous devrions arriver à Paris bien avant elle. »

Malheureusement, la meilleure chambre de l'auberge était occupée par un cavalier blessé qui refusa de la céder, même à une comtesse.

« C'est un véritable ogre ! se plaignit l'aubergiste. Il refuse de payer sa note, et menace de faire sauter la cervelle de quiconque essayera de le déposséder de sa chambre. Ma meilleure chambre ! » L'hôte secoua le poing en direction de la fenêtre du premier étage, d'où provenait un chant à boire de la cavalerie, grivois et faux. « Il envoie son homme piller ma cuisine, voler mes meilleures viandes ! Je remercie le ciel d'avoir des cadenas à la cave !

— On dirait bien qu'il a trouvé un moyen d'accéder à votre réserve de vin, dit de Fontrailles avec un signe de tête en direction de la fenêtre.

— Le Seigneur m'en garde ! Votre Excellence ne peut-elle rien faire pour me débarrasser de M. Porthos ?

— Porthos, le mousquetaire ? demanda de Fontrailles. Merdieu. Qu'est-ce qu'il fait là ?

— C'est une plaie à lui tout seul ! Oh, Monseigneur, si vous le connaissez, pourriez-vous le supplier d'avoir pitié d'un pauvre aubergiste et de se trouver un autre établissement ?

— Navré, mon brave. Les affaires de la comtesse sont de la plus haute importance, et nous ne pouvons nous permettre de nous retrouver mêlés à des querelles de commerçants.

— Je ne serai plus commerçant très longtemps s'il continue à ce rythme-là », grommela l'hôte, mais il leur donna deux chambres de l'autre côté de l'auberge, plus au calme, et leur promit qu'on s'occuperait de leurs chevaux.

En fin d'après-midi, les cloches de la ville sonnèrent la none lorsque le cocher vint gratter à leurs portes pour les réveiller. Les chevaux étaient prêts.

Louis s'éveilla doucement, encore à moitié plongé dans un rêve où Isabeau se trouvait avec lui dans le carrosse de lady Carlisle, et il se sentait encore vaseux quand il rejoignit cette dernière dans la salle commune. L'aubergiste leur apportait un pichet de vin coupé à l'eau lorsqu'un vacarme de roues et de sabots retentit dans la cour de l'étable. Un instant plus tard, leur jeune cocher fit irruption dans la salle commune. « Madame ! Monsieur ! On vous vole vos chevaux ! »

Avec un juron, de Fontrailles se leva d'un bond et fonça à l'extérieur, suivi de lady Carlisle, mais ils arrivèrent trop tard : un carrosse blanc couvert de poussière disparaissait au-delà du portail, tiré par leur attelage de chevaux fraîchement nourris et reposés. Un autre attelage épuisé de bêtes grises tremblotantes se trouvait dans la cour, et l'une d'entre elles s'effondra sur le flanc sous leurs yeux, et mourut.

« Louis ! Avez-vous reconnu le carrosse ? demanda lady Carlisle.

— Et comment – j'y ai passé une demi-journée coincé sous le siège, à Londres, répondit-il d'un ton sec. Il appartient à Milady de Winter ! Soit elle l'a apporté avec elle en traversant la Manche, soit elle en avait un identique à Calais. » Un autre cheval s'effondra dans la poussière de l'étable, une bave sanglante au coin de la bouche. « Peste ! Nous allons devoir trouver un autre équipage, et elle est certaine d'arriver à Paris avant nous.

— Encore un grief de plus contre cette catin blonde, dit lady Carlisle. Sa dette arrive à un niveau que je ne saurais plus supporter. Allons trouver des chevaux, Louis. »

Leur carrosse passa les portes de Paris le lendemain à l'aube. Tandis que leurs chevaux clopinaient dans la grande rue Saint-Denis, de Fontrailles fut surpris par le nombre inhabituel de voitures et de cavaliers qui venaient de l'autre direction ; certains titubaient et chantaient des morceaux populaires.

« Que se passe-t-il ? On dirait bien que tout le monde revient d'une fête.

— Le bal de l'échevin, marmonna lady Carlisle, voûtée dans un coin du carrosse, le visage caché par son chapeau. Dieu, quelle nuit. » Elle souleva le chapeau et le fixa avec apathie. « Depuis des semaines, tout Paris ne parle que de la fête à l'Hôtel de Ville en l'honneur de Leurs Majestés. Comment pouvez-vous l'ignorer ?

— J'imagine que je devais penser à autre chose. »

En entendant cela, elle sourit et se redressa, et il comprit, avec un soupçon d'émerveillement, qu'elle croyait qu'il avait pensé à elle. *Les femmes*, se dit-il. *Comment un homme pourrait-il les comprendre ?*

« Et qu'est-ce qui vous fait sourire ?

— Je ris de moi-même. C'est de vous que je tiens cela. »

Les rues autour du Châtelet regorgeaient de fêtards qui venaient de l'Hôtel de Ville, bloquant tout accès au pont du Bois, alors de Fontrailles ordonna au cocher de tourner à droite sur le quai et de les emmener au pont Neuf ; au moins, comme cela, ils progresseraient dans le même sens que la foule. Ils finirent par arriver devant le grand pont, déjà plein de colporteurs, de prédicateurs, de comédiens ambulants et de dentistes itinérants. Une fois au milieu du pont, ils tournèrent à gauche sur l'île de la Cité et sur la place Dauphine, relativement calme.

De Fontrailles fit arrêter le carrosse devant la maison où il logeait, puis il en sortit et offrit sa main à lady Carlisle.

« Mon humble demeure, dit-il. Nous allons découvrir ce que mes hommes ont à raconter, puis nous déciderons de la prochaine étape.

— J'ai besoin de me laver, dit-elle en descendant d'un pas raide. Et vous aussi, d'ailleurs.

— J'ai bien peur que l'enseigne de Fontrailles n'ait pas le temps pour cela, ni pour quoi que ce soit d'autre, dit une voix grave au ton autoritaire. Sa présence est requise ailleurs – immédiatement.

— Mon cher comte de Rochefort ! » dit de Fontrailles en essayant de ravaler son désarroi.

Il était là, l'homme de main du cardinal, qui paraissait deux fois plus grand que d'habitude, avec un visage aussi sinistre que la mort. Louis décida d'essayer d'entamer une conversation amicale.

« Vous avez mauvaise mine, de Rochefort ! Avez-vous dansé jusqu'au bout de la nuit à la fête ? Non pas qu'il soit désagréable de trouver quelqu'un qui nous accueille au retour d'un lointain voyage.

— Je ne suis pas d'humeur à échanger des plaisanteries mondaines, de Fontrailles. Vous êtes la comtesse de Bois-Tracy, n'est-ce pas ? » De Rochefort s'inclina légèrement devant lady Carlisle. « Vous choisissez de drôles de compagnons de voyage, enseigne. Le document ne comporte que votre nom, mais j'imagine que l'on peut y ajouter celui de madame ici présente.

— De quel document s'agit-il, de Rochefort ? demanda nerveusement de Fontrailles.

— D'un mandat, vicomte, répondit-il avec délectation. Vous êtes en état d'arrestation. »

XXIV

LE PAVILLON D'ÉTÉ

Terrifié, Sobriety Breedlove transpirait à grosses gouttes et roulait des yeux en vain. Cela n'avait rien d'étonnant, se dit sir Percy Blakeney, car l'homme était attaché à une lourde chaise et s'apprêtait à recevoir une intervention chirurgicale de la part d'un fou dangereux.

Ce fou dangereux n'était autre que le Dr John Lambe, astrologue en chef de Sa Grâce le duc de Buckingham ; un grand homme large d'épaules et énergique qui suait presque autant que Breedlove, enveloppé dans sa robe de satin noire brodée de symboles rouges et or représentant des étoiles et des planètes. Ses mains tachées et abîmées dépassaient de ses amples manches qui tombaient presque jusqu'au sol, perforées de nombreuses brûlures, ce qui suffit à convaincre Blakeney qu'il avait eu raison de ne jamais se mettre à l'alchimie. Lambe fredonnait faux tout en fouillant dans un étui de cuir rempli d'instruments métalliques ; des droits, des incurvés, des crochus, mais tous très aiguisés.

Le duc de Buckingham se tenait derrière la chaise de Breedlove, les mains sur la taille, et regardait les préparatifs de son astrologue avec un grand amusement. Ils se trouvaient dans le pavillon d'été situé sur le terrain de sa maison de Chelsea, et il n'y avait personne d'autre que quelques gardes à forte carrure qui attendaient juste dehors. De Buckingham se pencha en avant et dit soudain à l'oreille du prisonnier :

« On me dit que vous vous appelez Sobriety Breedlove. Êtes-vous puritain ?

— M… mes parents l'étaient, Vot' G… Grâce, bredouilla Breedlove sans quitter des yeux le Dr Lambe et sa boîte à outils.

— Eh bien je présume qu'ils vont ont appris à respecter vos supérieurs, et à toujours dire la vérité.

— En… en effet, Vot' Grâce. » Il déglutit et ajouta avec une touche de provocation : « Ils m'ont également appris la loyauté… Vot' Grâce.

— Ah. Excellent. Mais un homme ne cesse jamais d'apprendre, n'est-ce pas ? répondit Buckingham en se frottant les ongles contre son pourpoint doré. Le bon docteur est prêt à vous enseigner quelques leçons. À moins que vous ne préfériez nous dire tout ce que vous savez sur les activités de votre maître en Angleterre.

— Ah, la voilà ! dit le Dr Lambe en sortant une longue lame incurvée qui semblait provenir de chez un boucher.

— Mais je n'sais rien, Vot' Grâce ! s'écria Breedlove en fixant la lame d'acier luisante.

— Ce n'est pas ce que me dit Blakeney, dit Buckingham d'un ton amical. Il raconte que vous êtes allé partout avec

M. de Fontrailles et que vous pouvez nous en parler – qui il a rencontré, ce qu'ils ont fait, et ce dont ils ont discuté. »

Breedlove garda la bouche fermée, mais ne quitta pas des yeux la lame entre les doigts balafrés de Lambe. L'alchimiste sourit et dit :

« Votre Grâce, il y a quelque chose que je meurs d'envie d'essayer. Vous savez que je vous lis parfois l'avenir dans les entrailles d'animaux ?

— Tout à fait, docteur. Et je suis impressionné par le résultat.

— Eh bien, Milord, si je réussis aussi bien avec les boyaux d'une colombe ou d'un chien, imaginez ce que j'arriverais à faire avec les entrailles d'un homme ! »

Les yeux du docteur brillèrent tandis qu'il agitait la lame avec enthousiasme.

« Mais j'vous l'ai dit, je n'sais rien ! » cria Breedlove. Il lutta contre ses liens et tapa du pied sur le sol pour essayer de renverser la lourde chaise.

« Si je ne m'abuse, Votre Grâce, cet homme a une jambe de bois ! » Le docteur posa ses outils sur une table voisine, s'agenouilla et souleva l'ourlet de Breedlove. « Jésus, Marie, Joseph ! Milord ! Vous voyez ce que je vois ? »

Buckingham fit le tour de la chaise et inspecta la jambe de Breedlove avec curiosité.

« Qu'est-ce que c'est ? Du bois taillé en spirale ?

— Du bois ? Ha, ha, ha ! » Lambe rit avec allégresse. « C'est une corne de licorne, Milord – une corne de licorne ! Sur la jambe d'un pauvre marin !

— Non ! Non, c'est faux ! cria Breedlove en se débattant à nouveau. Ce n'est que la défense d'un narval ! Ça vient d'un poisson, j'vous dis !

— Votre Grâce, il nous faut cette jambe. C'est fou tout ce qu'on peut faire avec une corne de licorne ! Guérir de la peste, détecter les poisons, concocter des aphrodisiaques ! Elle est là depuis longtemps, dit Lambe en l'inspectant de près, et la chair a repoussé par-dessus, mais je peux la couper quand même.

— Non ! Pas ma jambe ! hurla Breedlove. Je vais parler ! Je vous dirai tout ce que vous voulez savoir ! »

En un rien de temps, il raconta tout : les rendez-vous de De Fontrailles avec Boisloré, le cambriolage chez Bassompierre, son implication avec lady Carlisle et Milady Winter.

« La comtesse de Winter ? Très intéressant, en effet.

— Puis-je avoir la jambe, maintenant, Milord ? demanda Lambe.

— Bien sûr, docteur, dit Buckingham avec nonchalance. S'il vous donne du mal, prenez l'autre avec. »

Il appela les gardes, qui soulevèrent un Breedlove hurlant et sa chaise et les emmenèrent ailleurs, suivis du joyeux Dr Lambe, qui fredonnait à nouveau.

Buckingham attendit que les cris s'estompent au loin avant de se tourner vers Blakeney.

« Vous m'excuserez pour cela, Percy. Je sais que vous n'approuvez pas les méthodes du Dr Lambe.

— Comment ? Désapprouver ses méthodes ? Certainement pas. Elles sont très efficaces, répondit sèchement Blakeney. Ses cartes astrologiques sont les meilleures du royaume – elles disent toujours à Votre Grâce ce qu'elle veut entendre. »

Buckingham fronça les sourcils. « Percy, vous savez que je n'aime pas quand vous prenez ce ton avec moi. Allez, ne soyez pas aussi pisse-froid ! On vous appelait le Cavalier Rieur, autrefois. »

Blakeney détourna le regard.

« Votre Grâce sait très bien pourquoi je ne ris plus ces temps-ci.

— Oui, Percy, je sais, mais vous ne pouvez pas croupir dans le chagrin pour toujours. On vous appelait aussi Diogène, dans le temps, n'est-ce pas ? Eh, chercheur de vérités, trouvez-moi celle que contient ce livre. Si ce qu'il renferme est aussi important que Lambe le dit, ce serait un crime de le laisser tomber entre les mains des Français.

— J'imagine que je n'ai pas mon mot à dire là-dessus, Votre Grâce.

— Bien sûr que non ! Et d'après ce que maître Breedlove nous dit, je ne crois pas que nous puissions faire confiance à notre chère Lucy pour s'en sortir toute seule. Je n'aime pas son lien avec ce bossu français – ces gens me donnent la chair de poule. L'implication de Milady Winter est particulièrement perturbante, notamment parce que nous avons déterminé que c'est probablement elle qui est partie avec les diamants.

— Votre Grâce ne m'a toujours pas raconté en détail comment elle a réussi un tel larcin, intervint Blakeney avec un léger sourire.

— Elle… c'est-à-dire que… peu importe, dit Buckingham. Disons juste que c'est une femme dangereuse que nous ne devrions pas quitter des yeux. Percy, je crois que vous feriez mieux d'aller à Paris pour surveiller Miladies Winter et Carlisle, et vous assurer que le livre me revienne une fois retrouvé. Vous partirez incognito. »

Blakeney s'inclina.

« Comme vous voudrez, Votre Grâce, mais cette fois, je préférerais me passer de la tache de naissance.

— Je ne crois pas que cela soit nécessaire. J'enverrai le baron de Winter en tant que chef de groupe et vous pourrez vous fondre dans son entourage. Sa position de beau-frère de lady Clarice nous sera utile si nous avons besoin de prendre des mesures officielles contre elle.

— Le baron de Winter ? » Blakeney haussa un sourcil. « Sera-t-il mis au courant de tout ?

— Bien sûr que non. De Winter est un homme bon, plutôt fiable, mais ce n'est pas un intrigant. » Buckingham donna une tape dans le dos de Blakeney. « Prenez bien soin de lui, Percy – je vais avoir besoin de lui et de ses marins en renfort à La Rochelle. Essayez de faire le moins de vagues possible, mais faites ce qu'il faut. Apportez-moi ce livre.

— Je m'efforcerai de vous satisfaire, Milord », dit Blakeney en souriant. Il s'inclina avec grâce et prit congé, mais, une fois hors du pavillon d'été, son visage s'assombrit. « Cette position d'agent secret ne constitue pas l'amusante diversion que j'espérais, se dit-il, et plus je vois les autres conseillers du noble Buckingham, moins j'apprécie l'idée d'en faire partie. Cependant, je vais aller chercher ce livre pour lui – mieux vaut qu'il tombe entre ses mains que dans celles de Richelieu. Mais s'il a vraiment une utilité, songea-t-il en humant le parfum d'une rose tardive, je ne m'étonnerais pas que d'autres personnes le cherchent aussi. »

XXV

ARAMIS

Même si la journée était ensoleillée, il faisait sombre dans la chambre au premier étage de l'auberge de Crèvecœur car les rideaux étaient presque entièrement fermés. Trois hommes assis dans la pièce austère, dénudée de toute forme de confort, discutaient à voix basse.

« Nous sommes donc d'accord, dit Aramis. Le prix de mon entrée dans la Compagnie de Jésus sera *Les Trois Mystiques Clercs* – si j'arrive à mettre la main dessus.

— Nous avons confiance en vos ressources et votre finesse, répondit Athanasius Kircher.

— Il faut que vous compreniez, reprit Aramis, que je n'ai nullement l'intention de laisser mon ami d'Astarac être mis en danger.

— Ah ! s'exclama Jean-Marie Crozat, dit le père Mikmaq. Si vous le dites. Mais je connais les gens de votre espèce, et vous n'êtes pas homme à laisser quelqu'un s'interposer entre vous et votre but. »

Aramis se leva, les mains inhabituellement agitées, mais avant qu'il puisse répondre, on entendit un bruit de sabots dans la cour dehors. Le mousquetaire s'avança vers la fenêtre et ouvrit un rideau. « Nom de diable ! » cria-t-il.

Il venait de reconnaître le cavalier : d'Artagnan.

Kircher dit :

« Quelle est la raison d'un tel emportement impie, frère Aramis ?

— Un de mes amis vient d'arriver à cheval. Je le croyais mort. Quelle joie !… Mais il ne faut pas qu'il nous trouve ici à discuter de livres hérétiques. »

Mikmaq rétorqua :

« Vous avez dit à votre homme de s'assurer que nous ne soyons pas dérangés.

— Ce gentilhomme ne se laisse pas facilement décourager, répondit Aramis, mais si vous suivez mes conseils, il ne soupçonnera rien. Il sait que j'ai toujours souhaité quitter les mousquetaires pour retourner à l'Église. Adoptez les faux noms que j'ai donnés à Bazin, et faites semblant de m'interroger sur la thèse que je dois présenter pour prétendre à l'ordination. »

Kircher acquiesça gaiement.

« Soit. C'est très amusant. Je jouerai le rôle du supérieur austère.

— Mais je ne sais pas jouer la comédie ! s'écria le père Mikmaq. Bah ! C'est absurde.

— Faites semblant d'être un vicaire de campagne qui ne sait rien à rien, dit Aramis. Vous devriez y arriver, n'est-ce pas ? »

Mikmaq semblait sur le point de lui renvoyer une réplique cinglante lorsque Kircher l'interrompit :

« Bien sûr qu'il va y arriver. Qu'allez-vous utiliser comme thèse ?

— Ces notes que je prenais pour écrire un poème, répondit Aramis en ramassant des papiers sur la table.

— Un poème ? » dit Mikmaq, mais Kircher le fit taire : on entendait des bottes gravir l'escalier de bois.

Il y eut une brève agitation sur le palier devant la pièce, et la porte finit par s'ouvrir à la volée.

« Bonjour, cher d'Artagnan », dit Aramis.

XXVI

LES RÉVÉLATIONS DE JOSEPH

Le comte de Rochefort dit :

« Je dois vous demander votre épée, monsieur de Fontrailles, sur un ton qui laissait comprendre qu'il ne s'agissait pas vraiment d'une demande.

— Pourquoi ? Vous n'avez quand même pas peur que je m'en serve contre vous, de Rochefort ? Ou que j'essaye d'embrocher le cardinal avec ? »

Louis essayait de maintenir une certaine affabilité, mais il commençait à transpirer. *En état d'arrestation.* L'heure était grave.

« C'est simplement la procédure, de Fontrailles. J'ai arrêté de nombreuses personnes au nom de Son Éminence et j'ai tout vu, donc je vous suggère de ne pas tenter la moindre entourloupe. » De Rochefort se montrait austère.

« Et n'essayez pas de trouver un moyen de vous échapper, madame. L'homme derrière vous avec un pistolet dans la poche est avec moi.

— Je croyais qu'il était simplement heureux de me voir, dit lady Carlisle. Et maintenant ?

— Maintenant nous allons monter dans ce carrosse usé qui est le vôtre et rendre visite au père Joseph. Il est impatient de vous voir, de Fontrailles. Vous semblez avoir commis un bel acte de trahison. »

Il fit un geste et un homme s'avança. De Fontrailles reconnut le gaillard au cache-œil qui l'avait escorté jusqu'au capucin. Le borgne ouvrit la porte du carrosse, jeta un regard à l'intérieur et hocha la tête à l'intention de De Rochefort, qui monta et offrit sa main à lady Carlisle.

« Vous d'abord, madame. Ensuite vous, de Fontrailles.

— Et ma servante ? demanda lady Carlisle.

— Elle peut monter avec le cocher, ou marcher – ou sauter dans la Seine, si cela lui chante. Vous deux prendrez place sur le siège avant, face à moi. Mon homme ouvrira la marche à cheval. »

De Fontrailles regarda autour de la place Dauphine mais ne vit personne susceptible de l'aider, et comme la scène se déroulait derrière le carrosse, aucun des passants ne sembla remarquer ce qui se passait. Il se tourna vers la maison et aperçut Vidou, stupéfait, qui l'observait d'une fenêtre de l'étage. Bien : au moins quelqu'un savait qu'il avait été emmené. De Rochefort dit quelque chose d'un ton impatient, et de Fontrailles soupira avant de les rejoindre, lui et lady Carlisle, dans le carrosse. Celui-ci se mit immédiatement en route et opéra un demi-tour vers le pont Neuf.

« Ainsi nous allons voir le père Joseph et non le cardinal ? demanda de Fontrailles.

— Son Éminence est indisposée. J'ai compris qu'il avait reçu de mauvaises nouvelles, hier soir. » De Rochefort sourit sans humour. « Si vous êtes en partie responsable, de Fontrailles, vous serez probablement à la Bastille avant la nuit tombée. »

Lady Carlisle sortit un coffret de bois de sous son siège et commença à le déverrouiller avec la petite clé attachée à son poignet. De Rochefort dit :

« J'espère que vous n'avez pas d'arme dans cette boîte, madame. » Il dégaina un gros pistolet de sous sa demi-cape et le posa sur son genou. « Il serait dommage que vous tentiez quelque chose d'imprudent.

— Ne soyez pas ridicule, monsieur, rétorqua la dame avec dédain. Je veux simplement retoucher mon maquillage.

— Merdieu ! dit de Fontrailles. C'est un pistolet à rouet à double canon que vous avez là, de Rochefort ?

— En effet. Un *over-under*, avec une platine de chaque côté, répondit de Rochefort avec un léger sourire de fierté.

— Quelle merveille !

— C'est un Spät, de Munich. Regardez l'incrustation sur le pommeau.

— Ravissant ! Mais je trouve que les canons sont un peu courts pour une bonne précision.

— S'ils étaient plus longs, l'arme serait aussi lourde qu'un mousquet.

— Les hommes et leurs armes ! intervint lady Carlisle d'un ton sec en rangeant son miroir. On dirait des enfants ! C'est révoltant.

— Nous savons simplement admirer la beauté quand nous la voyons », dit de Rochefort.

Il était presque charmant.

« De la beauté dans un pistolet ? La beauté se trouve dans l'art, ou la musique », répondit la dame.

De Rochefort ricana.

« Je laisse la musique aux Italiens et l'art aux Flamands. Je préfère les épées espagnoles et les armes à feu allemandes – ou les femmes françaises, ajouta-t-il en se rappelant d'être galant.

— Eh bien moi, j'aime l'art et la musique, dit de Fontrailles.

— Oh, taisez-vous tous les deux », rétorqua lady Carlisle avec dégoût, et ils passèrent le reste du trajet en silence.

Le carrosse s'arrêta devant la maison abandonnée de la rue Garancière où de Fontrailles avait rencontré le père Joseph. De Rochefort mena le vicomte et Lucy Hay dans l'arrière-salle lugubre qui servait de salle d'audience au capucin ; aux yeux de Louis, les taches de moisissure sur les murs semblaient s'être élargies et assombries depuis sa dernière visite. Presque immédiatement, la porte intérieure s'ouvrit pour laisser passer le père Joseph, emmitouflé comme toujours dans sa robe à capuche grossière, qui se mouvait presque sans bruit sur le sol avec ses pieds nus et velus. *L'espion entre en scène, côté jardin*, pensa Louis.

De Rochefort s'inclina comme il se devait et dit : « Le vicomte de Fontrailles, Monseigneur. Et sa compagne, la comtesse de Bois-Tracy. »

Joseph contourna la table en bois, seul meuble de la pièce à part les deux chaises, et s'avança vers eux. À son approche, Lucy recula légèrement.

« La comtesse de Bois-Tracy, murmura Joseph. J'ai entendu parler de vous, madame. » Les mains enfouies dans ses amples manches, il inspecta la comtesse de près pendant un moment sans cligner des yeux, puis il se tourna vers de Rochefort. « Cependant, ce n'est pas son seul nom, monsieur le comte, dit-il doucement. Madame s'appelle également Lucy Hay, née Percy, comtesse de Carlisle et épouse du comte de Carlisle, l'un des conseillers les plus influents de Buckingham.

— Ah oui ? répondit de Rochefort.

— C'est absurde ! Ne soyez pas blessant, monsieur ! s'exclama Lucy.

— La vérité peut-elle blesser, madame ? Que chacun de vous parle selon la vérité à son prochain, nous dit la Bible. J'ai des informateurs dans toutes les cours d'Europe – dont celle d'Angleterre, où l'on connaît bien votre description. Inutile de le cacher.

— Je suis la comtesse de Bois-Tracy », insista-t-elle.

Le père Joseph haussa les épaules et se tourna vers de Fontrailles. « Son Éminence est très déçue de vous, monsieur de Fontrailles. Vous avez reçu une mission d'une grande importance et vous avez trahi la confiance du cardinal par une odieuse tentative d'extorsion. Ce n'était pas vraiment judicieux. »

Joseph fixait de Fontrailles de ses yeux exorbités ; Louis cligna les siens et répondit : « Monseigneur, je ne vois pas du tout de quoi vous voulez parler. J'ai accompli mon devoir avec loyauté et habileté, et j'ai retrouvé la trace du livre-dont-on-taira-le-nom à Londres puis à Paris, avec la collaboration de Mme de Bois-Tracy ici présente. » Il déglutit nerveusement et demanda : « Qu'entendez-vous par extorsion ? »

Les narines du père Joseph se dilatèrent, et les poils qui en bordaient l'intérieur se hérissèrent vers de Fontrailles comme des aiguilles noires – mais il continua à voix basse. « Il ne sert à rien, mon fils, de vous entêter dans cette ruse qui n'a pas fonctionné. Niez-vous avoir envoyé une lettre à Son Éminence pour lui annoncer que vous aviez trouvé l'objet et que vous vouliez négocier les termes de sa remise ? »

Lady Carlisle laissa échapper un petit cri. Luttant contre la panique, de Fontrailles répondit : « Je le nie ! Je n'ai envoyé aucune lettre, et j'étais à peine rentré à Paris lorsque de Rochefort nous a appréhendés, ce que vous pourrez facilement vérifier, Monseigneur. La lettre… la lettre doit avoir été envoyée par le coupable que nous avons suivi de Paris à Londres, une personne que nous ne connaissons que sous le nom du Pèlerin. » Il suait, par tous les diables, mais il réprima le besoin de s'essuyer les paumes sur ses culottes.

« Un coupable connu uniquement sous le nom de Pèlerin ? répéta Joseph, avant de secouer la tête. Cette fantaisie juvénile ne vous fait pas honneur, monsieur de Fontrailles. Un homme qui a étudié chez les Oratoriens devrait être au-dessus de ce genre de sottise. Oui, j'ai enquêté un peu sur votre passé – et celui de votre famille. Je pense même pouvoir deviner pourquoi vous vouliez garder pour vous cet ouvrage hérétique. Il y a une femme, je crois, une fille huguenote appelée de Bonnefont. Vous lui avez demandé sa main, mais elle a refusé, n'est-ce pas ? »

Louis sentit un accès de rage poindre à travers sa peur. « Et alors ? » répondit-il sèchement.

Imperturbable, Joseph fronça à nouveau les sourcils. « Rien, mon fils. Mais si vous pensiez l'impressionner en accomplissant une sorte de transformation, sachez que vos efforts auraient été vains. Elle est mariée à un autre. »

Louis eut le souffle coupé. La pièce se mit à tourner – ou peut-être était-ce lui.

« Mariée ? dit-il, la bouche aussi sèche que la poussière.

— Je pensais que vous n'étiez sans doute pas au courant. Niez-vous toujours avoir le livre ? »

Louis d'Astarac, incapable de parler, hocha la tête et porta une main à sa tempe qui palpitait. Mariée !

« Dommage, mon fils, siffla Joseph. À tous les menteurs, leur part sera dans l'étang ardent de feu et de soufre, qui est la deuxième mort. Vous et votre amie serez enfermés à la Bastille. On vous y soumettra à la question et vous finirez par nous dire ce que nous voulons savoir.

— Vous n'oseriez pas ! rétorqua Lucy, criant presque. Je suis la comtesse de Carlisle ! Je représente la couronne britannique et cet homme est sous ma protection.

— Pas du tout, madame, dit Joseph, baissant la voix quand Lucy l'avait augmentée. Vous êtes la comtesse de Bois-Tracy, comme votre compagnon et vous-même en avez attesté, et donc sujette à la justice du bon roi chrétien de France.

— Vous présumez de votre pouvoir, moine, dit-elle d'un ton dédaigneux. Vous ne pouvez pas me menacer. Mon mari est le comte de Carlisle, et mon père, le comte de Northumberland.

— Votre mari, hélas, se trouve loin d'ici, et votre père est mort. » Elle poussa un cri de surprise. « Vous ne le saviez pas ? Réjouissez-vous, ma fille, car votre père est avec le Christ. »

Le sang quitta le visage de Lucy. La lèvre inférieure tremblante, elle semblait sur le point de s'évanouir. Louis reprit ses esprits et la mena vers une chaise, puis il se retourna pour lancer un regard noir au capucin. Il vit que de Rochefort souriait – ce salaud se délectait du spectacle.

Un coup résonna à la porte principale.

« Ah, la voiture de la Bastille a dû arriver. Monsieur de Rochefort, auriez-vous la bonté de faire entrer les gardes ?

— Bien sûr, Monseigneur », répondit-il gaiement.

Il alla jusqu'à la porte, l'ouvrit – puis il leva les mains en l'air et recula à l'intérieur. Il était suivi d'un long pistolet et de celui qui le maniait : le basané Gitane, son unique œil luisant de menace.

Sans délai, le père Joseph marcha vers la porte intérieure, l'ouvrit – et s'arrêta, car l'encadrement de celle-ci était bloqué par l'imposante carrure de Beaune, qui tenait lui aussi un pistolet, et qui comme Gitane portait la livrée des domestiques de l'Hôtel de Ville.

Joseph revint dans la pièce.

« Je présume que ce sont vos hommes, monsieur de Fontrailles. Voilà qui est plus qu'inutile ; vous vous échapperez peut-être de cette maison, mais vous deviendrez des fugitifs, traqués par les gens d'armes les plus efficaces de la chrétienté. Où vous cacherez-vous, alors ?

— Je ne risque pas de vous le dire », répondit de Fontrailles. Il avança vers de Rochefort, qui ne souriait plus, et lui dit : « Je vais récupérer mon épée, de Rochefort, ainsi que votre superbe pistolet.

— Vous vous abaisseriez à voler, de Fontrailles ? Je vous croyais gentilhomme, dit de Rochefort avec sévérité.

— Je le laisserai dehors – il aurait préféré le garder, mais la remarque de De Rochefort l'avait touché dans son honneur –, c'est un jouet trop bruyant pour le laisser en votre possession.

— Nous n'allons pas les tuer, monsieur ? demanda Gitane.

— Non, Gi… »

Louis s'interrompit. S'ils comptaient laisser des témoins en vie, mieux valait ne pas utiliser de vrais noms.

« Non, nous n'allons pas les tuer. » Il se tourna vers Beaune. « Pouvez-vous les enfermer ?

— Je n'ai pas la clé, monsieur, répondit Beaune avec un sourire timide, mais pour ces serrures-là je n'en ai pas besoin. Je vais m'assurer qu'ils restent à l'intérieur tant que quelqu'un ne viendra pas leur ouvrir de l'extérieur.

— Bien. Venez, madame. Nous partons.

— Je suis prête. » Elle se leva. « Par où sortons-nous ?

— La seule porte de sortie se trouve devant, dit Gitane.

— Eh bien sortons par-devant. Gardez-les bien en joue pendant qu'il… – de Fontrailles fit un geste en direction de Beaune –… s'occupe des portes. »

Dans l'entrée, ils retrouvèrent leur cocher, le fils de l'aubergiste de Saint-Valéry, qui regardait avec admiration la servante de lady Carlisle tout en tenant nerveusement un couteau sous la gorge de l'homme de De Rochefort. De Fontrailles arma le Spät à double canon – *Remarquable action*, se dit-il –, le pointa sur le borgne et dit au cocher : «Je vais prendre le relais. Allez préparer le carrosse pour partir. » Soulagé, le jeune homme acquiesça et sortit par la porte, la servante à son bras.

« Vos hommes, dit lady Carlisle. Comment ont-ils… ?

— Je leur ai donné l'ordre de suivre de près l'espion – je veux dire, le père Joseph. Aussi, Vidou a vu notre arrestation et les en a sûrement informés.

— Exactement, monsieur, dit Gitane en les rejoignant avec Beaune. Nous savions que ce chien, ajouta-t-il en indiquant l'autre borgne, était la créature du capucin, et qu'ils vous conduiraient à cette maison. Tête-de-chien nous a appris que d'autres hommes arrivaient bientôt pour vous emmener à la Bastille, donc il fallait que l'on vous sorte de là.

— Bien joué sur toute la ligne, dit de Fontrailles. Empruntons-nous le carrosse ?

— Je ne crois pas qu'il faille en discuter devant Tête-de-chien, dit Beaune.

— Vous avez raison », dit Gitane.

Il regarda l'homme de main de Joseph d'un œil mauvais pendant un instant, puis il l'assomma d'un coup avec son pistolet. L'homme tomba comme un arbre qu'on abat.

Pas de fraternité entre borgnes, pensa Louis.

« Ils connaissent le carrosse. Ils le suivraient.

— Installez le cocher et la servante à l'intérieur avec nos chapeaux, dit lady Carlisle. Vos hommes pourront le conduire et l'abandonner à quelques rues d'ici. Nous marcherons.

— Vous récupérez plutôt vite, dit de Fontrailles.

— J'essaye simplement de ne pas penser à… d'autres choses.

— Très bien, c'est ce que nous allons faire, dit de Fontrailles. Et vite, avant que la voiture de la Bastille n'arrive. »

Quelques instants plus tard, lady Carlisle et lui virent le carrosse s'éloigner rue Garancière vers le Petit Luxembourg, puis ils se retournèrent et marchèrent dans l'autre direction. Tandis que le véhicule tournait rue de Vaugirard, un autre carrosse arriva par l'autre bout : une voiture imposante avec des barreaux aux fenêtres et des hommes armés sur la plateforme arrière. De Fontrailles et lady Carlisle se cachèrent le visage sur son passage, puis ils s'en allèrent à la hâte.

« Louis, où allons-nous ? demanda lady Carlisle.

— Je ne sais pas, répondit-il. Mais je sais que c'est sans doute Milady de Winter qui a envoyé la lettre d'extorsion en mon nom. Elle a le livre et nous croit morts. Il faut que nous le récupérions.

— Mon père est vraiment mort, lui. » *Et Isabeau de Bonnefont a épousé Éric de Gimous*, pensa Louis. « Dites-moi, Louis, fit-elle en lui prenant le bras pour l'arrêter. Louis, je vous en prie. » Elle avait la voix épuisée. « Pourquoi continuer cette quête ? »

XXVII

LE VIN D'ARAMIS

C'était le jour du marché, et les rues étroites de Paris regorgeaient de chariots de produits venus des fermes qui ceignaient la capitale toujours affamée, ainsi que de citoyens qui gagnaient leur vie dans les rues et les avenues de la ville : chapeliers, fleuristes, tailleurs itinérants réparant les vêtements sur-le-champ, vendeurs de nourriture proposant des tourtes à la viande et des pigeons grillés, chariots de fumier ramassant les matières de vidange et, tandis que de Fontrailles et lady Carlisle passaient près de Saint-Sulpice et des portes de la foire Saint-Germain, un certain nombre de mendiants et de prostituées.

Le vicomte de Fontrailles, bossu sans chapeau qui traînait une femme noble anglaise bouleversée dans les rues bondées, se sentait aussi visible qu'une nonne nue sur une scène. Les portes ne retiendraient pas de Rochefort et le père Joseph bien longtemps, et ils finiraient par avoir les chiens aux trousses. Les passants qui apercevaient le vicomte reculaient avec l'habituelle crainte superstitieuse des déformés, et il savait qu'ils se souviendraient de lui si on les questionnait.

Quand ils arrivèrent rue de Petit-Bourbon, il tourna à gauche et entraîna lady Carlisle derrière une borne pour éviter qu'ils ne se fassent renverser par une calèche. « Lucy ! » dit-il en la secouant délicatement. Elle pleurait en silence, les larmes coulant sur ses joues. « Madame ! Madame ! Pensez-vous que les gens du cardinal connaissent votre relation avec Aramis ? »

Elle renifla, secoua la tête et dit :

« Je ne sais pas. Je ne crois pas. Mais ce satané moine savait qui j'étais – et il savait que mon père était mort ! Il doit avoir pactisé avec le diable !

— Je n'ai jamais mentionné Aramis dans mes rapports, et même si nous étions amis intimes il y a des années, il portait un autre nom à l'époque. Nous devons prendre ce risque. Sa maison n'est qu'à quelques rues d'ici – allons-y.

— Très bien. Enfin, espérons. » Elle sortit un mouchoir de sa manche et s'essuya les yeux. « Dieu que je dois être affreuse.

— Nous nous inquiéterons de cela plus tard. Par ici. »

Ils avancèrent vers l'ouest le long du Petit-Bourbon et tournèrent rue Férou. Plus ils s'approchaient de la rue de Vaugirard et plus Louis devenait nerveux, car ils retournaient dans le quartier de l'antre de Richelieu, le menaçant Petit Luxembourg. Mais la maison d'Aramis était sur Vaugirard, entre la rue Férou et la rue des Fossoyeurs, donc ils ne pouvaient faire autrement.

Quand ils arrivèrent à l'angle, de Fontrailles inspecta la rue de Vaugirard, large et bondée, d'un côté puis de l'autre, mais il ne vit aucun homme ou agent du cardinal qu'il connaissait. « Nous y sommes presque, Lucy. Si nous adoptons une attitude désinvolte sans avoir l'air de nous déplacer furtivement, peut-être que personne ne nous remarquera. »

En réalité, personne ne sembla prêter la moindre attention à eux tandis qu'ils parcouraient les derniers mètres jusqu'à la maison d'Aramis, même si la bosse de Louis lui faisait mal comme s'il se sentait espionné. De Fontrailles cogna lourdement à la porte, et recommença au bout d'une minute.

Pas de réponse.

« Au nom du diable ! Je n'ai même pas envisagé qu'Aramis puisse être absent, ou qu'il ait pu quitter la ville. Si l'on essaye d'entrer par effraction, nous allons attirer l'attention, et ce sera la Bastille pour Louis d'Astarac.

— Ce ne sera pas nécessaire, dit lady Carlisle. Il se trouve que, euh, j'ai la clé.

— Vraiment ? » De Fontrailles la regarda. « Eh bien. Je n'avais pas réalisé qu'Aramis et vous étiez d'aussi proches amis.

— Vraiment, Louis : croyez-vous que je me jette dans le lit de tout le monde ? Aramis nous a laissé sa maison comme lieu sûr quand Buckingham était à Paris, c'est tout. »

Elle sortit une bourse de son sac de voyage et fit apparaître une clé, et quelques instants plus tard ils se trouvaient à l'intérieur du logis d'Aramis.

Il faisait sombre : les volets étaient fermés à toutes les fenêtres, et l'air sentait le renfermé et les vieilles cendres. Des araignées s'étaient installées dans les coins.

« Il est parti pour de bon, dit de Fontrailles. Bazin aussi. Cet endroit est fermé depuis plusieurs jours.

— Bien. Je n'ai envie de voir personne. » Lady Carlisle se rendit dans le salon et s'effondra sur un divan. « Oh, Louis ! Nous avons causé un beau désordre, n'est-ce pas ?

— Bah ! La situation n'est pas si grave, répondit-il avec vigueur. J'ai connu pire.

— Vraiment ?

— Eh bien… pas exactement, non. Mais si nous arrivons à trouver un moyen de récupérer ce livre d'entre les mains de Milady de Winter, nous pouvons encore échapper à la torture. Voyez les choses du bon côté : en nous décidant prestement, nous avons trouvé un bon endroit pour nous cacher pendant un moment. Et si je connais bien mon Aramis, son cellier est rempli de bonne nourriture et d'encore meilleur vin.

— Du vin ? » Lady Carlisle se redressa. « Pourquoi ne l'avez-vous pas dit plus tôt, pauvre fou ? J'ai besoin d'un verre immédiatement. Peut-être même dix.

— À votre service, madame. S'il y a bien une chose pour laquelle les bossus sont doués, c'est déboucher les bouteilles. »

Quand il revint dans la pièce sombre quelques minutes plus tard avec une bouteille et deux verres, il vit qu'elle avait retiré sa cape de voyage et s'était allongée sur le divan, à fixer le plafond. Il lui servit un verre du vin rouge d'Aramis et elle le but très vite, puis elle tendit le verre pour en avoir davantage.

« Il n'est pas coupé, vous savez ?

— Tant mieux. Encore. »

Il lui versa un autre verre. Cette fois, elle le savoura, appuyée contre l'accoudoir du divan. Il s'en servit un également, posa la bouteille sur une petite table et chercha une chaise du regard. Elle tapota la place à côté d'elle sur le divan, et il s'assit bien sagement. *Comme un chien de compagnie*, pensa-t-il. *Oui, c'est cela. Elle me voit probablement comme un animal qui parle. Certainement pas comme un homme.*

« Mon père, dit-elle en fixant à nouveau le plafond, n'était pas un grand homme et il était affreusement fier, mais il avait bon fond. Ils l'ont enfermé dans la tour de Londres parce qu'il était de la famille d'un des acteurs de la conspiration des Poudres et qu'il était ami avec Guy Fawkes, mais il était ami avec beaucoup de gens, de tous les milieux. La grande maison de Petworth était toujours pleine. Mon père voulait tout savoir et écoutait tout le monde.

» Émotionnellement, il était très distant – non pas parce qu'il était froid, mais parce qu'il était facilement blessé. Cependant, je l'adorais. Mais je n'étais pas comme lui. C'était un vrai gentilhomme, et je n'ai jamais été très… convenable. Même quand j'étais petite, à écouter les sermons à l'église, je savais que je n'étais pas quelqu'un de bien. » Elle frissonna et tourna la tête vers le mur. « Ensuite, on m'a introduite au monde de la cour de Londres, et j'ai découvert ce que je voulais : le pouvoir, la richesse, les hommes. Dès le début, les hommes me voulaient aussi. J'adorais cela. J'ai couché avec un homme pour la première fois à l'âge de onze ans. » Elle sourit froidement. « Et avec une femme, à quatorze ans. Ce n'est qu'un jeu, le sexe à la cour. Il y a des règles, et on peut compter les points – et il faut appeler cela "l'amour". C'est la règle la plus importante.

» J'ai joué à ce jeu avec plaisir, conquis des hommes puissants, obtenu de la dévotion et des cadeaux. Ma… "notoriété"… s'est répandue et mon père a fini par apprendre ce que j'étais devenue. Il m'a ordonné de rentrer à la maison, à la campagne, mais je lui ai désobéi. J'ai épousé James Hay, un beau garçon, petit noble écossais fraîchement sorti du giron du roi Jacques, où il avait été brièvement favori. J'avais dix-huit ans. Le roi a fait de mon mari le comte de Carlisle, et moi… j'ai pu rester à la cour et continuer de jouer à mes petits jeux. Dernièrement, je jouais au plus haut niveau, avec les plus grands noms du royaume.

» Puis George Villiers est entré en scène et la partie a commencé à tourner au vinaigre. » Lucy but une bonne gorgée du vin rouge sombre. « Avant lui, le roi Jacques gardait un favori pour une saison ou deux, puis son œil allait se promener ailleurs. Mais une fois que Villiers obtint son attention, il s'assura de la conserver en écartant violemment quiconque aurait aussi les faveurs du souverain. Jacques le fit duc de Buckingham, lui offrit le pouvoir – et une fois qu'il eut assez de pouvoir pour prendre ce qu'il voulait, il ne s'en priva pas. »

Elle but, et tendit son verre pour qu'il la resserve. Louis constata que le sien était vide aussi et il remplit les deux. « Malgré toutes ses attentions intimes envers le roi Jacques, reprit-elle, Buckingham préférait vraiment les femmes. Au début, quand il a commencé à me regarder, j'étais ravie. Je savais que je ne séduirais jamais le roi, mais avoir son favori comme amant dévoué serait presque aussi bien. Cependant, il est rapidement apparu évident que Buckingham n'avait nullement l'intention de me courtiser. Il avait le pouvoir, et il ne demandait rien : il ordonnait. »

Elle but à nouveau et fixa le plafond, comme si ses yeux allaient y creuser un trou. « Buckingham a donné à mon mari une nouvelle carrière prestigieuse en tant que diplomate et l'a envoyé à l'étranger pour de longues missions.

Pendant qu'il n'était pas là – et parfois même quand il était là –, je suis devenue la maîtresse de Buckingham. Ou plutôt sa maîtresse en chef, disons. »

Cette fois, Louis remplit son verre sans qu'elle le lui demande – et le sien avec, car il était curieusement vide. Elle but et dit, en bafouillant un peu : « Je ne l'ai pas laissé voir que j'en étais venue à le détester. C'était trop dangereux. Buckingham est un diable sournois – il s'est assuré les grâces du prince Charles, l'héritier, pour pouvoir devenir le favori du nouveau roi à la mort de Jacques. Il est devenu plus puissant que jamais et a consolidé sa position en marchant sur des hommes comme mon père. »

Elle se balançait lentement sur le divan, retenant ses larmes. « Je voulais faire payer Buckingham, Louis. Je voulais me servir de la magie rosicrucienne pour que les portes de l'enfer s'ouvrent et l'avalent. Je voulais rendre à mon père sa véritable place dans le royaume. J'étais prête à me damner aux tourments éternels pour accomplir cette bonne action. Et tout cela n'aura été qu'un gâchis immoral. » Elle tendit son verre une fois de plus.

« Et vous craignez la damnation ? » Il remplit les deux verres.

« J'ai toujours su que j'irais en enfer. À présent, je n'en ai plus peur, j'attends simplement que cela arrive. C'est la raison pour laquelle je dois profiter de toutes les joies que je peux trouver ici-bas, tant que je vis. » Elle se redressa et le regarda, avec un sourire en coin. « Vous ne croyez pas en l'enfer, si ? Ni même au paradis, d'ailleurs ?

— Pourquoi dites-vous cela ? demanda-t-il, gêné.

— Je l'ai vu à la façon dont vous m'avez regardée quand j'en ai parlé. » Elle eut un grand sourire, ses dents parfaites luisant dans l'obscurité. « Je ne sais peut-être pas bien lire le latin, ni le grec, mais je lis les hommes comme des enseignes d'échoppes. »

Il détourna le regard, les yeux baissés. « Cette fois, vous avez tort. Bien sûr que je crois au paradis et à l'enfer. Les catholiques et les protestants ne sont pas d'accord sur beaucoup de choses, mais nier l'existence de l'au-delà vous fera courir des risques mortels dans les deux religions. » Il but une longue gorgée.

« Ne vous inquiétez pas, Louis – je ne dirai rien. Il y a dans ma famille des gens proches de l'hérésie, vous vous souvenez ? Ils appellent mon père le "Comte Sorcier". » Son sourire disparut de son visage. « Non, ils l'*appelaient* ainsi. Il est mort à présent. Et je suis seule. » Elle réprima un sanglot.

La grande dame ne semblait plus qu'une petite fille triste. Louis tendit la main vers elle, mais il s'arrêta à quelques centimètres de ses épaules tremblotantes. *Qu'est-ce que je fais ?* pensa-t-il. *Ça doit être le vin.* Il retira son bras et dit : « N'y a-t-il pas… n'y a-t-il pas quelqu'un que vous aimez ? »

Elle émit un petit rire amer.

« Je ne crois pas que ce mot veuille dire la même chose dans votre monde et le mien, dit-elle avant de boire une gorgée. Mais vous avez quelqu'un, Louis, n'est-ce pas ? Quel était le nom que le moine a cité… de Bonchamps ?

— De Bonnefont. Isabeau de Bonnefont », bredouilla Louis.

Il avait de plus en plus de mal à parler ; sa langue lui paraissait bien plus épaisse qu'avant. Peut-être que s'il faisait attention à son élocution, elle ne s'apercevrait pas que le vin était en train de lui monter à la tête. Il prit une autre gorgée.

« Mais elle a épousé quelqu'un d'autre. Joseph l'a dit.

— Qu'ils aillent se faire foutre, lui et les siens, dit-elle de façon indistincte. Salaud de moine. »

Son verre était à nouveau vide. Elle le tendit encore. Il le remplit, et le sien avec, et nota qu'ils avaient fini la troisième bouteille. Quand avaient-ils ouvert les deux dernières ? Il ne s'en souvenait pas. Il but et dit :

« Je l'aime, Lucy.

— À quoi ressemble-t-elle ? » demanda la comtesse.

Elle but.

« À vous, un peu. » C'était amusant, donc il rit. Elle aussi.

« Mais elle a épousé Éric.

— Eh bien c'est une im… imbécile, dans ce cas. Qu'elle aille se faire baiser, elle aussi.

— Je n'ai jamais eu l'occasion de la baiser. »

Et je ne l'aurai plus jamais.

« Eh bien baisez-moi, dit-elle doucement. Baisez-moi, Louis. »

Elle se pencha lentement vers lui, douce et chaude, et l'embrassa sur la bouche, les lèvres grandes ouvertes. Il s'immobilisa un moment, sous le choc, et lui rendit le baiser, puis ils se couchèrent l'un sur l'autre en s'embrassant avidement, des larmes sur les joues.

Ils s'embrassèrent, et s'embrassèrent, respirant le souffle de l'autre, en se serrant fort dans leurs bras, fort… puis ils glissèrent du divan et tombèrent par terre.

« C'est trop petit ! » dit-elle. C'était la chose la plus drôle que Louis avait jamais entendue de sa vie, et il se mit à rire. Ils s'esclaffèrent tous les deux jusqu'à n'en plus pouvoir respirer. Ils ricanèrent, et se touchèrent de plus belle, et s'embrassèrent encore, puis ils se levèrent et s'aventurèrent dans la chambre à coucher d'Aramis, en riant et en laissant derrière eux une traînée de vêtements. Ils ouvrirent le baldaquin et se jetèrent sur le matelas, les membres enchevêtrés.

Il faisait complètement noir dans le lit, mais Louis n'avait pas besoin de ses yeux, il avait l'impression de connaître déjà chaque centimètre du corps de Lucy, qu'il l'avait toujours connu. Elle le désirait, d'une envie presque irrépressible, et en quelques instants il fut en elle, et elle passa ses jambes autour de lui en un cri mêlant besoin et triomphe.

Ils ondoyèrent en un rythme comme une pulsation commune, chaque battement emportant Louis plus haut, plus loin, jusqu'à ce qu'il ait l'impression d'être à deux endroits en même temps, son corps glorieusement mêlé à celui de Lucy, pendant que son esprit montait en flèche, bien haut dans l'obscurité, au-dessus du lit, au-dessus de la pièce, au-dessus de la maison, jusqu'à ce qu'il puisse voir tout Paris assombri. Faire l'amour à Lucy lui semblait *bon*, et *juste*, et *vrai*... et où trouvait-on la vérité dans la ville sombre et en désordre qui s'étendait devant son esprit ? Au Louvre ? Pas *là-bas* – seulement *ici*. (*Oh*, gémit Lucy.) Au Petit Luxembourg ? Pas *là-bas* – seulement *ici*. (*Oui*, cria Lucy.) Dans la maison délabrée de Joseph ? Jamais *là-bas* – seulement *ici*. (*Oh oui !* s'exclama Lucy.)

À ce moment-là, il sut.

« Lucy ! *Mmh.* Il a menti !

— Hmmm...

— *Jo*-seph ! *Oh.* Votre *pè*-re. Pas. *Mort !*

— Hahhh... ?

— Et *elle*. Pas. *Mariée !* Ahhh...

— *Oh ! Oh !...* Oh, Louis. Louis. »

Et ils pleurèrent, ils rirent, ils s'embrassèrent.

Et s'endormirent.

XXVIII

LA RÉUNION

Une lumière grise filtrait à travers les rideaux autour du grand lit d'Aramis. « Quel mal de tête, grogna de Fontrailles en se retournant. Êtes-vous aussi mal en point que moi ? »

Il était seul.

Il ouvrit le rideau et inspecta la chambre : aucun vêtement féminin sur le sol ni sur les meubles. Il se laissa retomber sur l'oreiller, grimaça et soupira.

Bien sûr, pensa-t-il. *Elle s'est réveillée, elle a vu avec quoi elle avait couché et elle a fui avec horreur.*

Son visage se tordit en un masque de dégoût. *Mais je suis encore plus laid à l'intérieur qu'à l'extérieur. J'aime Isabeau, et pourtant j'ai couché avec une autre femme. Je suis un porc.*

Un bruit lui parvint du salon : la serrure de la porte d'entrée cliqueta et les gonds grincèrent.

De Fontrailles se leva du lit d'un bond et regarda tout autour de lui, en panique. Où était sa culotte ? Et ses armes ? Où Aramis gardait-il les siennes ? Au hasard, il ouvrit une armoire accessible ; les chemises à dentelle accrochées à l'intérieur se mirent à danser et s'agiter, leurs manches caressant son visage.

« Vous trouvez quelque chose qui vous plaît ? »

C'était Aramis, à la porte de la chambre, avec son maudit sourire narquois. De Fontrailles expira de soulagement tout l'air contenu dans ses poumons, puis il posa ses mains sur ses hanches et dit :

« Aramis, pourquoi avez-vous besoin d'autant de chemises ?

— Pour ne pas avoir à me promener nu, bien sûr. Dois-je fermer les yeux le temps que vous vous habilliez ?

— Merci. C'est le moins que vous puissiez faire.

— Ma philosophie de vie résumée en une phrase. »

De Fontrailles suivit la traînée de vêtements de la veille jusqu'au salon, enfilant chaque article qu'il ramassait, et scandalisa ce pauvre Bazin, qui arrivait par la porte d'entrée avec les bagages de son maître.

« Vous savez, d'Astarac, dit Aramis qui le suivait tout en fixant le plafond, si je n'étais pas un gentilhomme attaché aux lois inviolables de l'hospitalité, je vous demanderais pourquoi diable vous vous êtes introduit chez moi pendant mon absence… et – il renifla d'un geste théâtral – pas tout seul de surcroît, à moins que vous n'aimiez porter du parfum de femme.

— Et si c'était le cas ? rétorqua le vicomte en enfilant ses bottes.

— Quelqu'un qui ne serait pas un ami comme moi aurait pu y voir un progrès.

— Il me semble, mon ami, que j'ai moi aussi des questions à vous poser. » De Fontrailles noua les dentelles de sa chemise et enfila son pourpoint. « Quand vous m'avez recommandé d'engager Parrott, vous saviez que vous confiiez ma surveillance à un espion anglais ? Quel était son vrai nom – Blakeney ?

— Ah. Parrott. » Aramis eut un sourire désarmant. « Je voulais juste m'assurer que vous ayez quelqu'un avec de la cervelle à vos côtés, au cas où...

— ... Au cas où j'oublie de me servir de la mienne ? Merci beaucoup, mon ami. »

Aramis soupira.

« Cela m'avait paru une bonne idée, à l'époque.

— Il ne vous est pas venu à l'esprit qu'il me trahirait à la première occasion ?

— Je ne pensais pas qu'il irait jusqu'à vous faire du mal. Ce qu'il n'a pas fait, si ? Bon Dieu, d'Astarac, qu'attendez-vous de moi ? Je suis tout près de vous présenter mes excuses, et vous savez que c'est contre mes principes.

— Très bien, d'Herblay, très bien, allez-y. »

De Fontrailles chercha son chapeau du regard et se souvint qu'il ne l'avait plus, puisqu'il ornait la tête du cocher.

« Oh... je n'aime pas insister, dit Aramis d'un ton timide, mais que faites-vous ici, d'Astarac ?

— Je me cache du père Joseph et du comte de Rochefort.

— Sang du Christ ! »

La timidité laissa place à une prudente inquiétude. Sa fine moustache frétilla et il se rua vers la porte d'entrée, la ferma à clé et ouvrit légèrement un volet pour observer la rue.

« C'est grave ? dit-il sèchement.

— C'est grave, répondit de Fontrailles. Le cardinal m'a réservé une cellule à la Bastille.

— Eh bien, vous ne pouvez pas rester ici. En temps normal, j'en serais ravi, mais j'attends une visite inopinée à tout moment – et ils ne seraient pas ravis de vous voir ici.

— Je ne sais pas trop où aller ailleurs. Ils doivent surveiller ma maison et fouiller les auberges. La majeure partie de mon argent se trouvait dans mes sacs, qui ont probablement été saisis.

— De l'argent ! Ne m'en parlez pas ! Je suis également à court. Soumettons votre cas à mes camarades. À nous quatre, nous devrions réussir à trouver une solution. »

Aramis envoya Bazin organiser un rendez-vous, ce qui laissa le temps aux deux amis de partager un petit déjeuner, et Louis y vit l'opportunité de penser au départ avant l'aube de Lucy Hay. Il avait passé toute la semaine avec elle, et il se rendait compte que sa compagnie lui manquait. Il pensa à Isabeau, et à sa certitude nocturne que le père Joseph avait menti au sujet de son mariage. Il aimait encore Isabeau, bien sûr. Mais Lucy lui manquait. À quoi tout cela pouvait bien rimer ?

Aramis, qui faisait griller du pain sur le feu de la cuisine, dit par-dessus son épaule :

« Avez-vous trouvé le livre que vous cherchiez en Angleterre ?

— Le livre ? »

De Fontrailles devint soudain méfiant. D'Herblay était l'un de ses plus vieux amis, et il le connaissait mieux que quiconque après Isabeau, mais, sur ce sujet, il ne lui faisait pas totalement confiance.

« Nous avons, euh, découvert qu'il n'avait jamais quitté Paris. Il se trouve entre les mains d'une personne qui se fait appeler le Pèlerin.

— Le Pèlerin ? Quel alias romantique ! Je pourrais presque l'adopter. Où se trouve notre chère lady Carlisle ?

— À dire vrai, je n'en ai aucune idée. Elle est aussi recherchée par le cardinal.

— Ah oui ? Quelle malchance. Mais elle a tendance à retomber sur ses pattes. Fromage ou miel ? »

Deux heures plus tard, les amis d'Aramis étaient rassemblés dans la maison d'Athos, au coin de la rue Férou, et, dans le petit salon, le vicomte de Fontrailles fit officiellement la connaissance de messieurs Athos, Porthos et d'Artagnan. Ils semblaient tous préoccupés, n'affichant qu'une once de la franche camaraderie que de Fontrailles attendait de la part de mousquetaires aussi fougueux. Mais Aramis semblait leur imposer le respect, et ils écoutèrent attentivement tandis que de Fontrailles leur racontait son problème.

« Si Aramis se porte garant de vous, cela me suffit, dit Athos, un homme respirant une discrète solennité que Louis trouvait quelque peu intimidant. Cependant, si je suis toujours ravi de faire du tort à Son Éminence le cardinal, je n'ai ici que la place pour moi et mon valet, Grimaud, et j'ai juré de ne pas partir tant que je n'aurai pas résolu mon problème financier actuel.

— J'ai de la place chez moi, tonna l'imposant Porthos, mais je suis en ce moment engagé dans une affaire impliquant une certaine grande dame, et je ne peux risquer de la compromettre par la présence d'un invité. Comme monsieur est un ami d'Aramis, je pense n'avoir pas besoin d'en dire plus. »

Porthos entortilla son extravagante moustache.

« Et je crois que mon logis est déjà sous la surveillance des hommes du cardinal, dit d'Artagnan. J'aurais aimé vous aider, monsieur de Fontrailles, mais je ne vis pas à Paris depuis longtemps et je ne connais que très peu de personnes, ici. » Le jeune Gascon semblait le seul des trois à s'intéresser vraiment à la situation de Louis.

« Ayez foi en la providence, jeune homme, dit Athos. Le cardinal n'est pas un homme d'une grande moralité, et je suis certain que dans la querelle qui vous oppose, le bien est de votre côté. Dieu fournira une solution. »

De Fontrailles étudia l'expression d'Athos, mais il ne décela aucune trace d'ironie – il était sincère.

« Hum. » Le serviteur de d'Artagnan, l'air navré, se racla la gorge. « *Hum.* »

Athos lança un regard noir au laquais, vraisemblablement offusqué par cette audace, mais d'Artagnan dit : « Oui, Planchet ? Qu'y a-t-il ? »

Planchet avança timidement et dit :

« Monsieur n'a vraiment nulle part où dormir cette nuit ?

— C'est cela, répondit de Fontrailles. À part la Bastille, bien sûr.

— Eh bien, je pense que monsieur est habitué à mieux, mais… » Il regarda d'Artagnan, qui hocha la tête. « Si je peux me permettre, je vous suggère les étables de l'hôtel de Tréville, où ces messieurs laissent leurs chevaux. Je pourrais faire entrer monsieur discrètement, et il pourrait dormir sur la paille dans une stalle vide. Ce n'est pas grand-chose, mais il y fait chaud – et je doute que les hommes du cardinal s'attendent à y trouver monsieur.

— D'Artagnan, j'ai bien peur que Planchet n'ait besoin d'une nouvelle correction, dit Athos. C'est une insulte de faire une telle proposition à un gentilhomme.

— Au contraire, j'accepte avec gratitude, dit de Fontrailles. Si c'était vous qui risquiez la prison et le chevalet, monsieur Athos, vous verriez les choses autrement. »

Athos haussa un sourcil, mais il ne répondit rien. De Fontrailles reprit :

« Je vous remercie pour votre hospitalité ce matin, et j'ai encore une faveur à vous demander.

— Naturellement, si c'est en mon pouvoir, répondit Athos. Mais si c'est de l'argent qu'il vous faut, je préfère vous prévenir, nous n'en avons pas beaucoup.

— Non, monsieur Athos, je ne vous demande qu'une feuille de papier, une plume et de l'encre. Il me faut écrire une lettre. »

XXIX

LE PIÈGE

L'église de Saint-Leu aurait été le plus haut édifice de n'importe quelle autre ville de province, mais elle n'était que moyenne parmi les églises de Paris. De Fontrailles s'y rendit tôt, bien avant l'office du dimanche, et prit position derrière une colonne du côté de l'évangile, d'où il pourrait observer la congrégation sans être vu de tous.

Tandis que les ouailles commençaient à arriver, de Fontrailles retira quelques brins de paille de ses cheveux et lutta pour vaincre l'anxiété. Milady de Winter allait-elle venir ? Beaucoup de choses en dépendaient.

Milady pensait le vicomte mort, carbonisé à bord de la barge de lady Carlisle sur la Tamise, ce qui expliquait sans doute pourquoi elle avait emprunté son nom en essayant de revendre incognito *Les Trois Mystiques Clercs* au cardinal.

Mettre la main sur le livre constituait le seul espoir de Louis d'éviter la mort ou l'emprisonnement aux mains des nombreux agents de Richelieu – donc il avait envoyé une missive à la maison de Milady au Palais-Royal pour lui annoncer que non seulement il était en vie, mais qu'il agissait encore au nom de Son Éminence pour retrouver le livre. De plus, avait-il écrit, le cardinal était au courant qu'elle se cachait derrière la tentative d'extorsion, mais Richelieu était disposé à se montrer ouvert d'esprit sur le sujet, et il avait autorisé de Fontrailles à offrir à Milady mille pistoles espagnoles en échange des *Trois Mystiques Clercs*. Il proposait de la rencontrer dimanche matin à l'église de Saint-Leu, un endroit public pour assurer la bonne foi de la transaction, mais où ils pourraient tout de même opérer un échange discret.

De Fontrailles avait apporté une grosse bourse pleine de pièces. Elle était surtout remplie de deniers de cuivre, recouverts de quelques pistoles d'or, mais il espérait que Milady ne s'arrêterait pas dans l'église pour compter l'argent.

Pour obtenir la grosse poignée de pièces, il avait dû vendre sa trop grande épée, et n'avait gardé que quelques écus pour ses dépenses quotidiennes et pour s'acheter un nouveau chapeau, moins ostentatoire que le précédent. Il gageait que, si Milady de Winter croyait que le cardinal savait le livre en sa possession, elle se précipiterait sur la première occasion de le vendre, sachant que si elle refusait, Son Éminence était en mesure de le lui prendre. Ce plan n'était pas infaillible mais, étant donné les circonstances, il n'était pas mauvais non plus.

Les bancs étaient presque pleins, le chœur avait déjà commencé à chanter, et Louis d'Astarac envisageait sérieusement de céder à la panique lorsque la comtesse de Winter fit enfin son entrée. Avec sa beauté saisissante, son dédain glacial et sa tenue splendide ornée de gemmes, elle provoqua une certaine agitation ; l'église de Saint-Leu n'était pas un lieu de culte convenable pour les grands de la cour, et Milady, suivie d'une servante et d'un jeune garçon noir qui portait un coussin de velours rouge, attira l'attention de toutes parts.

Le regard de Louis fut captivé par la poche de velours parée du blason de Milady que transportait sa jolie servante. C'était un étui à livre.

Milady garda les yeux bien droits devant elle en remontant l'allée, ne daignant pas relever les regards curieux et admiratifs de la congrégation posés sur elle. Elle s'arrêta devant l'un des meilleurs bancs, mais il était déjà presque plein. Ceux qui y étaient assis se décalèrent vers l'extérieur avec déférence, et le garçon noir vêtu de vêtements voyants s'avança dans la rangée avant Milady pour poser délicatement au sol le coussin sur lequel sa maîtresse s'agenouillerait pendant ses prières. La servante suivit la comtesse, s'assit à côté d'elle à une distance respectable, et ouvrit le sac en velours.

Elle en sortit un petit missel relié de cuir et le tendit à Milady.

De Fontrailles n'arrivait pas à déterminer si la poche de velours était vide – mais il partit du principe que non, et que *Les Trois Mystiques Clercs* se trouvaient à l'intérieur. Le sac constituait une cachette parfaite pour faire entrer un ouvrage hérétique rosicrucien dans une église catholique.

L'office commença. Milady, dont le visage n'exprimait que pure dévotion envers la parole du Seigneur, leva les yeux de son missel et, sans bouger la tête, inspecta lentement l'église d'un côté et de l'autre. Ses yeux se posèrent sur de Fontrailles, debout dans l'ombre derrière la colonne, et leurs regards se croisèrent. Il lui offrit un discret signe de tête, auquel elle répondit en clignant des yeux avec un léger sourire satisfait. Puis elle reporta son attention sur la messe. La transaction aurait bien évidemment lieu à la fin de l'office.

Toujours nerveux au sujet de l'échange imminent, Louis fut soulagé de constater que le marché semblait toujours tenir. Une fois qu'il aurait *Les Trois Mystiques Clercs* en sa possession, il pourrait recopier les passages lui permettant de guérir sa difformité, puis négocier la remise de l'ouvrage au cardinal en échange de l'abandon de toute poursuite contre lui – et lady Carlisle. Il pourrait même retrouver grâce auprès de Son Éminence ; il était convaincu que la possession du livre intéressait davantage le cardinal que de prendre sa revanche sur un agent renégat, surtout s'il s'était montré aussi ingénieux.

Tandis que la messe suivait son cours habituel, de Fontrailles observa la congrégation de Saint-Leu en ce dimanche matin : certains étaient visiblement pieux, et d'autres las, ou bien patients et à moitié attentifs. Parmi les pieux, il se demanda qui venait ici par amour pour Dieu, et qui par crainte des feux de l'enfer. En France, assister à une messe était une obligation sociale stricte pour tous ceux qui se prétendaient catholiques. Mais s'il n'y avait eu aucune honte à renoncer à la prière publique, combien de ces fidèles auraient choisi de rester chez eux ? En quoi croyaient-ils réellement ?

En quoi croyait-il, lui ? Lady Carlisle l'avait accusé de douter de l'existence du paradis et de l'enfer… et elle avait raison. Il ne savait pas ce qui arrivait à l'âme après la mort, mais dans son esprit la représentation de l'Église du paradis et de la perdition semblait plus servir aux hommes qu'à Dieu ; hommes dont le but premier était de contrôler d'autres hommes. Si Dieu existait, alors l'obéissance envers lui devrait provenir de l'amour et non de la crainte.

Dieu existait-il ? Sûrement, sinon la foi en elle-même n'aurait pas de sens. Mais l'esprit sceptique de Louis n'avait jamais vraiment fait confiance à la foi : en réalité, il s'en était toujours éloigné instinctivement, même quand il était étudiant au séminaire. Louis, difforme depuis son enfance, avait l'impression de ne pouvoir compter que sur son intellect – malgré le fait que saint Augustin décrivait la curiosité intellectuelle comme une maladie qui poussait les hommes à essayer de percer les secrets de la nature dépassant leur compréhension, et que « l'homme ne devrait pas chercher à apprendre ». Mais si c'était le cas, pourquoi Dieu avait-il donné aux êtres humains un cerveau avec lequel réfléchir ? Si la foi était la plus haute vertu à laquelle l'humanité pouvait aspirer, pourquoi s'embêter à penser ? Pourquoi ne pas simplement croire ?

Durant une pause dans le sermon, un bruit parmi les fidèles, un gémissement grave et sincère, attira l'attention de presque toute la congrégation, dont Milady de Winter. Louis suivit son regard et vit que le geignement éploré s'était échappé de la bouche d'une femme d'âge mûr coiffée d'un voile de taffetas noir assise à l'autre bout de l'allée, de l'autre côté de la nef. Elle fixait, le cœur au bord des yeux, un cavalier vêtu d'habits militaires voyants. Il semblait ne prêter aucune attention à la femme coiffée de noir, malgré ses cris de détresse de plus en plus forts.

C'était Porthos. Mais même un gros bestiau comme lui ne pouvait pas être aussi insensible, se dit Louis : le mousquetaire devait jouer à un jeu romantique cruel avec la dame en noir. Il remarqua que Porthos lançait de son côté des petits signes amoureux – et quand il vit que ceux-ci étaient adressés à la comtesse de Winter, il commença à s'inquiéter. Il n'avait aucune idée de ce que Porthos manigançait, mais il craignait que le géant se mêle à son rendez-vous soigneusement organisé et gâche tout.

Il leva les yeux vers Milady de Winter pour voir si elle recevait les signaux de Porthos, mais elle ne semblait pas y prêter attention. Au lieu de cela, Louis la vit jeter des regards vers son côté de la nef, mais quelques bancs ou piliers plus loin. Soudain suspicieux, il inspecta les bancs pour voir s'il reconnaissait quelqu'un, puis il recula dans la zone peu éclairée derrière les colonnes et regarda en direction de l'entrée de l'église.

À deux piliers de lui, s'avançant discrètement vers lui dans la pénombre, se trouvait Cocodril.

Quand il vit que de Fontrailles l'avait repéré, Cocodril sortit de l'ombre et salua son ancien maître d'un sourire sardonique, ses dents luisant dans la faible lumière. De Fontrailles serra les siennes. Il y avait du double jeu dans l'air, et il comprit qu'il n'allait pas mettre la main sur *Les Trois Mystiques Clercs* aujourd'hui. Il était tombé dans une sorte de piège, et il allait devoir trouver un moyen de s'en sortir.

Tant que la messe durait, de Fontrailles ne pouvait pas se retirer vers l'autel, donc pour rejoindre la seule sortie possible il lui fallait passer devant Cocodril. Louis se dit que le plan de cette fripouille nécessitait forcément un minimum de discrétion et qu'il ne risquerait pas d'attirer l'attention sur lui, donc il se dirigea tout droit vers son ancien servant en essayant de le faire plier du regard. Cocodril s'inclina poliment sur son passage, toujours souriant, et le suivit de près, à portée de main.

Formidable, pensa Louis. *Et maintenant ?* Il était recherché et ne pouvait pas plus risquer de faire un esclandre que Cocodril. Dans quelques instants, ils seraient dehors dans la rue, où le scélérat trouverait sûrement une opportunité de l'attaquer, s'il le voulait. Ayant vendu son épée, de Fontrailles n'était même pas armé ; Cocodril non plus n'avait pas d'épée, car seuls les gentilshommes avaient le droit d'en porter une dans la rue, mais Louis voyait bien qu'il avait un long couteau pointu dans un fourreau à sa ceinture.

Ils sortirent rue Saint-Denis, la grande artère de la rive droite parisienne qui s'étendait du nord au sud, bondée même le dimanche matin car pleine de pratiquants. Une demi-douzaine de carrosses étaient alignés devant l'église et attendaient les fidèles les plus riches ; l'élégant véhicule blanc de Milady de Winter ressortait du lot.

De Fontrailles tourna instinctivement à gauche, vers les vieux quartiers plus denses de la ville, comme un lièvre se dirige vers les fourrés. Il longea la rangée de carrosses, dont le dernier était celui de Milady. En jetant un œil par-dessus son épaule, il aperçut le souriant Cocodril qui regardait derrière lui en faisant des signes discrets. Louis leva la tête et vit le cocher de Milady acquiescer en réponse à Cocodril. Il décroisa les bras et vint bloquer la retraite de De Fontrailles.

Le vicomte se tourna vers Cocodril, dont la main était déjà posée sur la poignée de son couteau et dont les intentions étaient clairement écrites sur son visage. *Il va me poignarder ici même dans la rue, me soulever au moment où je m'effondre et me charger dans le carrosse avec l'aide du cocher*, pensa Louis, *probablement en disant à voix haute que je suis « soudain tombé malade ». Il faut que je me sorte de là.*

Au moment où il passa devant le dernier carrosse avant celui de Milady, il se glissa soudain derrière les chevaux, sous le siège du cocher, juste devant les roues. Il risquait de se prendre un coup de sabot du cheval de derrière, mais avant que l'animal se rende compte de sa présence, il était déjà passé de l'autre côté en toute sécurité et se trouvait en plein milieu de la rue, suivi par les cris du cocher.

Louis savait que Cocodril était trop large pour le suivre sous le carrosse et qu'il devrait faire le tour, et qu'il n'avait gagné que très peu de temps grâce à cette manœuvre. Il regarda à gauche : un chariot de meunier couvert de farine, une charrette à poissons, un colporteur de pots, un vacher qui traînait un âne brayant – rien qui puisse l'aider. Il regarda à droite, et se dit qu'il aurait mieux fait de commencer par là : un gros carrosse tiré par six chevaux arrivait vers lui à vive allure ; le cocher agitait son fouet et lui hurlait de dégager le passage, car il n'avait aucune intention de s'arrêter.

Si les jambes arquées de De Fontrailles le contraignaient à se dandiner plutôt qu'à marcher à grands pas, dans son sommeil il rêvait souvent de courir avec aisance à travers la campagne, passant par-dessus les obstacles en bonds aériens avant de retomber sur ses pieds et sauter à nouveau en l'air avec une parfaite maîtrise athlétique. Pour Louis, les secondes qui suivirent empruntèrent beaucoup à ces rêves. Tandis que les énormes chevaux, soudain magnifiés pour devenir à ses yeux les éléments les plus imposants de l'univers, fonçaient droit sur lui, son corps fut vidé de toute crainte, le temps parut ralentir et il s'élança vers l'avant en un saut incroyablement long.

Au passage des chevaux, quelque chose lui toucha l'épaule droite et il se retourna pour faire face au carrosse – qui portait, remarqua-t-il distraitement, les armes du puissant prince de Condé. Louis recula d'un petit pas pour esquiver les roues du véhicule, qui passèrent à un pouce de lui et firent décoller son chapeau. Au moment où la roue arrière le dépassa, il remarqua que la plateforme dédiée aux serviteurs était inoccupée. Ayant l'impression d'avoir tout le temps du monde, il tendit le bras, attrapa la barre verticale à l'arrière du carrosse et se balança à bord, les deux pieds sur la plateforme. Saisissant nonchalamment la barre opposée de son autre main, il se rendit compte qu'ils passaient devant le véhicule de Milady, et vit Cocodril qui le fixait bouche bée avant de disparaître dans le nuage de poussière soulevé par le carrosse princier. Louis faillit le saluer de la main.

Puis le carrosse heurta une bosse avec un bruit sourd, manquant de faire tomber de Fontrailles de son perchoir, et le monde retrouva soudain son chaos bruyant habituel. Louis replaça ses mains pour mieux tenir les barres, toussa dans la poussière, secoua la tête pour dégager ses cheveux de ses yeux, et se rendit compte que son épaule lui faisait un mal de chien. Il perdait rapidement toute force dans le bras ; avait-il quelque chose de cassé ? S'il desserrait sa poigne, il risquait de tomber et se blesser gravement. Jusqu'où ce cocher pouvait-il bien rouler à tombeau ouvert dans la rue Saint-Denis avant de tuer quelqu'un pour de bon ?

En fait, ils étaient presque arrivés au Grand Châtelet lorsque le cocher tira sur les rênes pour éviter de massacrer les fidèles qui sortaient de l'église de Saint-Jacques-la-Boucherie. Alors que le carrosse ralentissait, de Fontrailles descendit avec gratitude de la plateforme. Il s'éloigna de la circulation et s'appuya à l'angle d'une boutique pour reprendre son souffle. Son bras droit se contractait de l'épaule au poignet ; il essaya de le tourner et n'obtint en retour qu'une vive douleur entre l'articulation de son épaule et son cou. Il passa délicatement les doigts de la main gauche sur cette zone et détermina que sa clavicule droite était fracturée ; cela avait dû se produire quand il avait été touché par le premier cheval du carrosse de Condé.

De Fontrailles avait l'habitude de la douleur ; il craignait surtout de perdre l'usage de son bras. Que le diable l'emporte ! Comme s'il n'avait pas déjà assez de problèmes ! Il grimaça et regarda autour de lui. Où pouvait-il aller, maintenant ?

Il était couvert de sueur, de poussière et de bave de cheval, et il avait l'impression qu'il n'arriverait pas à réfléchir avant de s'être lavé le visage. Mais l'eau coûtait de l'argent dans un Paris surpeuplé, et il ne comptait pas débourser la moindre pièce auprès d'un vendeur alors qu'il n'était qu'à quelques pas de la Seine.

Il médita : le chemin le plus direct vers le fleuve passait par la rue Saint-Leufroy, qui traversait tout droit la morne forteresse du Châtelet, la prison d'un côté, la morgue de l'autre. Louis frissonna et décida de prendre la rue Pierre-à-Poisson, à l'ouest de la citadelle, même si cela signifiait passer par le marché aux poissons et (pire encore) la « Vallée de Misère », devant les abattoirs où les bouchers travaillaient toute la journée à abattre les milliers de bêtes nécessaires à approvisionner la grande ville en viande fraîche.

Il se mit en marche. En passant devant les abattoirs, les cris du bétail et l'odeur métallique du sang rappelèrent à de Fontrailles la menace de Cocodril et son long couteau tranchant. *Il sait que je suis ami avec les mousquetaires et risque de me retrouver si je retourne aux étables de Tréville*, se dit-il. *Maudit soit le scélérat ! Quel imbécile j'ai été de croire que je pourrais maîtriser un homme pareil simplement parce que je suis de sang noble.* En se tenant le bras droit pour l'immobiliser, il traversa la place des bouchers jusqu'au quai pavé et descendit prudemment l'escalier étroit jusqu'à la rive. *De l'eau. De l'eau sur mon visage, et je pourrai penser à nouveau.*

En bas des marches, le monde se mit à tourner autour de lui un instant et il tituba, puis il se stabilisa et commença à traverser l'étendue de boue séchée en direction des remous bruns de la Seine. Sans prévenir, une main se posa sur son épaule et l'arrêta net. Il cria de surprise et de douleur, et se retourna pour voir Cocodril qui lui souriait de toutes ses dents, chacune luisant comme la lame qu'il tenait dans l'autre main.

« Qu'il est bon de vous revoir, monsieur de Fontrailles ! dit Cocodril. J'ai quelque chose rien que pour vous. »

Et sa main qui tenait le couteau plongea vers l'avant comme un serpent qui attaque.

NOTE DE L'AUTEUR

L'auteur a passé un excellent moment à écrire ce roman, et dispose de dizaines de notes historiques fascinantes qu'il adorerait partager avec ses lecteurs… mais ce livre est assez long comme cela. Pour les intéressés, ces notes et bien d'autres éléments captivants sont disponibles sur le site internet de l'auteur : swashbucklingadventures.com.

Les premières aventures de sir Percy Blakeney sont racontées dans deux romans écrits par sa créatrice, la baronne Emmuska Orczy : *The Laughing Cavalier* (1914) et *The First Lord Percy* (1921).

TABLE DES MATIÈRES

Pour plus d'information :

#lisez! engagé

www.lisez.com

Imprimé sur du papier issu de forêts gérées durablement.

Achevé d'imprimer par
Normandie Roto Impression s.a.s. à Lonrai
N° d'impression : 2401094

Imprimé en France